Erotischer Lavendelduft

Silvia Kaufer

Bibliografische Information der Deutschen

Nationalbibliothek
Die Deutsche Nationalbibliothek verzeichnet diese Publikation in der Deutschen Nationalbibliografie; detaillierte bibliografische Daten sind im Internet über www.dnb.de abrufbar.

Impressum:
Ideen und Texte: Silvia Kaufer
Umschlagsgestaltung: Silvia Kaufer
Bilderquelle: Fotolia / Canva

Herstellung und Verlag: BoD – Books on Demand, Norderstedt
ISBN: 9783759706621

Ähnlichkeiten von Romanfiguren mit real existierenden Personen sind rein zufällig.

2. Version

Erotischer
Lavendelduft

Erotischer Liebesroman
gleichgeschlechtlicher Liebe

Kapitel 1

Es herrschte eine angespannte Stimmung in dem, mit großen
Glasscheiben versehenen Büro im 10. Stock. Draußen schneite
es und die graue Stimmung war, für die im inneren des Raumes
bestehende, knisternde Atmosphäre keinesfalls förderlich.
Frau Dr. Diana Winter, Chefin des riesigen Modeimperiums
Winter & Söhne klappte ihre Akte zu und schaute ernst über
ihren Brillenrand hinweg.
„So meine verehrten Damen und Herren, es ist alles besprochen.
Hiermit beende ich unsere Sitzung. Ich wünsche Ihnen allen
noch einen schönen Tag."
Frau Dr. Winter nahm ihre Aktentasche auf, richtete ihren
Rock und begab sich zur Tür. Sie hielt kurz inne, als sie bei der
jungen Fotografin Bianca vorbeikam, schenke ihrer Mitarbeiter
ein kleines Lächeln, bevor sie dann hinter der breiten Tür
verschwand.
Bianca bekam Herzklopfen. Obwohl sie mit ihren dreißig
Jahren kein Teenager mehr war, bekam sie dennoch jedes Mal

weiche Knie, wenn Frau Dr. Winter sie so direkt und fast schon prüfend anschaute. Sie spürte noch immer die Blicke ihrer Chefin, die auch während dieser Sitzung immer mal wieder den Blickkontakt zu ihr suchten.

„Mama mia, das war ja mal wieder eine Sitzung, ohne Wenn und Aber. Kerzengerade aus, ohne Rücksicht auf Gefühle. Was ist das nur für eine Frau?" Bianca packte ihre Sachen zusammen und schüttelte mit dem Kopf.

„Mach dir nichts draus. Du kennst unsere Chefin doch jetzt wirklich schon lange genug. Das Wort „Gefühl" gibt es in ihrem Vokabular nicht", kommentierte Klaus Zeiger Biancas Feststellung. Klaus Zeiger war schon seit mehreren Jahren in dem Modekonzern als Grafiker beschäftigt. Als Bianca vor einigen Jahren in seiner Abteilung als Fotografin anfing, hatte er die Aufgabe sich um sie zu kümmern und sie einzuarbeiten. So war er für Bianca eine große Hilfe, sich in einem so großen Konzern zurecht zu finden. Aber für ihn war die Zeit nicht einfach, denn er verliebte sich total in sie. Im ersten Moment, wo er sie sah, was es um ihn geschehen. Als er sich dann ein Herz nahm und Bianca seine Liebe gestand, wurde er allerdings schwer enttäuscht. Bianca versuchte ihm damals sehr taktvoll beizubringen, dass sie lesbisch ist und mit einer Frau, die sie sehr liebt, zusammenlebt. Für Bianca war Klaus in alle den Jahren nicht nur ein toller Kollege, sondern auch ein sehr guter Freund geworden. Jemand bei dem sie sich auch mal ausheulen konnte und das tat sie in letzter Zeit öfter, da die Beziehung zu ihrer großen Liebe Antonia vor ein paar Wochen auseinanderging. Gerade als sie beide den Raum verlassen wollten klingelte Biancas Handy. Klaus verfolgte ihr Mienenspiel und das verriet, nichts Angenehmes.

„In Ordnung Frau Dr. Winter, ich bin dann in einer Stunde in ihrem Büro", sagte Bianca und drückte den Beenden-Button.

„Oh, Termin bei der Chefin?" Klaus zog die Augenbrauen hoch.

„Ja! Schauen wir mal was sie will", antwortete Bianca kurz, bevor sie sich zurück in ihr Büro begab.

Bianca knipste die hohe japanische Bodenleuchte an. Auf einem Flohmarkt hatte sie sich in diese Lampe sofort verliebt und seit dem hat diese einen festen Platz in ihrem Büro. Als die Lampe anfing mit einem warmen orangen Licht zu leuchten, durchzog den Raum eine sehr angenehme Atmosphäre. Bianca liebte diesen Flair, konnte sie dabei doch am besten arbeiten und kamen ihr dabei doch die allerbesten Ideen. Und in ihrem Job lebte sie nun mal von genialen Ideen.

Bianca schaute auf die Uhr. Es war kurz vor zwei. Ihr verblieb noch eine viertel Stunde bis zu dem Termin mit ihrer Chefin. Sie atmete einmal tief ein und aus, schloss für einen Augenblick die Augen und ließ ihren Gedanken freien Lauf. Am Abend wollte Antonia kommen und ihre letzten Sachen abholen. Vier Jahre haben sie zusammen gewohnt, sich geliebt und alles miteinander geteilt. Vor ein paar Wochen war Antonia auf einem Seminar und lernte dort eine andere Frau kennen und lieben. Sie machte kein Hehl draus und schenkte Bianca noch am gleichen Abend reinen Wein ein. Kurz danach zog sie aus und seit dem haben sie sich auch nicht mehr wiedergesehen. Bianca war es mulmig zumute. Sie liebte Antonia immer noch und wusste nicht, wie sie mit der noch anstehenden Begegnung umgehen sollte.

Aber zuerst stand noch das Gespräch mit ihrer Chefin an. Was ist der Grund für das Gespräch, was wollte sie von ihr? Hatte sie etwas falsch gemacht? Hatte ein Kunde sich vielleicht beschwert?

Bianca überlegte, sie grübelte förmlich, kam aber dann zu dem Entschluss, dass es nichts Negatives sein konnte. Sie war eine sehr gute und fleißige Mitarbeiterin und als Modefotografin bei den Kunden sehr beliebt. Früher hatte sie ein eigenes kleines Fotostudio, wo sie sich mit Familienaufnahmen, Event und Produktfotografie ein sehr gutes Einkommen schaffte und sich sogar ein eigenes kleines Häuschen leisten konnte. Aber auf die Dauer fehlte ihr die Herausforderung und sie suchte nach einem neuen Business, in dem sie sich als Fotografin erneut beweisen konnte. Die Chance bekam sie, als ihr, ihre beste Freundin Lola, diesen Job hier besorgte. Lola war in dem Modekonzern eine sehr erfolgreiche Chefdesignerin und faktisch ihr eigener Chef. Als ob es eine mentale Verbindung gäbe, klingelte plötzlich das Telefon und besagte Lola war am Apparat.

„Lola, was für eine Überraschung", freute sich Bianca.

„Ohh Süße, schön deine Stimme zu hören. Bianca, du bist meine letzte Rettung", kam es lachend, aber auch verzweifelt von Lola zurück.

„Was ist passiert? Bist du mit deinem Auto gegen einen Blumentopf gefahren, hast du deine Haare grün gefärbt oder haben alle deine Models über Nacht mehr als zwanzig Kilo zugenommen?"

Bianca musste bei der Vorstellung ihrer Ideen selbst herzlich lachen und wusste, dass es gar nicht so abwegig war, dass eine ihrer Antworten zutraf.

Sie kannte Lola schon seit Kindheitstagen. Sie gingen zusammen in den Kindergarten, drückten zusammen die Schulbank und machten als Jugendliche München unsicher. Wann immer es möglich war, waren sie zusammen unterwegs. Dann verliefen sich ihre Wege etwas, aber sie blieben immer in Kontakt. Lola machte eine Ausbildung als Modedesignerin und absolvierte danach ein 3-jähriges Praktikum bei Modeateliers in Rom und Paris. Ihr großes Heimweh trieb sie dann aber wieder zurück nach München. Dort eröffnete sie ein kleines Modeatelier mit dem Namen „Lolas pfundige Mode" und begann mit einer eigenen ausgefallenen Kollektion für Mollige. Ihre Mode kam so gut an, dass sie sich vor Aufträge kaum noch retten konnte und das, obwohl sie selbst gertenschlank war. Der Modekonzern Winter & Söhne bot ihr damals, für ihre Kollektion nicht nur viel Geld, sondern auch eine Position als Chefdesignerin an. Und Lola nahm die Gelegenheit beim Schopf.

„Witzbold!", kommentierte Lola Biancas Antwort. „Es ist viel schlimmer. Ich habe für meine Modenschau am Samstag keine Fotografin."

„Hä? Wieso das? Mona macht doch diesen Job, oder nicht?", fragte Bianca verwundert.

Lola war seit einem Jahr mit der Fotografin Mona liiert, die von der amerikanischen Niederlassung nach München versetzt wurde. Lola hatte sich sofort Hals über Kopf in Mona verliebt. Nachdem die beiden zusammengekommen waren, hatte Mona dann auch die fotografischen Arbeiten übernommen. Bianca tat das damals sehr leid und sie war auch etwas verletzt, denn davor war sie Lolas Fotografin und musste nun den Platz für Mona räumen. Aber ihrer tiefen Freundschaft hatte das keinen Abbruch getan. Nur sahen sie sich danach etwas weniger als vorher, was Bianca nicht ungelegen kam, denn sie kam mit Mona nicht besonders gut zurecht.

„Ach, du weißt das noch gar nicht? Mona und ich haben uns getrennt. Außerdem geht sie wieder zurück nach Amerika. Seit heute Morgen ist sie krank geschrieben."

„Ohh, das tut mir sehr leid." Bianca fühlte aufrichtig mit, denn sie wusste, wie sehr Lola Mona liebte.

„Ich werde es überleben. Es gibt noch andere Menschen auf dieser schönen Welt, die es wert sind, vernascht zu werden." Lola lachte herzlich.

Durch ihre bisexuelle Neigung war Lola sehr offen, was die Liebe und auch den Sex betraf. Sie hatte mal einen Mann als Partner und dann auch mal wieder eine Frau. Aber in den letzten Jahren hatte sie für sich festgestellt, dass sie vom Herzen her doch eher Frauen liebte. Seitdem hatte sie mit Männern zwar ihren Spaß, lachte und ulkte herum, aber sexuell waren Männer für sie kein wirkliches Thema mehr.

„Na ja, so wie du dich anhörst, muss ich mir wohl keine Sorgen um dich machen."

„Nein. Alles okay. Weißt du, irgendwann hatte es zwischen Mona und mir nicht mehr gepasst und dann war da auch keine Liebe und auch kein Kribbeln mehr. Und ich denke, wenn man das merkt, ist es einfach besser, man trennt sich."

„Wenn das mal immer so einfach wäre", brummelte Bianca in den Hörer und ihr kam die Trennung von Antonia wieder in den Kopf.

„Wenn beide das so sehen und auch so empfinden, ist eine Trennung unproblematisch. Mona sah das, Gott sei Dank, genauso wie ich. Allerdings glaube ich sie hat schon wieder jemand Neues, drüben in Amerika."

„Du findest auch wieder eine neue Frau, da habe ich gar keine Zweifel. Und wahrscheinlich noch vor dem Jahresende", stellte Bianca mit sicherer Überzeugung fest.

„Ja kann sein. Aber eine neue Frau beziehungsweise eine neue Liebe muss jetzt erst mal warten. Unsere Modenschau ist wichtiger, sie geht jetzt vor alles und du kennst ja unsere Chefin. Da muss alles super perfekt sein. Und wehe wenn nicht, dann ..."

„Ohh Gott, Lola, das hätte ich fast vergessen. Ich habe ja einen Termin bei Frau Dr. Winter", unterbrach Bianca das Gespräch.

„Lola, ich muss weg, sonst gibt es Ärger. Aber was hältst du davon, wenn ich nachher noch zu dir ins Atelier rüber komme? Wir trinken einen Kaffee zusammen und du erzählst mir in Ruhe wie, wo und was du alles mit deiner Modenschau geplant hast?"

„Perfekt! Also bis nachher, ich liebe dich Süße", kommentierte Lola diesem Vorschlag und bevor Bianca noch etwas sagen konnte, hörte man auch schon ein Tuten im Telefonhörer.

So kannte sie Lola. Sie war einfach unkompliziert, weltoffen, dynamisch, ein bisschen verrückt und sie sagte ganz spontan, was sie gerade dachte oder fühlte. Bianca bewunderte diese

Eigenschaften, die sie selbst leider nicht hatte. Oft hatte sie sich gewünscht, nur ein bisschen so zu sein wie Lola. Wie oft schon wollte sie jemanden ins Gesicht sagen, was sie von ihm hielt. Aber der Anstand und ihre Erziehung hielten sie meist ab davon. Und auch sonst trennten sie Welten.

Aber jetzt hatte sie keine Zeit mehr darüber zu philosophieren. Sie schaute noch mal kurz in den Spiegel und begab sich dann zwei Stockwerke höher, in den Käfig der Löwin, wie das Büro von Frau Dr. Winter auch genannt wurde. Eine sehr elegant gekleidete Vorzimmerdame kündigte ihren Besuch an und brachte sie bis zur Tür.

„Hallo Frau Baumann, schön Sie zu sehen", kam Herr Dr. Winter lächelnd auf sie zu. Bianca begrüßte ihren Chef freundlich, während ihr ein betörender Lavendelduft in die Nase stieg. Sie mochte ihren Chef. Er strahlte eine so väterliche Gemütlichkeit aus.

„Nehmen Sie doch bitte Platz, meine Frau wird gleich da sein." Der Modekonzern war so groß, dass Bianca ihren Chef relativ wenig zu Gesicht bekam, umso mehr freute sie sich, wenn es dann doch mal zu einem Treffen kam. Herrn Dr. Winter schätzte sie auf Mitte sechzig. Er war nicht sehr groß, hatte etwas Bauch und war urgemütlich. In seiner Gegenwart gab es immer was zu Lachen, was Bianca bisher auf den einzelnen Firmenevents so erleben konnte.

„Sind Sie auf unserer kommenden Weihnachtsfeier wieder als Fotografin tätig?"

„Wenn es gewünscht wird, herzlich gerne", antwortete Bianca bescheiden und fühlte sich innerlich sehr geehrt, die Firmenevents bildlich festhalten zu dürfen.

„Na klar wird es gewünscht. Sie machen das ja auch hervorragend", kommentierte er, während er seine Jacke überstreifte.

In diesem Moment ging die Tür auf und Frau Dr. Winter betrat das Büro.

„Entschuldigt bitte vielmals, aber ich bin aufgehalten worden."
Lächelnd kam sie auf Bianca zu und reichte ihr die Hand.
„Schön, dass Sie da sind. Nehmen Sie doch Platz."
Bianca war etwas irritiert über so viel Freundlichkeit. Sie kannte
Frau Dr. Winter eigentlich nur aus den einmal wöchentlich
stattfindenden Sitzungen und da war sie die harte, unnahbare
Geschäftsfrau. War Frau Dr. Winter eine der Damen, die außen
hart waren, innen aber einen weichen Kern hatten? Bianca nickte
nur freundlich. Sie war aufgeregt. Was würde sie jetzt erwarten?
Während Frau Dr. Winter ihrem Mann noch einige Unterlagen
zeigte, ging Bianca hinüber zu der kleinen Sitzecke. Auf dem
Tisch stand eine große Vase, gefüllt mit blühendem Lavendel.
Bianca konnte es sich nicht verkneifen, ihre Nase in den Strauß
zu stecken und an den Blumen zu riechen. Schade, dachte Bianca,
es sind nur Kunstblumen mit Parfüm besprüht. Dennoch löste
der Duft ein wohliges Gefühl in ihr aus. Sie schloss die Augen
und ihre Gedanken gingen auf eine Reise in die Vergangenheit.
Es war ein heißer Julitag. Sie hatte gerade ihr Abitur hinter sich
gebracht und wollte jetzt nur noch eines, abschalten. Kurzerhand
packte sie damals ihren Rucksack und begab sich auf einen Trip
quer durch Frankreich. Ihre Mutter war von ihrem Vorhaben
überhaupt nicht begeistert, aber sie war volljährig und konnte
tun und lassen, was sie wollte.
Sie besuchte Paris und Lyon und reiste von da aus weiter in die
Provence, nach Avignon. Auf einem kleinen Gutshof fand sie eine
Übernachtungsmöglichkeit. Das Zimmer war zwar sehr klein,
aber es war sauber und es hatte eine Dusche. Beim Frühstück
lernte sie Catherine kennen, sie war die Tochter des Hauses. Die
beiden waren fast gleich alt und haben sich auf Anhieb blendend
verstanden. So verbrachten sie die nächsten Tage zusammen und
Catherine zeigte ihr die wunderschöne Umgebung. Bianca war
fasziniert von dem lilafarbenen Blütenmeer der Lavendelfelder,

was sich bis zum Horizont erstreckte. Und genau da passierte es, mitten in diesem betörend riechenden Lavendelfeld. Catherine verführte sie auf eine so zärtlich romantische Weise, dass sie nicht wusste, ob es die Zärtlichkeit oder der Lavendelduft war, der sie fast ohnmächtig werden ließ. Es war die bisher heißeste und erotischste Erfahrung in ihrem Leben. Obwohl sie keinen Kontakt mehr haben, lässt der Duft von Lavendeln, auch heute noch, ein Kribbeln zwischen ihren Schenkeln entstehen.

Die Abschiedsworte ihres Chefs ließen Bianca wieder in die Realität zurückkommen.

„So, dann verziehe ich mich mal", sagte Herr Dr. Winter, winkte den beiden Frauen noch kurz zu und schon war er verschwunden.

„Ich freue mich sehr Bianca, Sie auch einmal persönlich kennenlernen zu dürfen", kam es mit herzlicher und ehrlich wirkender Stimme.

„Die Freude ist ganz meinerseits", antwortete Bianca, während sie ihre Chefin beobachtete, wie sie gerade noch einen Ordner in den Schrank zurückstellte. Frau Dr. Winter war gerade fünfzig geworden und eine Karrierefrau vom Scheitel bis zur Sohle. Bianca stellte wieder einmal fest, dass ihre Chefin eine sehr hübsche und interessante Frau war. Sie hatte ein wunderschönes, sehr gepflegtes Gesicht und die Fältchen rund um ihre Augen und Mund zeigten, dass sie doch schon so einiges an Lebenserfahrung hatte.

Trotz ihrer etwas fülligen Figur, die man keinesfalls mit dick oder kräftig bezeichnen konnte, trug sie ein schwarzes, schlichtes und doch sehr aufregendes Kostüm. Das Oberteil war ein Art Korsett und der tiefe enge Ausschnitt ließ ihre üppigen Brüste voll zur Geltung kommen. Der kurze Rock, der teils interessante Einblicke gewährte, ließ viel Platz für erotische Fantasien.

Bianca schaute Frau Dr. Winter mit einem zauberhaften Lächeln an und ertappte sich bei dem Gedanken, dass sie gerne mal einen Blick unter diesen Minirock geworfen hätte, einfach um mal zu sehen, wie Frau Dr. Winters Muschi so aussehen würde. Bei dieser Vorstellung, gemixt mit dem starken Lavendelduft, spürte sie eine leichte Feuchtigkeit zwischen ihren Beinen entstehen, und sie genoss dieses erregende Gefühl. Doch dann verwarf sie auch ganz schnell diesen Gedanken, schließlich war Frau Dr. Winter ihre Chefin und war mit einem Mann, ihrem Chef, glücklich verheiratet.

„Darf ich Ihnen einen Kaffee anbieten?", fragte Frau Dr. Winter, wartete eine Antwort aber erst gar nicht ab. Während die Vorzimmerdame den Kaffee servierte, schaute sich Bianca in dem großen Büro etwas um.

„Sie haben es sehr schön hier", bemerkte sie anerkennend. „So schön groß und einladend, angenehme Farben und die vielen Pflanzen lassen den Raum gar nicht wie ein Chefbüro aussehen."

Frau Dr. Winter setzte sich ihr gegenüber und lächelte. „Das freut mich, dass Ihnen die Einrichtung gefällt. Das sagt mir, dass Sie nicht nur in der Mode einen guten Geschmack haben."

Bianca lächelte etwas verlegen, obwohl sie sonst eher sehr keck und witzig, teils sogar vorwitzig ist. Keinesfalls ist sie die schüchterne junge Frau, die man leicht verlegen machen kann.

„Ich bin aber jetzt mit Sicherheit nicht hier, weil Sie mir Komplimente machen wollen, oder?"

Frau Dr. Winter antwortete nicht direkt darauf. Sie nippte an ihrer Kaffeetasse, während sie Bianca prüfend anschaute.

„Bianca", sagte sie dann mit einer sehr warmen angenehmen Stimme. „Ich bin nicht nur mit Ihrer Arbeit sehr zufrieden, sondern habe Sie auch als eine sehr loyale und vor allem sehr zuverlässige Mitarbeiterin kennengelernt."

Bianca legte ihren Kopf leicht zur Seite. Sie sagte keinen Ton, war aber in voller Erwartung, was nun kommen würde.

„Ich habe eine persönliche Bitte an Sie, Bianca. Allerdings weiß ich nicht, ob ich Sie damit wirklich belasten darf."

Biancas Hals wurde trocken. Mit solchen Aussagen konnte sie

nicht viel anfangen. Was heißt persönliche Bitte und was meinte sie mit belasten darf? „Was für eine Bitte wäre es denn?" fragte sie schließlich, um nicht ganz so wortkarg dazusitzen.

„Ich würde meinen Mann, zu Weihnachten, gerne mit einigen erotischen Fotos von mir überraschen. Würden Sie sich zutrauen diese Fotos zu machen?"

Bianca schluckte. Sie hätte mit allem gerechnet, aber nicht damit. „Ähh, ich weiß nicht." Ihr war es nicht wohl in ihrer Haut. Sie sollte ihre Chefin in erotischen Posen fotografieren.

„Bianca", sagte Frau Dr. Winter leise, „ich möchte Sie damit wirklich nicht überfahren, aber Sie sind die Einzige, zu der ich vollstes Vertrauen habe."

Bianca war zunächst, entgegen ihrer Natur, sprachlos. „Chefin, ich weiß nicht, ob ich das kann. Ich habe noch nie erotische Fotos gemacht, sondern nur Familienaufnahmen, Modefotos und so was. Hm..."

„Würden Sie es sich denn zutrauen?"

Bianca überlegte einen Moment. „Na ja, warum nicht. Wir können es ja mal versuchen", antwortete sie lächelnd, war sich aber nicht wirklich sicher, ob das alles nicht doch eine Nummer zu groß war.

Frau Dr. Winter nickte sichtlich zufrieden. „Ich verlange natürlich absolute Diskretion. Schließlich werden Sie Bereiche von mir sehen, die normalerweise nur mein Mann anschauen , anfassen und verwöhnen darf."

„Natürlich Frau Dr. Winter. Das ist ja wohl selbstverständlich."

Bianca musste sich leicht räuspern, als sie sich vorstellte, was sie dann eventuell so alles zu sehen bekäme.

„Natürlich müssen wir auch ehrlich zueinander sein und Sie müssen mir sagen, was Sie schön und erotisch finden und was nicht."

„Was meinen Sie genau damit?" Bianca verstand auf Anhieb nicht, was ihre Chefin meinte. Deshalb lieber mal nachfragen,

19

keinesfalls wollte sie einen Fehler machen.

Anstatt zu antworten, legte sich Frau Dr. Winter auf dem bequemen Sessel etwas zurück, zog den Rock leicht nach oben und schob den Slip ein wenig zur Seite. „Meinen Sie, dass sich meine glatt rasierte Muschi auf erotischen Bildern gut darstellen lässt?"

Bianca starrte wie gebannt auf den nackten Schoß ihrer Chefin. Sie war völlig irritiert von diesem Anblick und gleichzeitig wuchs ihre eigene Erregung. Feuchtigkeit, fast schon Nässe machte sich zwischen ihren Schenkeln breit.

„Erregt Sie das?" fragte Frau Dr. Winter mit einem provozierenden Lächeln und strich mit dem Mittelfinger zart über ihre nasse glänzende Spalte. „Soweit ich weiß, lieben Sie Frauen und stehen so auf eine nasse Muschi oder?"

Bianca konnte nur nicken. Sie presste ihre Beine fest zusammen um ihre Erregung einzudämmen. Am liebsten hätte sie jetzt über ihre eigene Knospe gerubbelt so kribbelte es bei ihr. Aber sie konnte sich ja nicht in Anwesenheit ihrer Chefin Erleichterung verschaffen.

„Ich glaube ich packe meine Muschi mal wieder ein, sonst bekommen Sie noch Lust, einmal daran zu lecken." Frau Dr. Winter genoss dieses Spiel. Sie fand schon lange Gefallen an ihrer hübschen Mitarbeiterin und schon oft stellte sie sich vor, wie es wäre, von ihr verwöhnt zu werden.

„Na ja, so eine wunderbare rosafarbene Muschi sieht man ja auch nicht alle Tage", lächelte Bianca, als sich von dem ersten Schock ein wenig erholt hatte.

„Ich wusste, dass wir beide harmonieren werden." Frau Dr. Winter richtete mit einem Lächeln ihren Slip, schob ihren Rock wieder nach unten und tat so, als wenn sie gerade eine ganz normale geschäftliche Unterhaltung gehabt hätten.

„Sie werden wunderbare Bilder von meiner Liebesgrotte machen, da bin ich mir sehr sicher."

„Ich werde mein Bestes tun.“

„Sie gefallen mir, wie locker Sie damit umgehen“, lachte Frau Dr. Winter herzlich. „Bianca, ich weiß, dass Sie mit Lola auf die Modenschau nach Salzburg fahren werden. Wollen wir die Bilder machen, wenn Sie wieder zurück sind? Dann bei mir zuhause?“

„Gerne, ich richte mich da ganz nach Ihnen.“

„Prima. Ich denke, wir haben dann auch soweit alles besprochen“, lächelte sie und erhob sich.

„Ich freue mich darauf, Sie von meinem «erotischen Fototalent» überzeugen zu dürfen“, sagte Bianca, ebenfalls mit einem Lächeln.

Länger als üblich hielt Frau Dr. Winter Biancas Hand und begleitete sie zur Tür. Bianca ging den Gang entlang, verschwand in der Damentoilette und lehnte sich dort kurz an die Wand.

Sie atmete tief ein und aus. Was war denn das jetzt? Bei dem Gedanken an die rosarote Spalte ihrer Chefin, die gerade mehr als einladend vor ihr lag, begann ihre Muschi zu zucken. Dieser Anblick erregte sie total und wenn sie jetzt nicht unter Zeitdruck gestanden hätte, hätte sie sich nun eine kleine sehr wohltuende Massage gegönnt. Doch das war jetzt leider nicht möglich. Das musste sie auf den Abend verschieben und insgeheim freute sie sich auch schon sehr darauf.

Exakt zehn Minuten später war Bianca auf dem Weg zu Lolas Atelier. Der Konzern war so groß, dass sie schon eine gewisse Zeit bis zur Designerabteilung brauchte. Sie betrat den Empfangsraum und wurde von einer jungen, sehr elegant gekleideten Dame begrüßt. Lola hat ihr Personal aufgestockt, bemerkte sie, als sie sich umschaute.

„Darf ich Sie bitten mit mir zu kommen“, säuselte die hübsche Empfangsdame, nachdem sie bei Lola telefonisch Biancas Besuch angekündigt hatte. Bianca hätte den Weg zwar selbst gefunden, so oft war sie schon hier, aber so trottete sie der eleganten Lady hinterher. Dann waren sie in der Designer-Chefetage, den sogenannten heiligen Hallen angekommen. Hinten am Ende des Gangs war Lolas Büro. Bianca schaute noch mal kurz in den großen Spiegel an der Wand und war mit dem, was sie da sah, eigentlich sehr zufrieden. Sie hatte zwar keine Modelfigur, aber sooo schlecht war ihre Figur nun auch wieder nicht, dass sie sich hätte dafür schämen müssen. Früher bekam sie öfter mal einen Abnehm-Rappel und hatte so schon alle möglichen Diäten ausprobiert. Sie nahm dann mit jeder Diät unzählige Kilos ab, hatte diese aber nach Erreichen ihres Ziels auch sehr schnell wieder drauf. Ihre Ex-Freundin Antonia meinte zwar, dass ihre weiblichen Kurven genau an den richtigen Stellen seien und ihr großer, wohlgeformter Busen eine gewisse Gemütlichkeit ausstrahlte, aber wirklich glauben konnte und wollte sie das nicht.

Irgendwann begann Bianca ihren Körper so zu lieben und anzunehmen wie er war, mit all seinen natürlichen runden Formen und auch dem üppigen Busen. Sie begann immer öfter, ihre sportliche Kleidung gegen elegante Outfits zu tauschen. Auch sehr figurbetonte Kleidung, die für sie früher undenkbar gewesen wäre, gehörte nun zu ihrem Alltag. Natürlich durften dann auch sexy Unterwäsche, wie mit Spitzen besetzte BHs oder Strapse nicht fehlen.

Heute trug Bianca einen sehr eng anliegenden, figurbetonten schwarzen Hosenanzug mit einem breiten goldenen Gürtel und passenden hohen High Heels. Das Halskettchen, mit einem kleinen Brillanten versehen, brachte ihr schönes einladendes Dekolleté noch mehr zur Geltung. Ihr dunkelbraunes, wunderschönes Haar gab ihrem Gesicht einen kecken, lausbubenhaften Charme. Das Spitzbübige konnte sie deshalb auch mit ihrem sehr dezenten Make-up und dem leicht roséfarbenen Lippenstift nicht mindern. „Frau Lahner lässt bitten." Mit diesen Worten öffnete die junge Frau die Bürotür und bat sie hinein. Lora Lahner, die von allen nur Lola genannt wird, kam mit ausgebreiteten Armen lächelnd auf Bianca zu.

„Ja hallo meine Süße, herzlich willkommen!", rief Lola mit freudestrahlender Stimme. Sie nahm Bianca überschwänglich in den Arm und drückte sie ganz fest an sich. „Menschenskind, du siehst heute ja richtig sexy aus", stellte sie bewundernd fest, während sie einmal um Bianca herum ging.

„Danke schön, Lola", antwortet Bianca und spürte wie gut ihr dieses Kompliment tat. „Das Kompliment gebe ich aber auch sehr gerne an dich zurück. Du siehst nämlich auch verdammt gut aus mit deiner neuen Haarfarbe."

Bianca bewunderte Lola und diese Bewunderung war ein aufrichtiges, ehrliches, freundschaftliches Gefühl. Lola war fast genauso alt wie sie selbst, aber vom Äußeren her ein ganz anderer Typ. Sie war sehr groß, super schlank und hatte lange, glänzend rote Haare.

„Komm setz dich, der Kaffee läuft gerade durch. Erzähl, was gibt es Neues bei dir?"

An Lolas Neugierde hatte sich nichts geändert. Sie war wie ein Bach, der überläuft, und ihr Temperament war nicht zu bremsen. Somit kamen ihr auch immer wieder neue Gedanken und Ideen, die sie dann mit ihrer Mode wunderbar umsetzte.

„Na ja, das Übliche, kennst du ja. Viel Arbeit." Von dem eben erlebten erotischen Besuch bei ihrer Chefin erzählte sie nichts. Das gehörte zu ihrer Loyalität und war nun auch ein kleines Geheimnis zwischen ihr und Frau Dr. Winter.

„Okay. Viel Arbeit, das ist nichts Neues. Was gibt es privat? Hast du die Trennung von Antonia etwas verarbeiten können?"

„Na ja, so lala. Antonia kommt heute Abend noch vorbei, um ihr restliches Zeugs zu holen. Ich liebe sie halt noch immer."

„Vergiss sie, sie hat dich nicht verdient", antwortete Lola etwas bedauernd, während sie den Kaffee einschenkte.

Mit Antonia verstand Lola sich überhaupt nicht mehr, ganz im

Gegensatz zu früher. Seit einem heftigen Streit zwischen ihnen, findet sie Antonia nur noch arrogant und überheblich.

„Antonia ist nicht nur eine gut aussehende, sehr erfolgreiche Anwältin, sondern war auch eine liebe, sehr zärtliche Freundin und Lebenspartnerin. Ich habe also absolut keinen Grund mich über sie zu beschweren."

„Ja natürlich", konterte Lola theatralisch. „Ihr beide ward ein wunderbares harmonisches Paar, beide sehr gut aussehend, habt auch beide einen sehr guten Job, ein tolles Haus, zwei große Autos, konntet mehrmals im Jahr in Urlaub fahren und konntet euch leisten, was das Herz so begehrt. Stimmt, eigentlich fehlte es euch an nichts! Nur kam dann eine, die irgendwie besser war als du und ....."

„Lola, sei ruhig, bitte", schrie Bianca ihre Freundin an. Bianca vergrub ihr Gesicht in ihre Hände. Ihr liefen Tränen die Wangen herab. „Ich weiß doch, dass es vorbei ist, aber ich liebe sie nun halt mal immer noch."

Lola nahm Bianca in den Arm. „Bianca, Süße, bitte wach auf. Was du an ihr liebst ist, dass sie dich körperlich beherrscht. Du bettelst um ihre Anerkennung, um ihre Aufmerksamkeit. Für dich ist das Liebe, für sie ist es Macht. Das ist keine Liebe Bianca, das ist Abhängigkeit. Du bist blind, mach endlich die Augen auf. Es ist dein Leben, genieße es. Du bist wieder solo, nimm dir endlich das was du willst. Wenn du Sex haben willst, dann treibe es. Du musst niemanden Rechenschaft ablegen."

Bianca wurde sehr christlich erzogen und Werte wie Treue, Fleiß, Anstand, Disziplin standen hoch im Kurs. Als Bianca ihren Eltern damals gestand, dass sie lesbisch sei, ist eine Welt für sie zusammengebrochen.

„Okay, ich mache mir Gedanken darüber, aber jetzt lass uns bitte über deine Arbeit reden."

Dann erzählte ihr Lola von der bevorstehenden Modeschau. Sie berichtete über den Ablauf und dem geplanten Programm.

„Sag mal, was hältst du davon, wenn du bereits morgen nach der Arbeit zu mir nach Hause kommst und einfach über Nacht hier bei mir bleibst. Am Freitagmorgen fahren wir dann zusammen nach Salzburg, verbringen dort ein schönes Wochenende und fahren am Sonntagabend zusammen zurück."

„Na ja, warum nicht. Ich muss ja niemanden mehr fragen."

„Genau so ist es. Überleg es dir. Du bist hier jederzeit herzlich willkommen, das weißt du. Wenn es nicht klappt, dann kommst du eben direkt am Freitagmorgen zu mir. Aber das Wochenende bleiben wir in Salzburg, da gibt es keine Diskussion."

Lola machte so eine Modenschau nicht zum ersten Mal und wusste sehr genau wie stressig das sein kann.

Kapitel 2

Eine Stunde später verabschiedete sich Bianca von Lola. Den geplanten Einkaufsbummel ließ sie ausfallen, sie hatte hierauf jetzt absolut keine Lust mehr. Stattdessen fuhr sie direkt nach Hause. Dort angekommen stellte sie fest, dass Antonia noch nicht da gewesen war. Wahrscheinlich hatte sie wieder längere Termine und wird später kommen. Bianca ging das heftige Gespräch mit Lola nicht aus dem Kopf. Sie wollte die Zeit nutzen, um über alles nachzudenken und es gab sehr viel, worüber sie sich klar werden musste. Sie wusste, sie musste Antonia vergessen, die Beziehung war vorbei. Aber das war leichter gesagt als getan.

Bianca fror und so ging sie in die Küche um sich einen Früchtetee zu machen. Sie übergoss den Teebeutel mit heißem Wasser und machte einen Löffel Honig hinein. Dann ging sie zu dem kleinen Regal, nahm die Rumflasche herunter und verfeinerte den Tee noch mit einem kräftigen Schuss dieser braunen anregenden Flüssigkeit.

Mit dem heißen Getränk setzte sie sich gemütlich vor den offenen Kamin, der mittlerweile schon eine wohlige, angenehme Wärme ausstrahlte.

Auch wenn sie es nicht wollte, gingen ihre Gedanken zu der Frau, die sie mal so sehr liebte. Sie stellte sich die Frage, warum es überhaupt auseinander gegangen ist. Sie lernte Antonia in ihrem Fotostudio kennen, während sie Passfotos von ihr machte. Es knisterte zwischen ihnen ab der ersten Minute. Und es dauerte dann auch nur ein paar Monate, bis Antonia bei ihr eingezogen ist.

Was hatten sie eine schöne Zeit zusammen. Sie kochten viel zusammen, alberten herum wie kleine Kinder, führten stundenlang intensive Gespräche über Gott und die Welt und genossen wirklich jeden Tag zusammen. Antonia erzählte ihr auch ganz oft von ihrer Arbeit als Anwältin, was sie so beschäftigte und worüber sie nachdachte. Aber auch von den teils herzergreifenden Schicksalen, mit denen sie als Anwältin täglich zu tun hatte. Damals war sie noch eine Einzelkämpferin und Bianca war sehr stolz auf sie, denn sie galt als die „Anwältin mit Herz" und ihre Fälle gingen auch ihr oft persönlich sehr nahe. Antonia ging es immer um Gerechtigkeit, ihr Honorar war für sie zweitrangig. Und dann, eines Tages kam unerwartet das Angebot, einer der renommiertesten Anwaltskanzleien, dass sie dort einsteigen konnte. Und genau ab diesem Zeitpunkt, veränderte sich Antonia, schleichend, von Tag zu Tag mehr. „Das ist meine große Chance", sagte sie damals und nahm das Angebot freudig an. Aufgrund, der vielen Arbeit, der langen Büroabende und den damit verbundenen regelmäßigen Überstunden, kam das Beziehungsleben dann einfach zu kurz. Kleine Geschenke, gemeinsame Stunden und zärtliche Gesten ließen immer mehr nach. Doch Bianca wollte das alles nicht wahrhaben und sah in Antonia auch weiterhin die perfekte Partnerin, obwohl Antonia immer mehr den „männlichen" Part herauskehrte. Sie entwickelte sich im Laufe der Zeit zu einer strengen und unnachgiebigen Partnerin mit einer Art, wie sie es auch beruflich so an den Tag legte. Antonia liebte es, ihre dominante, erotische Art bei und mit Bianca auszuleben. Und Bianca ... genoss sie es auch oder lechzte sie eigentlich immer nur nach Antonias Aufmerksamkeit? Bianca war sich nicht mehr so sicher, ob es gerade auf der sexuellen Ebene wirklich noch Liebe und Begehren war oder doch eher ein Machtspiel der ganz besonderen Art.

Dann aber kam dieses eine Seminar, was alles ändern sollte. Antonia lernte eine andere Frau kennen. Sie war auch eine Anwältin und Antonia verliebte sich Hals über Kopf in diese Frau. Noch am gleichen Abend schenkte Antonia ihr reinen Wein ein, was Bianca ihr hoch anrechnete. Antonia war immer ehrlich zu ihr gewesen. Zwei Wochen später zog sie aus.

Bianca war durcheinander. Die Gedanken schwirrten wir eine Gruppe Fliegen durch ihren Kopf. Doch langsam begann nun auch der Rum im Tee seine Wirkung zu entfalten und sie wurde immer ruhiger. Sie schien fast schon richtig ausgeglichen. Die Probleme und Sorgen wirkten auf einmal viel leichter, sie schienen nicht mehr so schlimm und waren irgendwie auch ganz weit weg.

Bianca genoss dieses momentane leichte Gefühl und entschloss sich, noch einen Tee zu machen. Der Rum im Tee tat ihr gut. Sie übergoss erneut einen Teebeutel mit heißem Wasser und machte noch einmal einen kräftigen Schuss von diesem Branntwein hinein. Diesmal war der Schuss sogar noch etwas kräftiger als der vorige. Dann ging sie erneut zurück ins Wohnzimmer und setzte sich wieder vor den Kamin. Sie schaute, auf die im Feuer knisternde Holzscheite und lauschte der leisen romantischen Musik im Hintergrund.

„Was für ein schöner Moment", dachte sie und vergaß in diesem Augenblick alle ihre Sorgen. Draußen schneite es, es war bitterkalt, aber drinnen hatte sie es wohlig warm. Bianca genoss Schluck für Schluck dieses wundervolle heiße Getränk, das wie ein kleiner Helfer, ihrem Körper und auch ihrer Seele so richtig gut tat.

Das Feuer im Kamin hatte die Feuchtigkeit und die Kälte aus dem Raum vertrieben. Aber auch ihr war es jetzt so richtig warm geworden. Sie öffnete den Reißverschluss ihres Overalls, sodass man den schwarzen Spitzen-BH mehr als nur erahnen konnte. Sie bewegte ihren Po auf dem Sofa ein wenig unruhig hin und her. Ihr Slip war verrutscht und zwickte zwischen ihren Beinen, was wiederrum eine leichte Reibung verursachte. Das Zwicken brachte ihren Unterleib in Wallung und es begann genau dort, vor Erregung zu pochen. Bei dem Gedanken an das Gespräch mit ihrer Chefin, an den Anblick der rosaroten nassen Grotte bekam sie Lust sich nun endlich selbst ein wenig zu verwöhnen. Ihr Slip war bereits nass und sie war, durch ihre Fantasien bis zum Äußersten erregt. Gerade als ihre Hand über ihren noch verpackten Venushügel streicheln wollte, hörte sie, wie sich die Haustüre öffnete.

„Hallo, du bist ja noch wach", begrüßte Antonia sie und gab ihr einen flüchtigen Kuss auf die Wange.

„Ich habe auf dich gewartet."

„Hättest du nicht gebraucht." Antonia ging, ohne ein weiteres Wort hinaus in den Flur und begann die paar Kisten ins Auto zu räumen. Nach einer viertel Stunde war alles verstaut.

„So alles eingepackt", sagte Antonia, während sie ins Wohnzimmer zurückkam. Sie hatte es heute nicht eilig und so ging sie hinüber zur Bar, um sich einen Cognac einzuschenken. Bianca roch ihr Parfum, ein herber, maskuliner Duft. Antonia wirkte wie immer, oder doch nicht? Bianca versuchte, in ihren wunderschönen grünen Augen eine gewisse Veränderung zu erkennen. Aber vergebens. War es das wirklich gewesen? War jetzt alles vorbei?

„Ich war heute übrigens bei Lola. Sie hat am Wochenende eine Modenschau und ich soll fotografieren. Dafür wäre ich allerdings von morgen bis zum Sonntagabend unterwegs. Wäre das okay für dich?"

„Warum fragst du mich das Bianca? Jeder geht nun seine eigenen Wege. Du musst mich nichts mehr fragen, und ich muss dir nichts mehr erzählen", kam Antonias klare Antwort, während sie das Glas Cognac in einem Zug leerte. Bianca spürte, dass Antonia gestresst war und sie spürte, dass irgendetwas nicht stimmte.

„Ist alles okay bei dir?" fragte Bianca vorsichtig.

„Ja!" Antonia antwortete fast überhastet und blickte Bianca dabei nicht an. Sie drehte sich um und schaute zum Fenster hinaus. Ihre neue Beziehung mit Alicia war bereits wieder zerbrochen. Aber ihr Stolz verbot es ihr, Bianca gegenüber zuzugeben,

29

dass sie einen Fehler gemacht hatte. Sie, die starke Anwältin, sollte sich geirrt haben. Nein, niemals würde sie eine Schwäche zugeben. Seit ein paar Tagen schon schlief sie bei ihrem Bruder, was allerdings keine Dauerlösung war. Sie musste schnellstens eine neue Bleibe finden. Aber wo?

„Ich werde mir noch einen Tee machen. Willst du auch einen?" Bianca erwartete keine Antwort und begab sich direkt in die Küche. Antonia dagegen ging hinüber zum Barschrank und füllte ihr Glas noch einmal auf.

„Was hast du denn heute so gemacht?" frage Bianca, als sie kurze Zeit später zurückkam und den Tee auf dem kleinen Tisch abstellte. Sie spürte förmlich die Anspannung, eine gewisse Elektrizität lag in der Luft.

„Ich habe wie immer gearbeitet. Fast durchgehend, bis heute Abend. Wir hatten eine sehr lange anstrengende Sitzung und dann hatte ich keine Lust mehr." Antonia lächelte sie an. „Ich hab die Sitzung verlassen und bin hier her gefahren, um noch ein bisschen Zeit mit dir zu verbringen." Der Cognac tat nun auch bei Antonia seine Wirkung und ließ so ganz langsam etwas Platz für Schwäche, eine Schwäche, die sie normalerweise nie zeigen würde.

Bianca war total überrascht, denn so ein Satz kam schon wochenlang nicht mehr aus Antonias Mund. Doch dann fiel ihr ein, was sie ja nur wenige Minuten vorher hören durfte und das war doch eine klare Ansage, dass alles vorbei ist. Oder doch nicht?

„Ein bisschen Zeit mit mir verbringen? Du hast doch deine Alicia oder willst du nun etwa ein Doppelmatch?" Biancas blaugrünen Augen blitzten verärgert.

„Du siehst so richtig scharf aus mit dem halb geöffneten Hosenanzug und diesen prallen Brüsten. Die sehen so aus, als ob sie gleich herausspringen wollten", sagte Antonia mit rauchiger Stimme und einem lüsternen Blick, ohne weiter auf Biancas Frage einzugehen.

Bianca schaute erschrocken auf ihr Dekolleté. Sie sah den Reißverschluss, der wirklich schon sehr weit geöffnet war. Sie war ja gerade dabei gewesen sich selbst zu verwöhnen, als die Haustüre aufging. Der schwarze Spitzen-BH hatte Last, ihre üppigen Brüste noch so einigermaßen zu umschließen und es fehlte nicht viel, dass sie von selbst heraussprangen. Biancas Herz klopfte wie wild und im ersten Augenblick wollte sie den Reißverschluss auch wieder schließen. Doch dann tat sie genau das Gegenteil.

Die seelischen Verletzungen der letzten Wochen waren zu tief. Sie hatte es nicht verdient, dass man ihr so weh tat. Niemals übernahm sie den dominanten Part in ihrer Beziehung, aber genau damit, mit etwas, was sie noch nie gemacht hatte, wollte sie sich aus dieser Lage befreien. Noch einmal wollte sie Sex mit der Frau, für die sie alles getan hätte. Obwohl sie wusste, dass es vorbei war und dass letztlich nur ein schales Gefühl bleiben würde, der Rum im Tee nahm ihr gerade die letzten Zweifel.

Sie öffnete den Reisverschluss nun noch weiter als er schon war und bewegte die Öse sehr aufreizend und ganz langsam nach unten, bis kurz vor ihren Schritt.

„Dass dir meine Brüste überhaupt noch auffallen, wundert mich jetzt doch jetzt etwas", raunte Bianca mit einem angriffslustigen Funkeln in den Augen. Sie spürte, wie das Pochen in ihrem Unterleib stärker wurde und wie sich ein intensives Verlangen nach einer erotischen Massage einstellte.

„Deine Brüste müssen einem ja auffallen, so groß und prall, wie sie sind." Antonia stand bewegungslos da und genoss ganz in Ruhe ihren Cognac. Sie schwenkte ihr Glas, ohne den Blick von Bianca abzuwenden.

Antonia Cooper war eine sportliche, sehr gut aussehende Frau, mit einer äußerst maskulinen Ausstrahlung, die sie mit ihren kurzen schwarzen Haaren noch unterstrich. Mit genau dieser wahnsinnig erotischen Ausstrahlung hatte sie Bianca damals, bei

dem Fototermin in ihren Bann gezogen. Sie verfügte über ein sehr
starkes Selbstbewusstsein, Scharfsinn sowie hoher Intelligenz.
Vom Elternhaus her brachte sie eine gute Erziehung mit, war
immer höflich, hatte vorbildliche Manieren und verfügte über
einen stilsicheren Geschmack. Ihr makelloses Gesicht war leicht
gebräunt und ihre dunklen Augen hatten einen ganz besonderen
Glanz. Frauliche Kleidung sah man bei ihr äußerst selten. Sie
dominierte gerade nach außen hin die starke Frau und so trug
sie, wie fast immer, auch heute einen perfekt geschnittenen
Hosenanzug sowie eine sportliche Hemdbluse.
Ihre maskuline Erscheinung faszinierte Bianca immer wieder,
aber ihre momentane Teilnahmslosigkeit brachte sie fast zum
Kochen. Sie drehte sich um und ging hinüber zu dem großen
antiken Eiche-Schreibtisch, der direkt vorm Fenster stand. Sie
schaute hinaus in den Garten und beobachtete die Schneeflocken.
Ihr Herz klopfte total wild. Was sollte sie jetzt tun?
Doch bevor ihr eine Antwort einfiel, stand Antonia direkt hinter
ihr. Fordernd legte sie ihre Hände auf ihre Hüften. Bianca musste
sich an dem Schreibtisch leicht abstützen, um nicht umzufallen.
Sie fühlte Antonias weiches Kinn in ihrem Nacken, roch ihren
Duft und spürte, wie sie sich fest an ihre weiblichen Rundungen
drückte. Ihre Gedanken kreisten wirr in ihrem Kopf herum.
Sie musste daran denken, wie Antonia ihre neue Partnerin so
verwöhnte. Sie hatte die beiden einmal zusammen in der Stadt
gesehen und so wusste sie auch, wie die neue Frau an Antonias
Seite aussah. In ihren Vorstellungen sah sie wie Antonia Alicias
Muschi mit absolutem Genuss verwöhnte. Je intensiver sie sich
das vorstellte, desto erregter wurde sie. Allein diese Vorstellung,
dass Antonia diese blonde Frau namens Alicia gerade mit ihrer
Zunge zum Höhepunkt brachte, ließ sie fast verrückt werden. Ihre
Spalte wurde bei dieser Vorstellung von Sekunde zu Sekunde
feuchter und sie begann Antonias Berührungen zu genießen.
Antonia öffnete den Reißverschluss ihres Hosenanzuges nun

ganz und streifte das Kleidungsstück etwas ungestüm von ihrem Körper. Nun war sie fast nackt. Sie stand vor diesem schweren antiken Schreibtisch, nur noch mit schwarzen High Heels, halterlosen Strümpfen, BH und einem schmalen Slip bekleidet. Antonia stand immer noch hinter ihr und öffnete ihren schwarzen, mit Spitzen besetzten BH. Zwei wundervolle weiche Brüste mit erigierten Brustwarzen kamen zum Vorschein. Antonias Hände wanderten über ihren Körper. Alles andere als zart drückte sie fest und unsanft ihre Brüste zusammen. Sie knetete sie regelrecht durch. Bianca griff nach hinten und öffnete den Reißverschluss von Antonias Hose. Sie wollte, die mit Sicherheit auch schon sehr nasse Muschi von Antonia fühlen und massieren. Doch Antonia schob ihre Hand weg. Sie drückte Biancas Oberkörper nach vorne herunter und spreizte mit ihren Füßen ihre Beine. Zweifelsfrei zeigte sie ihr, wer hier bestimmt, wo es lang geht und wer, wen, auf welche Art verwöhnen wird.

Ohne weiteres zärtliches Vorspiel schob sie Biancas schmalen Slip ein Stückchen zur Seite. Ihre Pobacken wurden sichtbar und auch ihre rosarote Spalte. Dann zog sie den Strang des kleinen schwarzen Slips mit einem festen Ruck nach hinten, sodass dieser die beiden Schamlippen teilte. Sie schob von hinten ihre Hand in ihren Schritt, zupfte genüsslich an Biancas Schamlippen, erst die eine, dann die andere, dann beide zusammen. Aus Biancas Liebesgrotte tropfte der Liebessaft.

„Kann es sein, dass genau das meinem kleinen Luder gefällt?", fragte Antonia mit rauchiger Stimme.

„Oh ja, bitte mach weiter", flehte Bianca und stützte sich auf ihren Ellenbogen ab. Sie warf ihren Kopf in den Nacken und genoss stöhnend diese Berührungen.

Dann begann Antonia von hinten Biancas Lustknopf zu massieren. Erst ganz zart. Dann aber wurde das Rubbeln immer schneller und härter, bis Bianca dachte, es nicht mehr aushalten zu können. Fest drückte sie immer wieder ihren strammen Po nach hinten. Nun war es kein zärtliches Streicheln mehr, sondern ein sehr forderndes Rubbeln, was sie in diesem Moment aber noch viel mehr erregte. Bianca hätte es jetzt zwar auch sehr gerne genossen, wenn Antonias sie zur Abwechslung mal ganz zart mit ihrer Zunge verwöhnt hätte, aber dafür hatte Antonia ebenso gar keinen Sinn.

Ja, Antonia wollte diese rosarote feuchte Lustgrotte verwöhnen, aber auf ihre ganz spezielle Art. Ihr stand der Sinn im Moment nicht nach einem zärtlichen Verwöhn-Programm. Genau das hatte sie die letzten Wochen immer wieder machen müssen. Alicia stand nur auf das zärtliche Programm und als Antonia ihre maskuline Seite dann endlich auch mal wieder ausleben wollte, war es vorbei. Alicia beendete die Beziehung und Antonia zog aus.

Zu lange hatte sie nun auf den Sex verzichtet, den sie mochte. Und jetzt stand ihr der Sinn nach etwas Deftigem und dafür kam ihr diese mittlerweile total nasse Liebesspalte von Bianca gerade recht. Dass sie die Beziehung eigentlich beendet hatte und Bianca damit sehr weh getan hatte, dass war ihr in dem Moment egal. Antonia wusste, wie sie Bianca beherrschen und gefügig machen konnte. Aber nicht nur Bianca.

Ihr gutes Aussehen und ihr beruflicher Erfolg waren Aspekte, die ihr bei Männern und bei Frauen gleichermaßen immer wieder leichten Zutritt verschafften. Sie genoss es, beide Geschlechter zu verführen. Sie brauchte den Sex, dieses Spiel, dieses Spiel der Macht. Sie brauchte es als weitere Bestätigung. Das Antonia auch während der Beziehung mit Bianca bereits weitere Sexabenteuer hatte, von all dem ahnte Bianca nichts. Antonia hielt sich nicht weiter mit dem Vorspiel auf. Sie ging kurz zu ihrer Tasche und kam mit einem außergewöhnlichen Dildo zurück. Bianca war schon so nass, dass sie diesen wunderbaren Lustpfahl direkt in deren Dreieck verschwinden lassen konnte. Antonia bewegte den Dildo einige Male hin und

her, mal langsam dann wieder sehr heftig und kurz bevor sie
spürte, dass Bianca vor ihrem Höhepunkt stand, zog sie den
Lustbolzen heraus. Sie wollte die Situation genießen und zwar
auf ihre ganz eigene Art.
Sachte drückte sie Biancas Oberkörper wieder nach unten.
Bianca stützte ihren Kopf auf ihren Armen ab. Sie fühlte sich
total ausgeliefert. Antonia schaute nach rechts und sah dort
den kleinen Kuli mt der großen Feder liegen. Sie nahm ihn auf
und streichelte mit den zarten Borsten ganz sanft über Biancas
wohlgeformten Rücken. Sie küsste ihren Nacken, streifte mit
der Feder über ihre Schulterblätter, den Rücken entlang, immer
tiefer, bis zu ihrem Po.
Bianca schauderte es bei diesen Berührungen und Antonia hörte
mit einer gewissen Genugtuung ihr Stöhnen, vermischt mit
kehligen Geräuschen. Sie strich mit der Feder einige Male über
ihre Pobacken.
„Komm du kleines Luder. Mach deine Beine noch weiter
auseinander", befal sie ihr. Ihr machte es gerade sehr großen
Spaß sie zu beherrschen. Ja, sie sollte ihr willig sein.
Bianca gehorchte und spreizte noch ein wenig mehr ihre Beine.
Ihr Körper brannte vor Verlangen. Sie war verrückt danach
endlich Antonias Zunge zu spüren.
„Komm noch etwas mehr. Ich will was sehen." Ihr Ton wurde
schärfer. Bianca gefiel dieser Tonfall gar nicht, aber ihre Lust
war zu stark und so kam sie Antonias Wunsch nach.
Antonia sah nun die rosa glänzende Lustgrotte direkt vor sich.
Sie wusste, was Bianca jetzt wollte. Sie wusste, dass sie ihre
harte Zungenspitze an ihrem Kitzler spüren wollte. Aber den
Gefallen tat sie ihr nicht, noch nicht. Sie nahm wieder die Feder
und strich damit ganz zart an den Innenschenkeln entlang. Von
unten nach oben, erst rechts, dann links und wie aus Versehen,
berührte sie damit immer mal wieder ihre Knospe. Bianca schrie
auf vor Lust.

Antonia legte die Feder beiseite und knetete mit ihren Händen erst leicht, dann immer fester ihre Pobacken. Ganz zart drückte sie die beiden Pobacken auseinander. Dann nahm sie wieder den Vibrator zur Hilfe und rieb ihn mal zart, mal heftiger an Biancas Knospe. Nur ein paar Mal, schließlich wollte sie Bianca ja noch etwas bieten.

„Antonia, bitte, quäle mich nicht so." Bianca stöhnte, es war ein flehendes Stöhnen. Sie war erschöpft, sie wollte nur noch erlöst werden, erlöst von dieser Wollust.

„Okay, wie du willst", erwiderte Antonia, wobei Bianca ihr schadenfrohes Grinsen in diesem Moment nicht sehen konnte. Langsam drehte sie Bianca um, sodass sie ihr in die Augen schauen konnte. Es machte ihr Spaß sie sexuell zu quälen. Nicht mit Schmerzen, nein, auf SM-Spielchen stand sie überhaupt nicht. Sie stand auf pure Lust. Auf eine Lust, die allerdings nur sie bestimmte. Antonia nahm Bianca an ihrer Taille, hob sie hoch und setzte sie mit ihrem blanken Po auf den Schreibtisch. Dann schob sie Bianca etwas zurück und drückte ihren Oberkörper sachte nach hinten.

Der Schreibtisch war sehr hart und Bianca fühlte sich ihr, in dieser Position total ausgeliefert. Aber es ängstigte sie nicht, ganz im Gegenteil, sie war vor lauter Lust total erregt, aber auch aufgeregt und gespannt, was sie nun mit ihr machen würde. Bianca wusste, dass Antonia nicht auf Sexpraktiken stand, die körperliche Schmerzen verursachen würde. Sadomaso, Peitsche oder Ähnliches waren ihr zuwider. Und so konnte sie ihr blind vertrauen.

Die Ungewissheit, was sie nun mit ihr anstellen würde, erregte sie immer mehr. Antonia stellte Biancas Füße rechts und links auf die Schreibtischplatte und drückte ihre Schenkel auseinander. Der Anblick, der schwarzen High Heels erregte sie sehr. Bianca sah in Antonias Gesicht. Pure Gier sprach aus ihren Augen. Mit festem Griff drückte sie ihre Hände nach oben, hielt sie fest, sodass sie sich nicht wehren konnte. Und dann küsste Antonias sie ganz zart auf den Mund, berührte mit ihrer Zunge die Ihrige. Sie ließ ihre Zunge an ihrem Ohr, ihrem Hals, ganz langsam nach unten gleiten, ganz langsam, immer weiter nach unten, bis zu ihrer Muschi, ohne diese aber zu berühren. Immer wieder berührte sie mit der festen Zungenspitze das feuchte Umfeld, ließ die Lustgrotte aber aus. Für Bianca war das mehr als Qual, und das wusste Antonia. Langsam fuhr sie wieder mit ihrer Zunge nach oben und knabberte an den Ohrläppchen.

Bianca hielt es nicht mehr aus, das war pure Folter. Folter mit purer Zärtlichkeit. Sie wollte Erlösung, sie wollte nun endlich ihren Orgasmus erleben. Sie legte ihre Hand auf ihre nasse Lustspalte und begann sie zu streicheln. Doch das gefiel Antonia so gar nicht. Mit festem Griff nahm sie Biancas Handgelenk und drückte ihren Arm wieder nach oben. Ihre Erregung fing nun an wehzutun. Sie legte die Beine um Antonia, aber sie sträubte sich. Sie drückte ihre Beine wieder nach unten. Ihre Lippen bewegten sich über ihren Hals, ihre Brust, saugten fest an den harten Nippel, bis Bianca leicht aufschrie vor Lust. Sie aber leckte unbeirrt weiter, an ihrem Bauch entlang, bis nach unten zwischen ihre Schenkel.

Bianca wand sich hin und her und Antonia spürte, dass sie kurz vor einer Explosion stand. Aber sie wollte Bianca noch ein bisschen leiden lassen. Antonia begann an diesem Spiel nun erst so richtig ihren erotischen Spaß zu bekommen. Sie zog langsam ihren Gürtel aus der Hose, drückte beide Arme von Bianca nach oben und band diese mit dem Gürtel zusammen, ganz leicht ohne Druck. Bianca hätte ihre Hände problemlos aus der Schlaufe ziehen können, aber das wollte sie gar nicht, sie genoss das Spiel, ein Spiel des Ausgeliefertseins.

Antonias Hände und Fingerspitzen streichelten über Biancas Hüften und näherten sich langsam, quälend langsam, ihren Leisten. Dann endlich vergrub sie ihren Kopf zwischen ihren

Schenkeln und ließ ihre Zunge, zwar nur ein einziges Mal, aber mit einer gewissen Härte, über ihre harte Knospe gleiten.

„Oh Gott, Antonia, mach es mir, jetzt bitte", seufzte Bianca.

„Du willst, dass ich es dir jetzt besorge ja? Ist es das, was du willst?" Antonia schaute Bianca grinsend an.

Bianca nickte. „Oh ja bitte. Ich habe mich so danach gesehnt. So lange hast du mich schon nicht mehr so heiß verwöhnt." Bianca keuchte, ihr Puls raste und ihr Herz klopfte bis zum Hals.

„Oh, du bist vielleicht ein ungeduldiges Mädchen!" antwortete Antonia und gab ihr einen ganz leichten Klaps auf den Po. Dann küsste sie Biancas rosa fleischfarbene Knospe.

„Na so etwas, mein ungeduldiges Mädchen ist ja noch gar nicht richtig nass. Da müssen wir unbedingt etwas dagegen tun!"

„Nein Antonia, bitte", kam es flehend von Bianca. „Ich bin nass genug, mehr geht schon gar nicht mehr. Bitte komm, lass mich dich endlich spüren."

Antonia grinste triumphierend. Ja, sie hatte es wieder einmal geschafft. Sie hatte wieder einmal eine Frau bis zur Aufgabe gebracht. Auch Bianca hätte jetzt alles mit sich machen lassen. In diesem Moment sah Bianca in Antonias Augen. Aber was sie da sah, war keine Begierde, war keine Leidenschaft. Was sie sah, war ein lüsterner, kalter und berechnender Blick in tief dunklen Augen. Das waren nicht die Augen mit diesem warmen herzlichen Blick, den sie immer so liebte. Nein, das war überhaupt nicht mehr die Frau, die sie einmal so sehr liebte. Es waren die Augen eines Monsters. Ein weibliches Monster, das andere beherrschen wollte und für das Sex und Gefühle nur noch Triumph waren.

Diese Frau, sah eine Frau, nicht mehr als Frau, sondern als eine Trophäe. Und sie selbst war gerade eben wieder so eine Trophäe. Sie war die aktuelle Trophäe, die Antonia gerade eben besiegt hatte. In Bianca stieg purer Hass auf. Hass auf diese Frau, auf diesen Menschen, der sie im Moment nicht begehrte sondern einfach nur maßlos benutzte. Sie schloss ihre Beine und wollte aufstehen, aber da hatte sie die Rechnung ohne Antonia gemacht.

„Hab ich erlaubt, dass du deine Beine wieder schließen darfst?" fragte sie mit einem sehr scharfen Ton. „Komm, spreize sie!" Ihre Stimme bebte und ihr Ton war streng und befehlend. Eine Domina hätte nicht strenger sein können.

Bianca gehorchte mit einem Schauder und kam ihrer Aufforderung nur zögerlich nach. Antonia half nach und drückte ihre Schenkel wieder auseinander. Langsam näherte sie sich ihrem Gesicht. Bianca roch den Cognac, den sie getrunken hatte. Antonia küsste sie sehr zart, fast berührungslos auf den Mund, bevor sie sich dann ausgiebig der rosaroten, glatt rasierten Schnecke widmete. Sie leckte, saugte und knabberte an Biancas Lustperle, während sie die Liebesgrotte gleichzeitig mit ihren Fingern ausfüllte. Bianca stöhnte laut auf vor Lust. Ihre Lust und der Hass auf diese Frau hatten nun die gleiche Intensität. Antonia massierte mit der anderen Hand ganz zart die kleine Öffnung am Po. Die weiche Haut und der Duft dieser vor ihr liegenden Lustgrotte erregte sie so sehr, bis auch sie es fast nicht mehr aushalten konnte.

Bianca war kurz vor ihrem Höhepunkt, aber das war Antonia egal. Sie stoppte die Massage von Biancas Lustgrotte, öffnete ihre Hose, zog sie mit samt Slip nach unten und ließ ihre Hand zu ihrer eigenen, ebenfalls nassen Muschi wandern. Mit festem Druck rubbelte sie ihre triefende Spalte. Sie schloss ihre Augen, rubbelte fester und immer schneller.

Bianca löste indessen ihre Hände aus der Schlaufe, griff zur Seite und nahm den Dildo auf der neben ihr lag. Mit heftigen Stößen ließ sie ihn nun in ihrer Grotte verschwinden. Die Lust war stärker als der Schmerz und das Gefühl war so unsagbar stark. Mit der anderen Hand massierte sie ihren Kitzler. Sie massierte in der gleichen Stärke und in gleichem Tempo, wie die Stöße des Dildos waren.

Bianca hörte das laute Stöhnen von Antonia. Sie war ganz intensiv mit ihrer eigenen Muschi beschäftigt und Bianca war Antonia im Moment völlig egal. Aber dann kam auch Bianca endlich auf ihre Kosten. Sie schrie vor Verlangen und Lust. Endlich durfte sie diesen Moment der Erlösung erleben, auch wenn sie es sich selbst besorgen musste. Sie genoss in diesem Moment einen wahnsinnigen Höhepunkt, einen Höhepunkt auf den sie so lange verzichten musste. Trotz des Hasses, der sich auf Antonia aufbaute, genoss sie diesen wahnsinnigen Augenblick. Auch Antonia trieb auf ihren Höhepunkt zu. Sie wechselte einige Male das Tempo mit dem sie rubbelte, kniff ihre Augen zusammen, bevor sie dann laut zu keuchen begann und ebenso laut aufstöhnte. Mit einem erlösenden kehligen Laut machte sie kenntlich, dass auch sie es geschafft hatte. Sichtlich zufrieden und völlig befriedigt, grinste Antonia Bianca an und leckte noch mal genüsslich über Biancas Knospe. Bianca versuchte, ruhig zu bleiben. Sie versuchte ihre Gedanken und ihre Gefühle, zu sortieren. Aber das war fast unmöglich.

Antonia verstaute ihre Bluse wieder in der Hose und machte den Reißverschluss zu. „Das hat mir echt Spaß gemacht mit dir. War eine echt geile Nummer. Du hast nichts verlernt." Ihre Worte klangen wie bei einem Abschlussplädoyer. „Für mich wird es nun aber Zeit zu gehen." Sie fädelte den Gürtel wieder ein, drehte sich um und ging in Richtung Tür.

Gerade als sie den Raum verlassen wollte, hörte sie Biancas Stimme.

„Diese geile Nummer Frau Anwältin, kostet einhundertfünfzig Euro."

Antonia stockte. Sie zuckte zusammen, als ob sie gerade eine Ohrfeige bekommen hätte. Im ersten Augenblick war sie schockiert und entrüstet. Sie wollte Bianca gerade das Passende zu ihrem Kommentar sagen, als sie dann aber doch Gefallen an diesem Spiel fand. So kannte sie Bianca gar nicht.

Sie drehte sich um. Bianca saß noch immer auf dem harten Schreibtisch, mit ihren schwarzen High Heels, randlosen Strümpfen, schmalen Slip und mit noch immer gespreizten Beinen.

Mit leicht zusammengekniffenen Augen und einem provokanten Lächeln, ging Antonia ganz langsam auf Bianca zu. Sie zückte ihre Geldbörse und nahm vier Fünfzig-Euro-Scheine heraus. „Diese scharfe Nummer ist mir sogar zweihundert Euro wert", sagte sie mit einem hämischen Grinsen. Langsam schob sie mit ihren Fingern den Slip noch etwas weiter beiseite. Die Lustgrotte, mit den immer noch geschwollenen Schamlippen glänzte so einladend, dass sie sich schwer zurückhalten musste, diese nasse Lustknospe nicht noch einmal genüsslich zu lecken. Sie nahm die Geldscheine und klemmte sie unter den Rand des Slips. Dann griff sie in ihre Tasche, holte den Haustürschlüssel heraus und legte auch diesen auf den Schreibtisch. Mit einem triumphierenden Lächeln drehte sie sich um und ging zur Tür. Und wieder hörte sie Biancas Stimme.

„Antonia, komm doch bitte noch einmal zurück."

Antonia stockte erneut. Nun war sie leicht unsicher und irritiert. Was kam nun? Dieses Spiel war neu für sie, insbesondere, da sie so etwas von Bianca überhaupt nicht kannte. Antonia drehte sich um und ging mit aufrechter Haltung auf Bianca zu. Diese aufrechte Haltung gab ihr Sicherheit und Macht.

Bianca saß noch immer genau so da, unverändert, in der gleichen Pose. Sie hatte den Slip nicht mehr zurückgeschoben und Antonia schluckte, als sie wieder diese rosa glänzende Lustgrotte vor sich sah. Sie spürte, wie die Lust erneut in ihr aufstieg.

„Möchtest du etwa noch einmal geleckt werden?", fragte sie überspielend, arrogant lächelnd und siegessicher.

Bianca streichelte zart über ihre rosa Knospe, griff dann an ihren

Slip und zog einen Geldschein heraus.

„Hier hast du fünfzig Euro zurück."

Antonia nahm lachend den Geldschein entgegen. „War ich so gut, dass Du mich jetzt sogar dafür bezahlen willst?"

Bianca schaute sie einen Augenblick an. „Nein Antonia, so gut warst du nicht." Bianca wusste, dass sie gerade maßlos gelogen hatte. Selten hatte sie einen so geilen Sex gehabt wie der, den sie gerade erlebt hatte. Beim Gedanken daran, wie Antonia sie eben noch, nach allen Regeln der Kunst verwöhnte, fing ihre Muschi direkt wieder an zu pochen.

„Wissen Sie, Frau Anwältin Antonia Cooper. Den vollen Preis wäre ihre Arbeit wert gewesen, wenn Sie diese auch bis zum Schluss erfolgreich durchgezogen hätten. Da ich aber selbst Hand anlegen musste, gibt es natürlich Abzüge. Kundenzufriedenheit sieht halt anders aus und eine halbfertige Nummer ist auch nur einen verminderten Betrag wert." Bianca tat nach außen hin kühl und außergewöhnlich ruhig.

Antonias Augen flackerten vor Zorn. Sie, die auf hundertprozentigen Erfolg getrimmt war, musste sich so etwas anhören. Sie schaute Bianca an, ohne irgendeine körperliche Regung zu zeigen, obwohl sie innerlich kochte. Sie legte den Geldschein neben Bianca auf den Schreibtisch, drehte sich um und ging wortlos zur Tür.

„Ach Frau Anwältin, einen Moment noch!"

Antonia hielt inne. Ihr Puls raste und sie wollte nur noch raus hier. Dennoch drehte sie sich noch einmal um.

Bianca saß auf dem Schreibtisch und streichelte mit ihrem Zeigefinger ganz zärtlich und provokativ ihre Lustgrotte.

„Wenn Sie wieder einmal Lust auf meine feuchte Grotte haben, dann vergessen Sie bitte ihre Geldbörse nicht. Meine Lustperle steht Ihnen in Zukunft nur noch gegen Bares zur Verfügung!"

Verführerisch strich sie sich über ihre Lustperle, während sie ihre Beine genussvoll und sehr herausfordernd nun noch etwas weiter spreizte.

Antonia schluckte. Dieser Anblick und vor allem Biancas neue Art der Provokation machten sie fast verrückt. Sie drehte sich um und verließ den Raum. In diesem Moment ahnte die sonst so siegessichere Anwältin Antonia noch nicht, dass sich das Spiel gerade eben um 180° gedreht hatte.

Bianca war nicht enttäuscht, verärgert oder gar traurig. Im Gegenteil. Den Blick, den sie vorhin in den Augen der Frau, die sie einmal so liebte gesehen hatte, öffnete ihr nun endlich die Augen. Sie fragte sich nur, warum ihr eigentlich dieser Blick nicht schon viel früher aufgefallen ist? Als sie vorhin diesen triumphierenden Blick von Antonia sah, passierte etwas in ihr. Genau in diesem Augenblick war irgendetwas mit ihr geschehen, aber sie konnte nicht beschreiben was es war, noch nicht. Durch ihre Bezahl-Aktion fühlte sie nun aber einen richtig großen Triumph. Sie fühlte sich rundherum gut, einfach nur so richtig gut und vollkommen zufrieden.

„So und nun ist deine Zeit gekommen liebe Bianca", sagte sie zu sich selbst, während sie ihren Slip richtete. Sie sprach, als ob noch jemand neben ihr sitzen würde, dabei war sie alleine. „Ab jetzt wirst du dir alles nehmen, was du möchtest. Ab jetzt geht es nur noch um deine Gefühle, um deine Lust und um deine Begierde. Vergiss die Werte wie Treue, Anstand und Rücksichtnahme. Aber jetzt denkst du nur noch an dich."

Sie begann an dem, für sie eigentlich immer wichtigen Begriff der Liebe zu zweifeln. Gab es heutzutage eigentlich noch die wahre Liebe oder ist das alles nur Heuchelei? Sie selbst glaubte immer daran, aber nun? Wahrscheinlich war auch das wieder nur so eine Wertvorstellung ihrer Eltern und genau diese Werte stellte sie gerade eben alle in Frage. Sie beschloss, nun auch das Thema Liebe abzuhaken. Für sie hat sich das Thema Liebe hiermit erledigt. Scheinbar geht es in der heutigen Welt nur noch um Sex und Befriedigung.

Damit beendete sie ihr Grübeln und nahm sich vor, ihre bis dahin nur im Stillen gelebten Sexträume und wilden Fantasien endlich wahr werden zu lassen.

Und dann hörte sie die Haustüre ins Schloss fallen. Antonia war gegangen. War es wirklich ein Abschied für immer? Innerlich sehr zufrieden und auf eine unerklärliche Weise verändert ging Bianca zu Bett.

Es war kurz nach 7.00 Uhr als Bianca aufwachte. Das Bett neben ihr war leer, aber das war ja nichts mehr Neues für sie. Sie war es mittlerweile gewohnt alleine aufzuwachen. Sie ging in die Küche, machte sich einen Tee, dachte mit einem Grinsen an den gestrigen Rum und verkroch sich noch mal in ihr Bett.

Ihre Gedanken gingen zurück zu dem gestrigen Abend. Sie erinnerte sich daran, wie Antonia sie auf den Schreibtisch hob und sie mit der Feder verwöhnte. Ja, es erregte sie sehr, als Antonia sie aufforderte ihre Beine zu spreizen. Alleine bei dem Gedanken daran, wie sie auf diesem harten Schreibtisch vor ihr lag, nur mit den High Heels und dem schmalen Slip, den sie ja mit einem festen Ruck zur Seite gezogen hatte, begann es in ihrer Muschi wieder zu klopfen. Sie fühlte ein Kribbeln in der Bauchgegend und sie spürte, wie ihr Puls schneller schlug. Diese erregende Anspannung war kaum zu ertragen! Sie sehnte sich auf einmal wieder nach Antonias Berührungen, ihrem Duft und ihrer maskulinen Art.

Dann aber konnte sie sich auch wieder an diesen arroganten, triumphierenden Blick erinnern. Sie spürte wieder diesen unglaublichen Hass in sich aufsteigen. Und dann stand ihr Entschluss endgültig fest - ab sofort lebt sie ihr Leben so wie sie es mag - und sie fühlte, dass diese Entscheidung eine absolut richtige Entscheidung war.

Niemand wird sie mehr benutzen. Sie wird nun jedes erotische Abenteuer, was nun auf sie wartet, in vollen Zügen genießen. Sie wird Praktiken kennenlernen und auch ausprobieren, die sie sich wahrscheinlich bisher noch nicht einmal in ihren kühnsten Träumen hätte vorstellen können. Sie wird ab sofort entscheiden, was ihr gut tut - und zwar wann, wo und mit wem. Sexuelle Lust in vollen Zügen erleben, das war ihr persönliches Ziel. Und jetzt, wo sie diese Entscheidung getroffen hatte, ging es ihr so richtig gut. Und dann gingen ihren Gedanken zu einer ganz anderen Frau, zu Dr. Diana Winter, ihrer Chefin. Ihr ganzer Körper begann sich anzuspannen. Sie fühlte, wie ihre Brustwarzen sich langsam aufrichteten. In ihrer Vorstellung ließ sie den Termin in Frau Dr. Winters Büro noch mal Revue passieren. In ihrer Fantasie nahm ihre Chefin ihren Kopf in beide Hände und zog ihn zu sich. Ihre heißen Lippen bedeckten ihren Hals mit Küssen, während ihre Hände auf Erkundungstour gingen. Sie spürte, wie sie vor Lust zerfloss. Ihr Atem erreichte stoßweise ihr Ohr und die kleinen Härchen an ihrem Körper begannen sich, überall aufzurichten.

Ihre Hände ersetzten nun die Berührungen ihrer Chefin. Bianca roch förmlich den wunderbaren Duft von Frau Dr. Winters rosaroter, feuchter Grotte. Sie bekam Lust, diese zu fühlen und zu schmecken. Bianca fragte sich, ob Frau Dr. Winter schon einmal von einer Frau verwöhnt worden ist? Ihre Finger umspielten ihr feuchte Lustgrotte und sie musste sich beherrschen, um vor Verlangen nicht laut aufzuschreien. Sie fühlte die Feuchtigkeit ihres Lustzentrums und bebte vor Begierde. Oh wie sie es genoss, dieses tolle prickelnde Gefühl. Ja genau dieses erregende Gefühl, das wird sie sich jetzt öfter gönnen, dieses Beben, dieses Pochen und diese Begierde. Ihr Körper spannte sich, sie bäumte sich auf und stöhnte laut, als ein Gefühl der wohligen Entspannung durch ihren Körper strömte.

Sie genoss diese Welle der Wollust noch eine ganze Zeit lang, bevor sie sich dann entschloss aufzustehen und sich für ihren Tag fertig zu machen. Außerdem wollte sie auch gleich ihre Sachen packen und heute Abend schon bei Lola übernachten.

So konnten sie dann morgen Früh ganz entspannt nach Salzburg fahren. Bianca freute sich auf ein zwar arbeitsreiches, aber dennoch entspanntes Wochenende und ahnte nicht, was wirklich auf sie zukommen würde.

Kapitel 3

Kurz nach 11.00 Uhr traf sie verspätet, aber wie immer sehr gut
aussehend, perfekt gestylt und äußerst gut gelaunt im Büro ein.
„Einen wunderschönen guten Morgen Rosalie, wie geht es Ihnen
heute?", kam es fast singend von Bianca.
„Ohh, da hatte aber Frau eine wundervoll erfüllende Nacht.
Kann das sein?", lachte Rosalie mit einem Zwinkern. Rosalie
war nicht nur Biancas Arbeitskollegin sondern auch ihre rechte
Hand.
„Sieht man mir das an?" Bianca tat gespielt überrascht.
„Ich bin zwar schon fünfzig, aber schließlich auch eine Frau.
Wenn ein Mann mich so richtig gut verwöhnt hat, so mit allem
drum und dran und meine Muschi die nächste Vorstellung schon
gar nicht mehr abwarten kann, dann reiße ich am nächsten Tag
auch Bäume aus."
Bianca lachte herzlich, ohne weiter auf das Thema einzugehen.
Sie ging in ihr Büro, was direkter dahinter lag und schloss
die Tür hinter sich. Dann setzte sie sich an ihren Schreibtisch
und begann mit ihrer Arbeit. Rosalie brachte zwischendurch
einen Kaffee herein, aber ansonsten war es ruhig an diesem
Morgen. Drei Stunden später, Bianca war gerade mit einer
Auftragskalkulation fertig, klopfte es an der Tür.
Zuerst sah Bianca nur einen Strauß rote Rosen die Tür
hereinkommen und dahinter dann aber das makellose, markante
Gesicht von Antonia durchleuchten.
„Guten Morgen Bianca", kam es etwas kleinlaut.
Als Antonia den Raum betreten hatte, schloss Rosalie von außen
die Tür. Sie wusste, wenn jemand mit roten Rosen ankam,
konnte das nur Eins bedeuten und das war nicht gerade etwas
Positives. „Komisch", dachte sie nur, „das würde aber gar nicht
zu der guten Laune passen, die Bianca heute Morgen ja sichtlich
hatte." Sie machte sich aber keine weiteren Gedanken mehr, sie

hatte ja auch genug zu tun.

Bianca stutzte im ersten Augenblick. Sie war etwas unsicher, wie sie reagieren sollte, aber dann erinnerte sie sich wieder an ihre getroffene Entscheidung.

„Guten Morgen Antonia." Bianca ging gespielt strahlend auf Antonia zu und gab ihr ein Küsschen mitten auf dem Mund. Antonia war irritiert und erwiderte den Kuss eher zaghaft. Sie hatte sich auf eine Standpauke eingestellt, auf hysterisches Geschrei, Streit oder auch nur eine gebrochene, in Tränen aufgelöste traurige Frau. Aber so eine Reaktion hatte sie definitiv nicht erwartet.

„Habe ich den Kuss eben nur geträumt oder haben deine Lippen mich wirklich berührt?", fragte Bianca ernst.

„Entschuldigung, aber ich habe nicht viel geschlafen, bin total übermüdet und habe heute noch einen anstrengenden Tag vor mir."

„Och", kam es mit gespieltem Mitleid aus Biancas Mund. „Das tut mir aber leid. Warum hast du denn so wenig geschlafen?"

„Bianca, ich möchte mich bei dir entschuldigen. Es tut mir leid", sagte Antonia und überreichte ihr die Blumen.

Bianca nahm dankend den Blumenstrauß entgegen und brachte ihn nach draußen, damit Rosalie ihn ins Wasser stellen konnte. Wieder zurück, schloss sie die Tür und setzte sich vorne auf die Schreibtischkante. Bianca trug Strapse unter ihrem schwarzen kurzen Rock sowie eine weiße sportliche Bluse. Sie spreizte leicht die Beine, sodass ihr Rock ein wenig höher rutschte. Antonia stand immer noch irritiert und fast ein wenig erstarrt vor ihr und konnte Biancas Handeln nicht einsortieren. Was hatte sie vor, ging es ihr durch den Kopf.

„Sag, für was willst du dich entschuldigen? Für diesen außergewöhnlich tollen Sex? Für diese geile Nummer, die du selbst aber leider nicht zu Ende gebracht hast? Oder dafür, dass du gestern meine Muschi zum Kochen, nein, zum Überlaufen gebracht hast? Für was Antonia?"

Antonia wurde nervös. Sie war mit dieser Situation wahrhaftig überfordert. Wenn sie eine Situation vorher durchspielen konnte und alle Eventualitäten gecheckt hatte, war sie sich immer sehr sicher, absolut siegessicher. Das war es, was sie beruflich auch so erfolgreich machte. Aber wenn Dinge einen ganz anderen Verlauf nahmen, als sie vorher kalkulierte, warf sie das aus der sicheren Bahn.

„Ich will mich entschuldigen für meine sehr egoistische Art gestern." Antonia schaute auf Biancas Beine, auf die schwarzen Netzstrümpfe und sie spürte ein Pochen in ihrem Unterleib.

„Ach so, dafür", antwortet Bianca gleichgültig, während sie auf dem Schreibtisch etwas zurückrutschte, sodass ihre Füße nun keinen Bodenkontakt mehr hatten. Der extrem kurze Rock rutschte dabei noch etwas höher und Antonia sah, dass Biancas Slip nicht mehr als ein zarter Hauch war.

Bianca bemerkte Antonias große Unsicherheit und das tat ihr gut, so verdammt gut. Selten sah sie Antonia so irritiert und sie kostete diesen Moment voll aus. Sie bemerkte deren aufsteigende Erregung.

„Regt dich dieser Anblick auf meinen kleinen, durchsichtigen Slip etwa an?", fragte sie provokant.

Antonia schluckte etwas verlegen. Nervös rieb sie ihre Hände gegeneinander. Gerne wollte sie eine charmante lockere Antwort geben, aber es fiel ihr keine ein. Sie kannte sich im Moment selbst nicht mehr und das nervte sie gewaltig. Natürlich hätte sie sich jetzt auch umdrehen und gehen können, aber das ging nicht. Sie musste diese Situation mit Bianca irgendwie in Ordnung bringen. Ihr Bruder teilte ihr heute Morgen mit, dass sie auf keinem Fall länger bei ihm wohnen kann. Sie müsse notfalls in ein Hotel ziehen und zwar heute noch. Für ein paar Tage wäre das für sie ja auch möglich gewesen, aber nicht für längere Zeit. Nach einigen Überlegungen kam sie dann auf die glorreiche

Idee, wieder bei Bianca einzuziehen. Allerdings müsste sie das so hinkriegen, dass Bianca sie darum bittet, besser noch, sie darum anfleht, wieder zu ihr zurückzukommen. Dann würde sie ganz einfach eine Trennung von Alicia vortäuschen und so hätte sie langfristig wieder ein Dach über dem Kopf. Und vor allem hätte sie mit Bianca wieder jemanden, bei dem sie ihren dominanten Sextrieb ausleben konnte. Antonia war sehr zufrieden mit ihrem Plan und sie war sich sicher, dass Bianca schon sehr bald um ihre Rückkehr betteln würde.

Aber jetzt musste sie erst einmal für gute Stimmung sorgen, auch wenn ihr das so gar nicht gefiel. Ihre egoistische Art am Vorabend machte ihre Vorhaben nun leider nicht gerade einfacher.

„Welchen Mann oder Frau würde dieser Anblick nicht anregen?", kam Antonias Antwort mit einer leicht kratzigen Stimme.

Bianca lächelte. Ja, sie war über diesen Verlauf sehr zufrieden.

„Und wie sieht es damit aus?"

Sie spreizte ihre Beine ein wenig mehr und schob ihren Slip leicht beiseite, sodass Antonia etwas von ihrer rosafarbenen Pussy sehen konnte. Antonia schluckte und nickte nur. Und dann bewegte Bianca ihren Zeigefinger ganz zärtlich über ihren Kitzler.

„Nun sag schon. Erregt dich das? Gefällt dir das, was du da siehst?"

Bianca streichelte ihre Klit etwas stärker. Ihr Atmen wurde lauter und kleine kehlige Geräusche untermalten ihr Rubbeln. Antonia nickte erneut und ging auf sie zu. Ganz nah stand sie nun vor ihr. Sie wollte Bianca küssen, doch dazu kam es nicht. Bianca nahm ihren Kopf und drückte ihn nach unten. Antonia ging in die Knie. Ihre Lust war so stark, dass es ihrer Muschi fast schon wehtat. Ja, sie wollte Bianca verwöhnen, lustvoll und leidenschaftlich, genau so, wie sie es immer machte. Sie roch Biancas Erregung und sie spürte, wie sehr sie es jetzt brauchte. Ja, ging es ihr in diesem Moment siegesbewusst durch den Kopf, daran hatte sich wirklich nichts geändert. Frauen werden immer schwach bei ihr, egal welche Frau es auch ist.

„Verwöhn diesen kleinen pochenden Kitzler", hörte sie Bianca leise sagen, wobei es sich schon fast wie ein kleiner Befehl anhörte.

Aber das brauchte sie definitiv auch nicht zweimal zu sagen. Selbstbewusst leckte Antonia ganz zart die mittlerweile pitschnasse Muschi. Bianca hatte ihre Augen geschlossen. Sie genoss Antonias flinkes Zungenspiel und konnte ein kehliges Stöhnen nicht mehr unterdrücken. Mit gekonnter Bewegung umspielte Antonias Zungenspitze diesen harten Lustknopf. Dabei griff sie sich an ihre Hose, öffnete den Reißverschluss und ließ ihre Hand zu ihrer Muschi wandern. Sie rubbelte ihren Kitzler und stöhnte, unterbrach dann aber ihre Rubbeln. Sie wollte diese kleine, vor ihr liegende Lustgrotte erst noch ein klein wenig genießen, bevor sie Bianca auffordern würde, nun ihre Muschi zu lecken. Antonias Erregung wurde immer stärker, der Saft ihrer Lustgrotte floss und durchnässte ihren Slip, was ihr im Moment aber gerade mal egal war.

Doch plötzlich hörte sie Bianca mit kehliger Stimme etwas flüstern.

„Sorry Frau Anwältin, aber ihre Zeit ist leider abgelaufen. Nur die ersten fünf Minuten sind gratis, sozusagen zum Probieren. Danach kostet leider jede angefangene Minute."

Bianca nahm Antonias Kopf, schob ihn zurück, richtete ihren Slip, rutschte vom Schreibtisch herunter und setzte sich mit überschlagenen Beinen auf ihren Ledersessel. Wie gut, dass Antonia gerade nicht ahnte, wie scharf sie im Moment wirklich war und wie schwer ihr dieser Abbruch fiel. Aber sie musste ja auch erst einmal lernen mit ihrem neuen Leben und mit dieser, für sie neuen Selbstbestimmung der eigenen Lust umzugehen, sagte sie verständnisvoll in Gedanken zu sich selbst. Es klang schon fast wie eine Entschuldigung zu ihrer Muschi, dass diese heute, Antonias harte Zungenspitze, nicht bis zum Schluss genießen durfte.

Antonia war geschockt. Sie richtete sich wieder auf, ging ein paar Schritte zurück und lehnte sich mit dem Rücken an die Wand. Das war ihr ja noch nie passiert, dass eine Frau, während sie deren heiße Muschi leckte, das Spiel abgebrochen hatte.

„Hör zu meine Süße", entschärfte Bianca die Situation, als sie sah wie ungläubig Antonia, mit noch immer offener Hose, gerade schaute. Ihr Tonfall war so weich wie Butter. „Deine Entschuldigung, mit diesem wundervollen Rosenstrauß, nehme ich selbstverständlich an. Das heißt aber nicht, dass ich dein egoistisches Verhalten der letzten Wochen aus meinem Gedächtnis gelöscht habe."

Bianca kam hinter ihrem Schreibtisch hervor, ging auf Antonia zu und strich ihr zärtlich über die Wange. Antonia verstand die Welt nicht mehr. Was für ein Spiel trieb Bianca da?

Bianca lächelte geheimnisvoll. „Weißt du meine Süße, vielleicht gibt es für Dich ja noch mal eine Chance ... vielleicht? Aber jetzt werde Ich erst einmal meine Lust ausleben und zwar wo, wie, wann und vor allem mit wem Ich das gerade will."

Antonia war es nicht möglich auch nur einen Ton zu sagen. Sie war geschockt, überrascht, empört... Ihr Plan schien aus allen Fugen zu geraten und sie fühlte sich im Moment alles andere als wohl.

Bianca dagegen fühlte sich sehr wohl. Sie lächelte aufreizend und dann tat sie etwas, womit Antonia in diesem Moment nie gerechnet hätte.

Gekonnt ließ Bianca ihre Hand in Antonias immer noch offen stehender Hose verschwinden. Antonias Herz klopfte heftig, als Bianca mit der Hand über ihren Schamhügel glitt. Bereitwillig spreizte sie die Beine, weiter in der Hoffnung, dass sie nun endlich ihren Kitzler massierte. Bianca schien den Wunsch zu erraten und rieb mit ihrer gesamten Handfläche über Antonias Schamlippen und den schon steinharten Kitzler. Antonia schloss die Augen und stöhnte. Ihr war es peinlich, dass Bianca sie gerade förmlich in der Hand hatte und dass gerade sie sich eben so vor ihr gehen ließ, aber sie konnte nicht anders. Diese Lust machte sie willenlos. Bianca ließ nun ihren Mittelfinger mitten durch Antonias pitschnasse Spalte gleiten. Ihr Reiben wurde immer heftiger, fordernder und Bianca spürte, dass Antonia ihr gerade gefühlsmäßig völlig ausgeliefert war.

„Na, gefällt Ihnen mein Rubbeln ihrer nassen Liebesgrotte, Frau Anwältin?", fragte Bianca mit schnurrender Stimme und leckte mir ihrer Zunge noch kurz über Antonias Ohrläppchen.

„Ohhhh ja, komm, besorg es mir, jetzt", raunte Antonia ihr keuchend entgegen. Sie stand kurz vor einem gewaltigen Höhepunkt und war somit unfähig sich zu rühren.

Bianca spürte, dass Antonias Erregung kurz vor einer unglaublichen Ekstase stand und dieses Spiel bereitete ihr gerade eine sehr große Freude.

„Ja komm, reib den Kitzler bitte fester", kam es stöhnend über Antonias ihre Lippen. Sie hatte ihre Augen noch immer geschlossen und konnte so, den mit Genugtuung gefüllten Blick, in Biancas Augen nicht sehen.

„Ohh Frau Anwältin", unterbrach Bianca plötzlich das lustvolle Spiel. "Es tut mir wirklich sehr leid, dass ich ihrer nassen Muschi jetzt keine Erleichterung mehr verschaffen kann. Aber ich habe gleich einen Termin und wie sagen Sie immer: Job ist Job."

Bianca rieb noch einmal genussvoll über Antonias Schamlippen und die geschwollene Klitoris, bevor sie ihre Hand wieder zum Vorschein brachte.

Antonia dachte sie höre nicht richtig. Irritiert öffnete sie die Augen.

„Ohh, was ist denn da passiert?" fragte Bianca gespielt überrascht. „Soll Ihnen meine Sekretärin helfen, die Nässe da vorne aus ihrer Hose herauszuwaschen?"

Antonia war fassungslos und sprachlos. Ziemlich umständlich

schloss sie ihre Hose, richtete ihre Bluse und ließ sich von Bianca anstandslos und völlig unbefriedigt zum Ausgang bringen. Antonia nickte Rosalie beim Vorbeigehen nur zu und gerade als sie durch die Tür das Büro verlassen wollte hörte sie, wie ihr Bianca noch etwas zurief.

„Antonia. Deine kostenlose, mündliche Probelektion eben, war einfach nur wunderbar."

Ohne sich noch einmal umzuschauen verließ Antonia das Büro. Sie wusste, dass sie bei Bianca gerade eben, den Status der dominanten, beherrschenden Frau verloren hatte und das nagte wahnsinnig an ihrem Selbstwertgefühl. Aber dennoch musste sie ihre Strategie weiterverfolgen. Schließlich brauchte sie eine neue Unterkunft und zwar möglichst schnell.

„Was ist denn mit Antonia passiert? So demotiviert sah ich sie ja noch nie?" Rosalie war überrascht, denn sie kannte Antonia nur als die Frau, die alle Situationen beherrschte.

„Och, nichts Schlimmes. Eine Konferenz ist gerade nur nicht so gelaufen, wie sie es gedacht bzw. geplant hatte. Das frustriert sie natürlich etwas."

„Ach so, etwas Geschäftliches. Ich dachte schon, es wäre etwas zwischen Ihnen beiden vorgefallen."

„Zwischen uns beiden? Ach wo. Sie hat mir doch diese wunderschönen roten Rosen mitgebracht und das will ja was heißen", lächelte Bianca belustigt und Rosalie war beruhigt.

„Ach Bianca, ihr heutiger Termin wurde eben auf nächste Woche verschoben", rief Rosalie noch zu, als sie schon wieder auf dem Weg in ihr Büro war.

Bianca nickte, ging zum Fenster hinüber und schaute hinaus. Das Spiel begann ihr zu gefallen. Was ihr nicht gefiel war, dass sie das Verwöhn-Spiel vorzeitig abbrechen musste. Wie sehr hätte sie Antonias Zunge noch intensiver und länger an ihrem Kitzler gefühlt. Aber das gehörte nun mal dazu: Wenn es am schönsten ist soll man aufhören. Okay, überlegte sie, wenn sie heute keinen Termin mehr hatte, könnte sie jetzt noch das bisschen Tagespost erledigen und dann zu Lola fahren.

„Rosalie, würden Sie bitte Lola anrufen und ihr sagen, dass ich spätestens um 18:00 Uhr mit Reiseköfferchen bei ihr bin. Und vermerken Sie doch bitte in ihrem Terminbuch, dass ich wahrscheinlich erst wieder am Dienstag im Büro bin."

Wie schön, dachte sich Bianca, drei Tage ausspannen und relaxen, was für ein herrliches Gefühl. Das bisschen Fotografieren mache ich mit Links. Bianca träumte gerade ein bisschen vor sich hin, als sie die Stimme von Rosalie wieder in die Realität zurückholte.

„Also Lola weiß Bescheid. Ich soll Ihnen ausrichten, dass sie etwas Leckeres kochen würde und bittet deshalb um Pünktlichkeit."

„Tzzztz, ich bin immer pünktlich, das weiß sie doch", murmelte Bianca vor sich hin und begann ihre Post zu erledigen. Danach erklärte sie noch die wichtigsten Arbeiten, die Rosalie in ihrer Abwesenheit erledigen musste und als alles besprochen war, zog Bianca ihren Mantel an, nahm ihre Tasche und machte sich auf den Weg zu Lola.

Pünktlich war sie bei Lola eingetroffen. Der Tisch war bereits so richtig nett eingedeckt und beide freuten sich, den Abend zusammen verbringen zu können. Beim Essen sprachen sie noch mal den Ablauf der Modenschau durch und genossen es dass sie beruflich wieder zusammengekommen sind.

„Mhm, Lola du kochst so fantastisch, da könnte man sich mitten in den Teller reinsetzen", sagte Bianca und genoss den letzten Löffel ihres Desserts. „Mama mia, ich glaube ich muss meinen Rock ausziehen, der ist jetzt, nach diesem tollen Essen total eng und unbequem."

„Tue Dir keinen Zwang an. Ich weiß, wie das ist, wenn Röcke zwicken. Deshalb ist dieser Minirock hier auch mit einem

Gummizug im Bund" lächelte Lola. „Ja und mit dem leckeren Essen, da sagte meine Mama immer, dass die Liebe durch den Magen geht. Und deshalb hat sie mir auch schon sehr früh das Kochen beigebracht. Alles andere ist dann nur etwas Übung und ein bisschen Leidenschaft, wie auch im richtigen Leben" sagte Lola Wort-betonend mit einem Lächeln auf den Lippen.

„Jaja, die Leidenschaft. Das ist schon so ein Kapitel für sich." Bianca zog ihre Schuhe und den Rock aus, nahm ihr Weinglas in die Hand und machte es sich, unten herum nur mit ihrem schmalen Slip bekleidet auf der Couch gemütlich.

Bianca öffnete eine zweite Flasche Wein, schenkte beide Gläser noch einmal voll und gesellte sich zu Bianca hinzu.

„Schau mal was ich hier habe." Bianca hielt vier Geldscheine hoch.

„Das sind 200 Euro. Was hat es damit auf sich?"

„Die habe ich gestern von Antonia bekommen. Für einen richtig geilen Sex."

Lola runzelte die Stirn und schaute Bianca fragend an. „Sie bezahlt dich dafür, dass ihr miteinander schlafen tut?"

„Nein, nicht dafür, dass wir miteinander schlafen. Die 200 Euro waren dafür, dass die Nummer so geil war."

„Ist das ein Unterschied?" Lola war irritiert, insofern sie auch dachte, dass die Beziehung beendet sei.

„Nachdem was ich gestern erlebt habe, ist das sehr wohl ein Unterschied." Bianca steckte die Euroscheine wieder ein.

„Würdest du mir das bitte etwas näher erklären, denn im Moment verstehe ich rein gar nichts. Ich denke ihr seid getrennt."

„Ja ja, Moment, ich erzähle dir ja alles." Bianca setzte sich im Schneidersitz auf das Sofa. „Als ich gestern von dir weg bin, wollte ich ja zuerst noch mal in die Stadt, was ich dann aber habe sein lassen. Ich bin direkt nach Hause gefahren, insofern ich ja wusste, dass Antonia ihre letzten Sachen noch abholen wollte."

„Ja ich weiß. Das hattest du gestern ja erwähnt."

„Als ich nach Hause kam, war Antonia aber noch nicht da gewesen. Weil ich so fror, machte ich mir zuerst mal einen Tee mit einem richtig kräftigen Schuss Rum. Mama mia, der hatte es vielleicht in sich." Bianca musste lachen und steckte Lola mit ihrem Lachen total damit an.

„Irgendwie habe ich dann auch die nächsten Stunden rumgebracht. Mir ging unser Gespräch nochmals durch den Kopf, ganz viele Gedanken über Antonia und mich und na ja ..."

„Und Antonia kam dann irgendwann auch noch, vermute ich mal, sonst hättet ihr ja keinen Sex mehr miteinander gehabt."

„Ja. Wir hatten sogar schon zweimal Sex miteinander und es war jedes Mal wunderbar", lächelte Bianca schalkhaft.

„Sagtest du eben wunderbar?" Jetzt verstand Lola überhaupt nichts mehr. „Würdest du mir bitte mal erklären, was daran wunderbar ist, wenn man, wegen einer anderen, von seinem Partner verlassen wir."

„Aber sehr gerne erkläre ich dir das", lachte Bianca. „Schritt für Schritt. Also, durch diese große Portion Rum im Tee ging es mir irgendwann so richtig gut. Ich sah all die Probleme nicht mehr so eng, also zumindest in diesem Moment. Und dann irgendwann kam Antonia auch noch nach Hause. Zuerst erzählte ich ihr, dass ich mit dir auf eine Modenschau fahren werde und somit bis Sonntag oder gar Montag weg bin. Aber sie reagierte wie immer gleichgültig, nach dem Motto: Job ist Job. Na ja und dann fragte ich sie, was sie heute so gemacht hätte. Und sie antwortete seelenruhig, dass sie eine anstrengende Sitzung hinter sich hätte, und diese verlassen hat, weil sie gerne noch einen gemütlichen Abend mit MIR verbringen wollte."

„Ich muss dir jetzt nicht sagen, was sie für mich ist oder?" Lola war kurz vorm Explodieren.

Bianca lachte. „Das wird noch toller, hör´ zu! Ich hätte sie in diesem Moment, so wie du auch umbringen können, so sauer war ich. Lässt sich schon wochenlang von einer Blondine verwöhnen und heuchelt mir dann etwas von einem gemütlichen Zusammensein vor. Ich wusste nicht, wie ich reagieren sollte. So bin ich, warum auch immer zum Schreibtisch rübergegangen. Aber nur kurz danach, stand sie plötzlich hinter mir und drückte ihren Venushügel fest gegen meinen Hintern."

„Na, das wundert mich schon, dass sie nicht gleich nach dem Kiste packen wieder gefahren ist", sagte Lola leicht ungläubig.

„Nein, sie hatte irgendwie überhaupt keine Eile wegzukommen. Ja und dann hatten wir einen genialen Sex. Ich kann mich nicht erinnern, wann wir das letzte Mal so eine geile Nummer hatten."

„Moment mal Bianca! Du wirst mir doch jetzt nicht aller Ernstes sagen wollen, dass du dich, nachdem Antonia mit dir Schluss machte, von ihr hast vögeln lassen?" Lola war fassungslos.

„Doch, genau das. Allerdings und jetzt kommt das nicht so Schöne, habe ich leider, schon fast am Schluss dieser wirklichen scharfen Nummer, den Blick in ihren Augen sehen können. Und das Lola war kein Blick, dass sie mich als Frau begehrt oder den Sex mit mir, also mit ihrer Partnerin gerade genießt. Nein, es war ein absolut triumphierender Blick, der besagte, dass sie wieder einmal gesiegt hatte. Sie hatte ihr Spiel wieder einmal gewonnen und ich war für sie nichts anderes, als eine weitere Trophäe."

Lola schenkte beide Weingläser noch einmal voll und nahm gleich einen großen Schluck. " Erzähl′ bitte weiter, bevor ich mich vergesse und dieses Miststück umbringe."

„Um Gottes willen Lola, tue das ja nicht. Du würdest mich ja um meinen ganzen Spaß in der Zukunft bringen", flehte Bianca theatralisch.

„Um welchen Spaß bitte?"

„Also, nachdem ich diesen einzigartigen Blick gesehen hatte, ein Blick, der für mich schon fast vernichtend war, passierte etwas in mir. Ich kann dir nicht erklären was es war, aber es passierte etwas Magisches mit mir."

Bianca sah Lola an, die erwartungsvoll auf die Fortsetzung der Geschichte wartete.

„Weißt du, Antonia servierte mich einfach ab, nachdem sie zum Höhepunkt gekommen war. Sie hatte es ja nicht mal für nötig befunden, mich zum Orgasmus zu bringen. Zum Schluss musste ich es mir sogar noch selbst besorgen."

Lola wusste gerade nichts mehr dazu zu sagen.

„Nachdem sie ihren Orgasmus hatte, zog sie ihre Hose an und wollte gehen. Und dann lief ich zur Hochform auf. Als sie zur Tür ging, rief ich ihr zu, dass diese geile Nummer einhundertfünfzig Euro kosten würde. Sie kam mit einem arroganten Blick zu mir zurück, gab mir vier Fünfzig-Euro-Scheine mit den Worten, dass ihr diese scharfe Nummer sogar diesen Betrag wert sei."

Lola bekam gerade so richtig leuchtende Augen. „Bianca, ich weiß nicht was jetzt noch kommt, aber ich fange an, so richtig stolz auf dich zu sein. Das ist das erste Mal, dass du Antonia Paroli geboten hast. Klasse. Und jetzt erzähl weiter."

Lola hoffte, dass Bianca endlich wach geworden ist. Aber noch wusste sie nicht, was danach noch passierte und sie kannte Biancas weiche Art und wie schnell, gerade Antonia, sie wieder willig machen konnte.

„Nachdem sie mir die zweihundert Euro in den Slip gesteckt hatte, wollte sie gehen. Und gerade als sie wieder an der Tür war, rief ich sie abermals zurück und sagte ihr, dass es für unfertige Arbeiten einen Abschlag gibt und ihre Nummer somit nur 150 Euro wert sei. Dann gab ich ihr einen Geldschein wieder zurück."

Lola musste herzlich lachen und konnte sich den Blick von Antonia gerade so vorstellen. Ihr liefen vor Lachen die Tränen herunter. „Bitte Bianca, erzähl weiter!" prustete sie los.

Nun musste auch Bianca lachen. „Also, dem nicht genug, habe ich ihr auch noch mitgeteilt, dass wenn sie in Zukunft Lust darauf hat meine Muschi zu verwöhnen, sie dafür bezahlen müsse. Daraufhin hat sie geschockt das Haus verlassen." Bianca nahm ihr Weinglas und trank es auf einen Zug leer.

„Bianca du bist so geil. Das ist die beste Aktion, die du in den letzten Jahren, in Bezug auf Antonia vollbracht hast. Werde jetzt nur nicht weich, wenn sie wieder angeschissen kommt" bat Lola und legte ihre Hand auf Biancas Knie.

„Ich glaube, davor brauchst Du keine Angst zu haben, Lola. Ich habe für mich jetzt entschieden, meine Lust auszuleben und das habe ich ihr auch heute Mittag gesagt."

„Heute Mittag? Habt ihr schon wieder zusammen telefoniert?"

„Nein. Antonia stand heute Mittag mit einem Strauß roter Rosen in meinem Büro und bat mich um Verzeihung." Bianca lächelte verschmitzt.

„Sie, die großartige fehlerfreie Anwältin hat dich um Verzeihung gebeten? Du hast ihr wenigstens den Strauß rote Rosen um die Ohren geschlagen", fragte Lola mit ernster Miene.

„Lola ich bitte dich, wo denkst du hin. Weißt du was so ein großer Strauß rote Rosen kostet? Selbstverständlich habe ich den Strauß von Rosalie in Wasser stellen lassen." Biancas Ironie war nicht zu überhören.

„Und dann hast du dich wieder von ihr einwickeln lassen, ja? Na ja, die feine Lady kriegt doch jede Frau rum." Lola schaute enttäuscht, obwohl sie noch gar nicht wusste, was dann tatsächlich passiert war.

„Moment, jetzt mal halblang. Ganz so war es nicht" wandte Bianca ein. „Weißt du, ich habe mich zuerst einmal auf meinen Schreibtisch gesetzt, vorne auf die Kante. Und dann habe ich meinen eh schon kurzen Rock etwas hochgezogen, den Slip zur Seite geschoben, meine Beine aufreizend gespreizt und sie ganz freundlich gebeten, meine Lustgrotte zu lecken."

„Du hast was?" Lola war gleichermaßen geschockt wie überrascht und starrte Bianca ungläubig an. „Du hast, hier in deinem Büro, deine Pflaume freigelegt und Antonia aufgefordert sie zu lecken?"

„Ja" antwortete Bianca und war etwas verwundert über Lolas pikierte Reaktion. „Und es hat richtig gut getan ihre weiche, warme Zunge an meiner Knospe zu spüren. Nur, als ich dann bemerkte, dass sie selbst Gefallen daran fand und sie plötzlich anfing ihre eigene Muschi zu bearbeiten, habe ich dem ganzen einen Riegel vorgeschoben. Ich sagte ihr, dass ihre Zeit vorbei wäre, da nur die ersten fünf Minuten eine Gratis Lektion seien, so zum Probieren gewissermaßen. Dann habe ich meinen Slip wieder gerichtet, bin vom Schreibtisch heruntergerutscht und habe mich seelenruhig auf meinen Ledersessel gesetzt."

Lola, die normalerweise sexuell sehr offen ist und so leicht nicht aus der Ruhe zu bringen ist, saß mit offenem Mund da. Sie konnte das gerade nicht glauben, was Bianca ihr da erzählte.

„Ja und bei dieser Gelegenheit habe ich ihr dann gesagt, dass sie vielleicht irgendwann noch einmal mein Döschen verwöhnen dürfte. Aber jetzt werde ich meine Lust erst mal ausleben und zwar wo, wie, wann und mit wem ICH das will."

„Und was hat sie daraufhin gesagt?" fragte Lola gespannt.

„Ach, eigentlich gar nicht so viel. Ich habe, während ich ihr erzählte, wie meine Zukunft ab sofort ablaufen würde, ihre total nasse Muschi massiert, sodass sie gar nicht mehr viel sagen konnte. Aber leider musste ich dann, bevor sie zum Orgasmus kam, mit der zärtlichen Muschi-Massage aufhören, denn ihre Hose war vorne, durch ihren Liebessaft völlig durchnässt. Das Angebot, das Rosalie ihr doch jetzt dabei helfen könnte, den Fleck da vorne wieder sauber zu machen, hat sie nicht angenommen, sondern ist mehr oder weniger aus dem Büro geflüchtet."

Lola schüttelte nur noch mit dem Kopf und lachte sich fast kaputt. Minutenlang krümmte sie sich vor Lachen und wischte sich immer wieder die Tränen vom Gesicht. Irgendwann aber hatte sie sich von ihrem Lachanfall erholt und schenkte beiden noch den restlichen Wein nach.

„Prost meine Süße", zwinkerte Lola ihrer besten Freundin zu.

„Also ganz ehrlich, ich bin begeistert von dir. Das hätte ich dir niemals zugetraut. Alle Achtung."

„Na mal sehen, mit was ich dich in der Zukunft noch so überraschen werde", lächelte Bianca lausbübisch zurück.

„Oho, da bin ich aber gespannt", kam es erwartungsvoll zurück.

„Aber ich glaube, nach diesem Glas Wein werden wir beide mal ins Bett gehen, sonst schlafen wir morgen bei der Arbeit noch ein. Ich habe dir übrigens im Gästezimmer dein Schlafgemach vorbereitet."

„Das ist lieb von dir", bedankte sich Bianca, mit einem kleinen Hicks. „Ja, du hast Recht, morgen müssen wir echt konzentriert sein, schließlich geht es ja wieder um richtig viel Kohle. Aber das kriegen wir zwei schon hin, wir sind doch Profis", lachte sie. Dann schaute Bianca etwas irritiert ihre beste Freundin an.

„Lola, ist alles okay bei dir?"

Lola nickte mit einem Lächeln. „Soll ich dir mal etwas verraten? Die Schilderung deiner Geschichte, also da, wo du auf dem Schreibtisch gesessen und vor Antonia deine Pflaume freigelegt hast, mit der Aufforderung, dass sie diese jetzt lecken soll, das hat mich ganz schön scharf gemacht. In meinem Lustzentrum pocht es gerade wie verrückt."

Bianca musste herzlich lachen. „Also ich will ganz ehrlich sein. Mir geht es genauso. Die Erzählung hat auch meine Pussy zum Pochen gebracht und zwar so richtig wild. Ich bin fast etwas neugierig, wie nass mein Höschen da unten herum gerade ist."

„Dann schau doch mal nach", ulkte Lola.

„Das meinst du jetzt nicht im Ernst oder?" Bianca fühlte, wie ihr Puls plötzlich schneller schlug.

„Klar meine ich das ernst. Ist doch auch nix dabei. Ach, ich dachte, du hättest dich dazu entschlossen, deine Lust jetzt immer auszuleben?" Lola provozierte und sie wusste das auch.

„Ja, habe ich auch, aber ...", erwiderte Bianca stotternd.

„Befriedigst du dich eigentlich auch selbst?" Lola konnte sehr direkt sein, wenn sie provokant sein wollte.

Eine leichte Röte überflog Biancas Gesicht. „Ähm. Na ja schon, aber dann bin ich natürlich auch immer alleine."

„Oh Gott sei Dank! Ich dachte schon, dass nur Antonia deine Lustgrotte kennt", sagte Lola gespielt erleichtert.

Bianca musste lachen und sie spürte, wie auf einmal die Beklemmung einer Lockerheit wich. Sie stellte exakt in diesem Moment fest, dass ihr diese anerzogenen Werte wieder einmal in die Quere kommen wollten. Selbstbefriedigung war für ihre Mutter eine sehr große Schande. Das hat keine Frau nötig, wenn sie einen richtigen Partner hat, war ihre tiefe Überzeugung. Und genau das hatte sie ihr auch immer wieder probiert zu vermitteln. So dauerte es auch sehr lange, bis Bianca ihre Grotte das erste Mal selbst verwöhnte. Sie genoss dieses irre Gefühl damals sehr, aber das schlechte Gewissen plagte sie noch wochenlang danach. Im Laufe der Jahre erkundete sie ihren Körper aber immer mehr und verwöhnte sich seit dem auch relativ oft. Allerdings immer nur im Geheimen und auch nur dann, wenn sie alleine war.

„Wie oft befriedigst du dich eigentlich? Machst du das oft?", fragte Bianca und war neugierig auf Lolas Antwort.

„Ja, mehrmals die Woche, manchmal sogar zweimal am Tag. Kommt immer ein bisschen drauf an, wie heiß ich bin."

„Du hast wohl überhaupt keine Probleme damit, es dir selbst zu besorgen und über dieses Thema zu reden oder?"

„Nein. Es ist ja mein Körper und so ist es für mich auch ganz selbstverständlich mich selbst zu streicheln und zu verwöhnen. Ich habe damit schon begonnen, als ich zehn war."

„Heiland, so jung hast du damit schon angefangen." Bianca war echt überrascht. „Mit zehn spielte ich noch mit Puppen."

„Wie war das für dich, als Du dich das erste Mal selbst verwöhnt hast?", wollte Lola wissen.

„Du kannst Fragen stellen." Bianca wusste nicht so recht wie sie darauf reagieren sollte. „Also ich war schon achtzehn. Es war im Sommer und ich hatte an diesem Wochenende frei. Meine Eltern waren übers Wochenende zu meiner Tante gefahren und so war ich alleine. Ich wollte im Garten ein wenig lesen und die Sonne genießen. Na ja, so breitete ich meine Decke aus und legte mein großes Badehandtuch darauf. Ich habe mein Sommerkleid und auch meinen Bikini ausgezogen, denn ich fand es schon immer schöner, wenn man streifenfrei gebräunt ist."

„Hattest du keine Angst, dass dich jemand sehen konnte?" fragte Lola und rutschte unruhig auf dem Sofa umher.

„Nein, unser Garten war ringsherum eingewachsen und so sah mich auch niemand. Also lag ich dann so auf meiner Decke und las in meinem Buch. Plötzlich spürte ich den Wind, wie er ganz zart über meine Grotte wehte. Uhi, das war schon ein irres Gefühl. Aber dann wollte ich dieses Gefühl unbedingt noch etwas intensiver spüren und spreizte die Beine einfach etwas mehr."

„Das kann ich mir so richtig gut vorstellen, wie du da in der Sonne gelegen hast, mit gespreizten Beinen", sagte Lola leise, während sie ihren Rock etwas nach oben schob und mit ihrem Finger ganz zart über ihren schwarzen Slip streichelte.

Bianca starrte auf Lolas Höschen. Sie sah nichts von Lolas Grotte, aber sie konnte ihre Schnecke unter dem Höschen pochen sehen. Ihr Puls raste und ihr Herz klopfte immer schneller.

„Komm Süße erzähl weiter. Was hast du dann auf deiner Decke gemacht. Du hast doch den Wind nicht die ganze Arbeit alleine machen lassen oder?" Lola lächelte.

„Nein natürlich nicht", antwortete Bianca heiser, ohne den Blick von Lolas Slip zu nehmen. Sie spürte, wie ihr Höschen immer nasser wurde. Aber sie konnte sich nicht überwinden, vor ihrer besten Freundin, ihre Hand auch nur ansatzweise in Richtung ihres Dreiecks zu bewegen.

„Magst du nicht mehr weitererzählen?" holte Lola sie aus ihren Gedanken heraus.

„Doch, doch", erwiderte Bianca und erinnerte sich zurück an diesen Mittag im Garten. „Also ich lag da in der Sonne und spürte wie sie brannte. Ich nahm die Sonnencreme aus der Tasche und begann mich einzucremen. Zuerst die Arme, dann die Schultern, den Bauch und den Hals. Für das Eincremen meines Busens nahm ich mir besonders viel Zeit und ich genoss das herrliche Gefühl, als ich meine Brüste zart knetete."

Bianca spürte, wie bei ihrer eigenen Erzählung, ihre Nippel ganz hart wurden und wie sich ein wohliges Kribbeln in ihrem Unterleib ausbreitete.

„Du hattest damals schon so tolle üppige Brüste", bemerkte Lola und knöpfte langsam ihre eigene Bluse auf.

Bianca fand plötzlich Gefallen an diesem schönen Spiel und genoss es sehr zuzusehen, wie Lola langsam und auch ein bisschen provokant aufreizend ihre Bluse öffnete. Sie wusste, dass sie Lola hundertprozentig vertrauen konnte, und egal was auch kommt, sie das respektieren würde.

„Ja das stimmt, mein Busen ist wirklich wunderschön, weich und sehr üppig. Gerade deshalb liebe ich ihn so sehr, weil man sich da so richtig reinkuscheln kann."

Lola lächelte. „Erzähl weiter, du machst mich mit deiner Geschichte gerade so richtig schön heiß."

„Okay", zwinkerte Bianca Lola zu. „Also ich begann dann meine Beine einzucremen. Zuerst die Waden und dann die Oberschenkel. Dabei fuhr ich mit meiner Hand ganz zart und langsam an den Innenseiten meiner Schenkel entlang. Ich kann mich noch gut daran erinnern, dass ich mit dem kleinen Finger auf einmal meine Muschi berührte und kurz zusammenzuckte."

„Was so ein kleiner Finger alles bewirken kann", grinste Lola, die mittlerweile ihre Bluse und BH ausgezogen hatte. Sie lehnte sich auf dem Sofa etwas zurück, schloss ihre Augen, und streichelte, bei leicht geöffneten Schenkeln ihren knabenhaften Busen. Sie war nur noch mit ihren Slip und Strapsen bekleidet, aber sie legte ihr Dreieck nicht frei. Bianca wurde es total heiß bei diesem Anblick und sie trank noch einmal von ihrem Wein, bevor sie mit kehliger Stimme weitererzählte.

„Weißt du Lola, obwohl ich wusste, dass unser Garten eingewachsen war, hatte ich damals, in diesem Moment doch irgendwie Angst, dass mich jemand beobachten könnte."

„Oh ja, das Gefühl kenne ich", sagte Lola lächelnd ohne ihre Augen zu öffnen. „Das Risiko dabei erwischt zu werden, macht mich dann allerdings immer erst so richtig scharf."

Bianca kicherte. „Ja, genauso ging es mir damals auch. Also ich verteilte noch mal etwas Creme auf meiner Hand und begann dann meine Muschi einzucremen. Ohh Gott, was tat das so gut. Das war das erste Mal, wo ich dieses tolle Kribbeln ganz intensiv spürte. Jede Berührung ließ meine Muschi ein wenig zusammenzucken. Ich genoss dieses Kribbeln in vollen Zügen und mir war es in dem Augenblick auch völlig egal, ob mich hätte jemand sehen können."

„Hattest du damals schon einen Orgasmus?", fragte Lola mit weiter geschlossenen Augen.

„Ja, kurze Zeit später. Irgendwann fühlte ich nämlich, dass da noch ein kleines Knöpfchen war, was auf Berührungen sehr empfindlich reagierte. Ganz zart streichelte ich diese kleine Knospe. Aber meinem Kitzler langte dieses nur zarte Streicheln auf einmal nicht mehr aus. Er wollte fester gerubbelt werden."

Bianca war es gar nicht bewusst, dass ihr Finger mittlerweile auch über ihren Slip rieb. Aber auch sie hatte ihre Grotte noch nicht freigelegt. Sie spürte, wie nass ihr Höschen war und es erregte sie total.

„Bist du dem Wunsch deiner Klitoris, sie etwas härter ranzunehmen entgegengekommen?" fragte Lola und schaute

Bianca mit leuchtenden Augen an, während sie sich wieder etwas aufsetzte.

„Na ja, du weißt ja wie das ist, wenn so eine Muschi Wünsche äußert. Meistens gewinnt die Liebesgrotte oder?" fragte Bianca grinsend.

„Ist dir das unangenehm, so wie wir beide hier jetzt zusammen sitzen?" fragte Lola und ließ ihre Hand wieder über ihren Slip gleiten.

„Unangenehm? Nein. Eher ungewohnt." antwortete Bianca ehrlich.

„Weißt du, ich würde mich jetzt gerne etwas mehr streicheln, meine Schnecke lechzt nämlich gerade danach gerubbelt zu werden. Aber ich weiß nicht, ob dir das vielleicht unangenehm oder peinlich ist. Wir können aber auch gerne jeder in unser Bett gehen", sagte Lola und trank den letzten Schluck ihres Weines aus.

Bianca wusste im ersten Moment nicht wie sie reagieren sollte. Zum einen war sie mit dieser Situation schon leicht überfordert. Zum anderen war sie aber auch total scharf und hatte definitiv keine Lust gerade jetzt ins Bett zu gehen. Und auf einmal sagte sie etwas, worüber sie selbst im ersten Augenblick überrascht war.

„Mach es dir bitte selbst! Jetzt hier vor meine Augen! Zeig mir, was für ein verdorbenes Mädchen du bist", kam es in einem Ton, der keinen Widerspruch zugelassen hätte.

Lola war überrascht, aber sehr positiv überrascht. Ihr gefiel das kleine Spiel und gerne kam sie Biancas Wunsch nach.

„Okay meine Süße, wie du willst", grinste Lola und schob aufreizend ihren Slip beiseite.

Bianca sah nun in voller Pracht die dunkelrote glänzende Muschi ihrer besten Freundin ganz nah vor sich. Noch nie hatte sie Lolas Muschi so nah vor sich gesehen und ihre Fantasien überschlugen sich. Sie musste erst mal tief ein und ausatmen so fasziniert war sie gerade von diesem wunderbaren Anblick. Sie

konnte förmlich den Duft von Lolas Erregung wahrnehmen.
Lola sah wie erregt und unruhig Bianca wurde. Aber sie wollte
es ja nicht anders, ging es ihr etwas schelmisch durch den Kopf.
Behutsam begann sie mit zwei Fingern einen kleinen Tanz
auf ihrer Knospe. Langsam fuhr sie mit dem Mittelfinger über
ihre längst angeschwollenen Schamlippen und spürte dabei
die Nässe, die sich in ihrer Muschi, seit Beginn von Biancas
Erzählungen gesammelt hatte.
Bianca beobachtete fasziniert Lolas Fingerspiel. Mit beiden
Händen verwöhnte sie indessen kraftvoll ihren eigenen prallen
Busen. Lola massierte sich nun ihre Klit mit heftig kreisenden
Bewegungen. Sie spreizte ihre Beine noch ein klein wenig mehr
auseinander und sah, dass Bianca nun so richtig Gefallen daran
fand.
Auch Bianca hatte ihren Slip mittlerweile zu Seite geschoben
und ihre Pflaume freigelegt. Sie rubbelte mit sehr schnellen
Bewegungen ihren harten Kitzler, ohne den Blick von Lolas
feuchter Muschi abzuwenden. Dabei stöhnte sie und das Atmen
glich schon eher einem Keuchen. Immer wilder und heftiger
wurden ihre Bewegungen, immer lauter wurde ihr Stöhnen.
Lola genoss diesen wundervollen Anblick. Sie genoss es
zuzusehen, wie Bianca mit nun geschlossenen Augen da saß
und wild und ungehemmt, als ob sie alleine wäre, ihren harten
Kitzler rubbelte. Der Anblick von Biancas rosafarbener nassen
Lustgrotte und dem weit hervorstehenden Kitzler, der immer
heftiger von ihr gerieben wurde, machte sie so scharf wie schon
lange nicht mehr. Und plötzliche durchzuckte Bianca eine
heftige Welle. Sie hatte ihren Höhepunkt erreicht und stöhnte
ihn nun hemmungslos hinaus.
Dieser Anblick war für Lola zu viel. Sie rieb ebenfalls, immer
wilder und hemmungsloser ihre Klitoris und dann spürte auch
sie, wie der Orgasmus immer näher kam. Sie stöhnte laut, als sie
eine heftige Orgasmus-Welle überkam. Ihr Unterleib zuckte und

zuckte und nur ganz langsam konnte sie sich wieder beruhigen.

„Das war vielleicht scharf", sagte Bianca lächelnd, die das Lustspiel von Lola sehr wohl aus dem Augenwinkel beobachtet hatte. Entspannt blieben beide auf dem Sofa liegen und genossen diese Situation noch einige Minuten. Sie sahen sich an und jeder hatte ein Lächeln auf den Lippen. So ganz im Tiefen hofften beide gerade, dass dies nicht das letzte Mal war, wo sie sich dabei zuschauen, wie sie es sich selbst besorgen.

„So und jetzt noch ein Gute-Nacht-Kuss und dann ab ins Bett" sagte Bianca auf einmal. Sie beugte sich zu Lola rüber und küsste ganz zart Lolas glänzend feuchte Knospe.

„Uhaa, was machst du da?" fragte Lola stöhnend und ein Schauer lief ihr über den Rücken.

„Nach was sieht es denn aus?" lachte Bianca und spürte, dass der Wein immer mehr die Hemmungen nimmt. Ohne eine Antwort von Lola abzuwarten, strich sie mit ihrer Zungenspitze noch einmal ganz zärtlich über Lolas Kitzler hin und her. Obwohl sie große Lust darauf hatte, diesen harten Kitzler jetzt ganz ausgiebig zu bearbeiten, beendete sie das erotische Spiel.

Sie waren Freunde und das sollten sie auch bleiben. So stand Bianca lächelnd auf und ohne ihren Slip wieder zu richten, bewegte sie sich in Richtung Gästezimmer. Der String rieb an ihrer Spalte, was ihr ein leichtes Seufzen entlockte.

„Bis morgen Lola. Ich wünsche dir eine gute Nacht", sagte Bianca lächelnd und schloss die Tür hinter sich.

Irgendwann später konnte man aus beiden Zimmern noch mal ein lustvolles Stöhnen hören und so nur erahnen, dass in diesem Moment die Beiden gerade dabei waren, erneut ihre pochenden feuchten Muschis zu bearbeiten.

Kapitel 4

„Kennst du dieses Lied?", fragte Lola.
Bianca drehte das Autoradio etwas lauter. „Ja, das Lied kenne
ich. Ist das nicht „Wonderful Dream" von Melanie Thornton?"
Ja ganz genau, das ist es. Das Lied erinnert mich daran, wie ich
damals, zu fast genau der gleichen Zeit, Mona kennengelernt
habe.
„Liebst du sie noch?", fragte Bianca, während sie das Lied
wieder ein klein wenig leiser drehte.
„Nein!", kam es wie aus der Pistole geschossen.
Bei dieser spontanen Antwort wusste Bianca ganz sicher, dass
zwischen diesen beiden keine Liebe mehr war.
„Weißt du Bianca, auch wenn man einen Menschen nicht mehr
liebt und sich von ihm getrennt hat, kann man doch trotzdem
noch mit einem zufriedenen und glücklichen Gefühl an die
Situationen denken, die man mit dieser Person erlebt hatte.
Schließlich habe ich Mona ja mal sehr geliebt und die Zeit, die
ich mit ihr hatte, die war wunderschön."
Lola schaute kurz rüber und lächelte Bianca an, bevor sie sich
wieder der Straße widmete.
„Wenn alle Menschen so denken würden, hätten ganz viele
Anwälte nichts mehr zu tun", erwiderte Bianca mit einem eher
gequälten Lächeln zurück.
„Ja ja, die lieben Anwälte. Deine Liebes-Anwältin profitiert ja
auch von solchen Fällen, oder nicht?"
„Hm, ich kann es dir nicht mal genau sagen, welche Fälle
Antonia im Moment so hat. Über ihre Arbeit sprechen wir ja
nicht mehr. Ich weiß nur, dass die Kanzlei sehr viele Mandanten
hat, die zum einen verdammt reich sind und zum anderen einen
sehr großen Einfluss haben, wie Politiker zum Beispiel."
„Naja, jeder soll den Beruf ausüben den er liebt. Und Anwälte
haben manchmal ja auch ihre Daseins-Berechtigung."

Bianca nickte, war aber froh, dass Lola dieses Thema nicht noch weiter vertiefte. Was Antonia betraf, stand sie immer zwischen Lola und ihr und das war nicht einfach.

„Da vorne ist ja schon die Abfahrt nach Salzburg. Das heißt, wir sind bald da", rief Bianca freudestrahlend während sie auf das Schild zeigte.

„Das bedeutet, in ungefähr 15 Minuten werden wir bei dem Hotel angekommen sein", kommentierte Bianca noch ergänzend.

„Hast du schon einen Ablaufplan für heute Mittag?" wollte Bianca wissen und begann schon mal ihre Schuhe wieder anzuziehen.

„Also, ich habe mir gedacht, dass wir zuerst einmal einchecken und dann unsere Sachen aufs Zimmer bringen. Anschließend werde ich mich sofort in die Arbeit stürzen. Ich muss den Saal inspizieren und vor allem schauen, wie weit die Leute mit den Vorbereitungen sind. Ich hoffe nur, dass sie nicht gerade erst mit dem Aufbau angefangen haben, sonst kommen wir nämlich in einen zeitlichen Zugzwang."

„Du bist doch nicht das erste Mal in diesem Hotel. Wie lief es denn in der Vergangenheit?"

„Die letzten beiden Male lief alles perfekt. Da hatte Karl, der Veranstaltungschef, wirklich alles super im Griff. Aber ich weiß halt nicht, ob er dieses Mal auch da ist."

Lola runzelte die Stirn. Sie war geschäftlich immer zweihundert prozentig und alles musste perfekt geplant und organisiert sein. War es das nicht, konnte sie auch mal so richtig ausrasten.

„Na also, dann wird auch dieses Mal alles perfekt laufen", versuchte Bianca im Vorfeld die Lage zu glätten.

„Abwarten. Außerdem müssen wir unseren VW-Bus ausräumen und sämtliche Kleider schon mal auf die einzelnen Models verteilen." Bianca setzte den Blinker und fuhr vorsichtig die Autobahnabfahrt ab.

„Willst du denn wirklich heute schon einen Probelauf machen?", fragte Bianca und zog die Augenbrauen hoch.

„Ja. Um vier Uhr kommen die ersten Models. Bis wir dann alle Kleider verteilt haben und den Ablauf besprochen haben, wird es mit Sicherheit fünf werden. Und danach muss ich auf jeden Fall mit den Mädchen einen Probelauf machen. Aber heute Abend, nach dem ersten Stress, essen wir zwei dann im Hotel so richtig gemütlich zu Abend einverstanden?"

„Na klar", bestätigte Bianca mit einem Grinsen. „Nur, heute Abend, ohne Rotwein"

Lola musste herzlich lachen. „Definitiv. Sonst kommen wir wieder auf so schlüpfrige Gedanken und wer weiß, was dann alles passiert."

Lola schaute zu Bianca rüber und zwinkerte. Sie hatte Gefallen an dem Spiel vom Vorabend gefunden und hätte zu gerne mal an Biancas Muschi genascht. Bei dem Gedanken daran fing es in ihrer Muschi erneut an zu pochen. Aber dazu gehören immer noch zwei Personen und sie war sich nicht sicher, ob sich Bianca auf ein erotisches Spiel mit ihr einlassen würde.

„Na ja, soooo schlecht war das Schlüpfrige gestern Abend ja auch wieder nicht. Mir hat es auf jeden Fall Spaß gemacht und meine süße Muschi hat sich so richtig wohl gefühlt." Bianca zwinkerte mit einem Lachen zurück. Sie musste sich selbst gegenüber zugeben, dass sie der Anblick von Lolas nasser Muschi sehr neugierig gemacht hatte. Als sie am Vorabend so alleine in ihrem Bett lag, fragte sie sich schon, wie Lolas Muschi sich so anfühlen würde und wie sie schmecken würde. Lolas Spalte erinnerte sie irgendwie an einen frischen jungen Pfirsich und ihre Gedanken daran, verfehlten ihre Wirkung nicht, wie auch sie an dem aufsteigenden Kribbeln zwischen ihren Beinen gerade fühlen konnte.

„An was denkst du?" fragte Lola mit einem frivolen Lächeln.

„Ich plane gerade meinen Nachmittag", lachte Bianca und sah an Lolas Gesicht, dass sie ihr gerade kein Wort glaubte.

„Nein, jetzt im Ernst. Nachdem wir das Auto ausgeladen haben, werde mich erst mal um meine Fotoausrüstung kümmern. Außerdem muss ich mal schauen, von wo aus ich die besten Aufnahmen machen kann, denn in diesem Hotel war ich ja noch nie gewesen."

„Stimmt! Ich war schon mehrfach hier, aber da war immer Mona zum Fotografieren dabei. Du wirst begeistert sein, da bin ich mir sicher. Es ist ein wahnsinnig schöner, ziemlich großer Saal und soweit ich erfahren habe, wurden fast alle Tickets verkauft. Das heißt, es werden morgen Abend circa zweihundert Gäste erwartet."

„Wow, das wäre ja Wahnsinn. Und wenn da noch so einige betuchte Boutiquenbesitzer dabei wären, würden das für dich wieder richtig viele Aufträge bedeuten. Ohh, das freu mich für dich."

„Naja, wer weiß, vielleicht springt ja auch für dich der eine oder andere Auftrag raus. Mal abwarten, was sich so ereignen wird. So meine Süße, da sind wir", sagte Lola, während sie auf den großen Hotelparkplatz fuhren.

„Boah, das sieht ja schon von außen genial aus. War das früher mal eine Burg oder ein Schloss", fragte Bianca und kam aus dem Staunen nicht mehr heraus.

„Du meinst wegen der vielen Backsteinmauern? Ja könnte sein. Wir können ja mal fragen."

Eine Stunde später, nachdem sie eingecheckt und ihre persönlichen Sachen auf ihre Zimmer gebracht hatten, betraten sie den großen Saal. Bianca stockte der Atem. Sie war von ihrem Hotelzimmer, was sich als Loft herausstellte, ja schon mehr als begeistert, aber dieser Veranstaltungsraum übertraf bei Weitem alles. Sie stand einfach nur da, war sprachlos und total überwältigt. So eine tolle Räumlichkeit hatte sie noch nie gesehen. Es war nicht nur ein großer Raum, sondern eine, über mehrere Etagen gehende Halle. Die Decke war unterbrochen mit einem riesigen

Glasdach, wo man den Sternenhimmel bei Nacht sehen konnte. Und die Wände waren nicht einfach nur weiß gekalkt, sondern bestanden im Wesentlichen aus historischen Backsteinmauern. Das hier mehrere hundert Gäste Platz haben werden, das war ihr jetzt klar. Auch die Bestuhlung war sehr originell. Es gab nicht die typischen Stuhlreihen, sondern überall standen hohe Rundtische mit Barhockern oder auch gemütliche Sitzgruppen. Eine große rustikale Bar rundete das Ganze ab. Alles das gaben diesem Raum eine absolut gemütliche Atmosphäre und Bianca freute sich jetzt noch umso mehr, auf die Modenschau am nächsten Tag.

„Hallo mein lieber Karl. Das ist ja klasse, dass ihr schon mitten im Aufbau seid" begrüßte Lola den Veranstaltungschef.

„Ohh, was für ein heller Stern kommt denn da vom Himmel. Grüße dich meine liebe Lola. Komm lass dich mal drücken." Karl war ein kleiner, wohlgenährter Mann mit Glatze, lustigen Augen und einer sehr gemütlichen Ausstrahlung. Ein heller Stern, der vom Himmel kommt, überlegte Bianca ganz kurz, kam dann aber schnell zur Überzeugung, dass dieser Mann einer Frau nicht so wirklich gefährlich werden konnte. Nachdem Lola, Bianca mit dem Veranstaltungschef bekannt gemacht hatte und die bereits fertigen Umkleideräume sehen konnte, luden sie gemeinsam das Auto aus.

„Ich wusste gar nicht, dass Kleider so schwer sein können", sagte Bianca stöhnend, während sie die letzte Kiste anschleppte.

„Süße, du musst mehr Sport treiben", lachte Lola, die mit dem Schleppen der Kisten überhaupt keine Probleme hatte. Sie war nach der letzten Kiste noch genauso fit wie bei der Ersten und Bianca konnte sie nur bewundern für diese körperliche Kondition.

„So, ich widme mich jetzt aber meiner Fotoausrüstung, wenn das für dich in Ordnung ist?", fragte Bianca, die sichtlich einen Grund suchte, um sich ein wenig vor weiterer, körperlicher

Arbeit drücken zu können.

„Klar, mach das", rief Lola ihr zu. „Jetzt kannst du mir eh nicht mehr helfen. Ich muss mich nun erst mal darum kümmern, welches Model welches Kleid präsentieren wird", sprach es und war auch schon im Nebenraum verschwunden.

Bianca hatte ihre Fotoausrüstung relativ schnell zusammengebaut und erkundete nun diese wundervolle Halle. Egal wo sie aber auch hinschaute, sie konnte keinen Laufsteg entdecken.

„Entschuldigung Karl, aber wo wird denn hier der Laufsteg aufgebaut?", fragte Bianca etwas irritiert, denn das gehörte bisher immer zu der Basisausstattung bei Lolas Modenschauen.

„Hier gibt es keinen Laufsteg", antworte Karl mit einem gemütlichen Lächeln. „Die Models laufen durch den gesamten Saal. Sie kommen da hinten, aus dieser breiten Tür heraus und laufen dann hier vorne durch den Gang bis nach hinten zur Bar. Dort sammeln sich meistens zwei bis drei Models und laufen dann zusammen nach oben in die andere Etage."

Bianca versuchte den Ausführungen von Karl zu folgen.

„Kommen Sie, wir laufen den Weg mal zusammen ab, dann wissen Sie ganz genau Bescheid."

Bianca war begeistert, aber auch irritiert. Das war eine neue Situation, so ganz ohne Laufsteg und sie musste jetzt wirklich überlegen, wie sie mit ihren Aufnahmen das Beste herausholen konnte. Es war schon später Nachmittag, als sie ihren Plan und die Einsatzorte ausgearbeitet hatte. Lola war immer noch voll in Aktion und dann kamen auch schon die ersten Models die Türe herein.

„Lola, ich werde jetzt mal schauen, wo ich in dem Hotel einen Kaffee trinken kann. Außerdem muss ich irgendetwas essen, sonst falle ich vom Stängel" sagte Bianca. Sie hatte das Gefühl, das ihr Magen lauter knurrte, als sie reden konnte. „Soll ich dir ein Stück Kuchen mitbringen, wenn es so etwas hier gibt?"

„Bis du vom Stängel fällst meine Süße, dass dauert noch eine

ganze Weile" erwiderte Lola mit einem herzlichen Lachen.
„Aber die Idee, mir ein Stückchen Kuchen mitzubringen, finde
ich klasse. Wenn die Käsekuchen haben, kannst du mir gleich
zwei Stück mitbringen", ergänzte sie ihre Antwort noch, bevor
sie sich auch schon wieder daran machte, ein Kleid abzustecken.
„Angeberin", dachte Bianca und rümpfte die Nase. Lola konnte
alles essen ohne zuzunehmen. Sie nahm schon zu, wenn sie
ein Stück Kuchen nur anschaute. Aber sie gönnte es Lola.
Bianca schlenderte durch die Hotelhalle, die ebenfalls mit
Backsteinmauern versehen war und ließ sich an der Rezeption
erklären, wo sie hier eine Tasse Kaffee trinken könne. Die
Dame an der Rezeption war sehr nett und zeigte ihr auch gleich
den Weg in die «Holzfällerstuben». Bianca fühlte sich sofort
wohl, als sie diesen Raum betrat. Die Stube war leer, kein Gast
befand sich mehr darin, was aber daran lag, dass die Kaffeezeit
schon fast vorüber war. Die kleinen runden Tische waren sehr
schön arrangiert und eingedeckt. Man hatte aber auch die
Möglichkeit, es sich auf einer Eckbank gemütlich zu machen.
Auch hier war alles im rustikalen Stil eingerichtet. An der Seite
stand ein länglicher Tisch, wo verschiedene Kuchen und Torten
aufgebaut waren. Bianca nahm einen Teller vom Stapel und
stand unschlüssig vor dem großen Angebot.
„Sie sollten unbedingt den warmen Apfelstrudel mit Vanillesauce
probieren", hörte Bianca plötzlich eine wahnsinnig angenehme
Männerstimme hinter sich sagen.
Sie wagte sich gar nicht umzudrehen, aus Angst, dass die Stimme
durch das Aussehen ihren ganzen Zauber verlieren könnte.
„Und Sie denken, ich sollte ihrer Empfehlung unbedingt
folgen?", fragte Bianca mit samtweicher Stimme, ohne sich
umzudrehen.
„Wenn Sie es nicht tun, werden Sie das ihr ganzes Leben lang
bereuen", hörte Bianca den Unbekannten mit einem herzlichen
Lachen sagen.

Sie wurde neugierig. Welcher Mann gehörte zu dieser wundervollen Stimme? Sie drehte sich langsam um und sah zwei hellblaue, lustig funkelnde Augen und ein umwerfendes Lächeln. Bianca war erleichtert, dass das Aussehen, den Charme dieser wahnsinnigen Stimme nicht zerstörte. Sie wusste nicht warum, aber plötzlich musste sie herzhaft lachen.

„Lachen Sie mich jetzt aus oder an?" fragte der Unbekannte gespielt ernst.

„Entschuldigen Sie bitte vielmals", antwortete Bianca mit einem Kichern. „Auf keinem Fall lache ich Sie aus. Aber ihre leuchtenden Augen und ihr verschmitztes Lächeln, dass lässt sie wie ein Lausbube aussehen." Bianca versuchte sich ein weiteres Lachen zu unterdrücken, was ihr aber nicht gelang.

„Oh, da bin ich aber erleichtert. Mit dem Begriff «Lausbube» kann ich leben", lächelte der Unbekannte.

„Ich heiße übrigens Magnus. Magnus Anderson", stellte sich der Unbekannte vor.

„Hallo Magnus, ich heiße Bianca. Bianca Baumann", erwiderte sie lächelnd.

„Also was ist? Probieren wir den heißen Apfelstrudel mit Vanillesauce?"

Bianca nickte nur. Sie spürte die Sympathie, die der Mann auf sie ausstrahlte und sie genoss es.

„Geben Sie mir mal Ihren Teller, damit da endlich mal was drauf kommt", zwinkerte er ihr zu.

Bianca setzte sich mit ihrem Teller und der Tasse Kaffee auf die Eckbank und hatte nun einen Augenblick Zeit, diesen attraktiven Mann, der noch an dem Kuchenbuffet stand, etwas näher zu betrachten.

Er war zweifellos ein ausgesprochen attraktiver, sehr gutaussehender und repräsentativer Mann mit schelmisch blitzenden Augen, lausbübischem Charme und einer sportlichen Figur. Bianca runzelte ein wenig die Stirn und überlegte, von woher er stammen könnte. Er dürfte ein eher nordischer Typ sein, ging es ihr so durch den Kopf. Er hatte einen sportlichen Körper, einen gepflegten aber lässigen Kleidungsstil, dunkle leicht lockige Haare und faszinierende hellblaue Augen, die Wärme und Neugierde verraten. Auffallend war für sie aber, sein freundliches Wesen, die höflichen Umgangsformen und das, wirklich sehr gepflegte Erscheinungsbild. Er dürfte Mitte vierzig sein, schätzte Bianca ihn ein. Seine Figur war zwar sportlich, aber dennoch nicht extrem schlank oder durchtrainiert und das erinnerte sie ein wenig an einen Teddybär. Bianca musste schmunzeln, aber alles in allem passte das Gesamtbild sehr gut zusammen. Magnus wirkte kein bisschen unnahbar und dank seiner gemütlichen Ausstrahlung, fühlte sie sich irgendwie sofort wohl bei ihm. Bianca hatte ihren Kopf etwas zur Seite gelegt und betrachtete gerade sein Profil als er ihr plötzlich sein Gesicht zuwandte. Offenbar hatte er ihren prüfenden und vielleicht auch neugierigen Blick gespürt. Schnell senkte Bianca ihren Blick. Sie fühlte sich ertappt und das war ihr äußerst unangenehm. Magnus lächelte kurz und kam dann ebenfalls mit Kaffee und Kuchen in der Hand auf sie zugesteuert.

„Darf ich mich zu Ihnen setzen?" fragte er und wartete tatsächlich eine Antwort ab, bevor er dann, ihr gegenüber Platz nahm.

„Und habe ich Ihnen zu viel versprochen?" fragte Magnus, während er sich ein Stück Kuchen in den Mund schob.

„Nein. Wenn ich diesen Apfelstrudel nicht probiert hätte, hätte ich es wirklich bis zu meinem Lebensende bereut." Bianca grinste schelmisch.

„Ich habe Sie vorhin mit einer anderen Dame beim Einchecken gesehen. Verbringen Sie ein Wellnesswochenende hier?" Magnus hatte den Kopf etwas geneigt und wartete auf ihre Antwort.

„Das wäre zu schön gewesen, so ein Wellnesswochenende. Nein, leider kein Wellness. Lola und ich sind zwar befreundet, aber sind zum Arbeiten hier."

Magnus zog seine Augenbrauen leicht nach oben. „Ah, Lola ist dann also ihre Freundin nehme ich einmal an?"

„Ja. Wir kennen uns schon seit Kindheitstagen und wir machen beruflich sehr viel zusammen. Lola ist Modedesignerin und macht die Modenschau, die hier morgen stattfindet und ich bin die Fotografin. Privat gehen wir aber verschiedene Wege."

Bianca musste lächeln, denn sie ahnte, dass Magnus dachte, sie und Lola seien liiert.

„Oh, das hört sich ja interessant an. Dann werde ich mir diese Modenschau morgen vielleicht auch einmal anschauen. Eventuell bekomme ich ja noch die eine oder andere Inspiration", sagte er mit einem verschmitzten Grinsen.

Anhand seiner Lachfältchen stellt Bianca fest, dass dies ein Mann war, der sehr gerne und sehr viel lachte. Das gefiel ihr.

„Inspiration?" Bianca runzelte die Stirn. „Haben Sie auch etwas mit Mode zu tun?"

„Nein", lachte Magnus. „Mit Inspiration dachte ich eher an meine eigene Kleidung."

„Ach so", sagte Bianca mit einem Schmunzeln.

„Ich bin Arzt an einer Uniklinik und im Gremium für die Planung der Ärztekongresse. Nächstes Jahr soll so ein Kongress in Salzburg stattfinden und dafür hatte ich heute Nachmittag hier im Hotel einen Termin. Morgen bekomme ich noch Besuch, der ebenfalls bis zum Sonntag bleibt und so gönne ich mir jetzt fast notgedrungen einfach mal ein Wellnesswochenende. Man muss die Gelegenheit immer beim Schopfe packen" lachte er, bevor er seinen restlichen Kaffee austrank.

„Na ja, dann werden wir uns ja mit Sicherheit noch mal sehen, wir sind nämlich auch bis Sonntag hier."

„Das würde mich echt freuen."

„So Magnus, jetzt muss ich mich leider verabschieden. Ich habe Lola versprochen, ihr etwas zu essen zu bringen, damit sie mir

nicht zusammenbricht. Und wenn ich mein Versprechen nicht einhalte, dann wird das kein schönes Wochenende für mich."
Bianca musste lachen, bei der Vorstellung, dass sie ohne Kuchen zu Lola käme. Ihre Augen würden Feuer versprühen.
„Na dann halten Sie ihr Versprechen mal ein. Ich will nicht daran schuld sein, wenn Lola böse mit Ihnen ist", erwiderte Magnus belustigt.
Bianca ging zum Kuchenbuffet und bereitete einen Teller mit zwei Stück Käsekuchen vor. Sie spürte Magnus Blicke im Rücken. Sie fühlte, wie er sie gerade beobachtete und ihre Hände zitterten ein wenig.
Sie stand nicht auf Männer und dennoch brachte dieser Mann sie gerade ein wenig durcheinander. Bianca stand auch in der Öffentlichkeit zu ihrer Neigung Frau zu lieben und so wusste sie, dass sich zwischen Magnus und ihr nie etwas sexuelles entwickeln würde. Aber einem kleinen Flirt war sie dennoch nicht abgeneigt.
Mit einem verlegenen Lächeln verabschiedete sie sich und lieferte ein paar Minuten später den Käsekuchen bei Lola ab. Aber Lola war total eingespannt in einem hektischen Treiben und Bianca war sich nicht sicher, ob sie den leckeren Käsekuchen überhaupt anrühren würde. So gab sie Lola auch nur kurz Bescheid, dass sie jetzt nach oben in ihr Zimmer gehen würde und sie verabredeten sich für acht Uhr zum Abendessen.

Kapitel 5

Bianca packte zunächst ihre Sachen aus, checkte kurz ihre Mails
und zappte mal durch das Fernsehprogramm. Nachdem sie die
zweiundachtzig Programme einmal durch und danach festgestellt
hatte, dass nichts dabei war, was sie hätte interessieren können,
stellte sie einen Musiksender ein. Ihr war es jetzt nach ein wenig
Romantik zumute und so genoss sie dann auch die romantischen
Klänge eines ihr unbekannten Senders.
Sie war überrascht, eine Badewanne als Whirlpool in ihrem
Loft vorzufinden. Dies kommt in einem Hotel ja eher selten
vor. Umso mehr freute sie sich jetzt, ein heißes Bad genießen zu
können. Sie ließ Wasser ein, tröpfelte ein wenig Bade-Öl hinzu
und innerhalb weniger Minuten war der ganze Raum mit einem
feinen Vanilleduft erfüllt.
„Das ist ja wirklich wie Weihnachten, fehlen nur noch
die Bratäpfel mit Zimt", scherzte Bianca mit sich selbst.
Selbstgespräche führte sie sehr oft und wenn sie alleine war,
sogar in Zimmerlautstärke.
Sie hatte bei der Ankunft am Mittag bereits die Heizung
angemacht, sodass es jetzt angenehm warm war in diesem
äußerst gemütlichen Zimmer. Während das Badewasser einlief,
zog sie ihre Jeans und Bluse aus. Gerade als sie ihren BH
abstreifte, klingelte es.
Überrascht griff sie ihr Handy und setzte sich aufs Bett.
„Antonia Du? Ist etwas passiert?"
„Nein", kam es erstaunt zurück. „Was soll denn passiert sein?"
„Naja, ich dachte nur, weil du mich doch nie anrufst, wenn ich
geschäftlich unterwegs bin." Bianca rutscht auf dem Bett etwas
nach hinten und setzte sich im Schneidersitz hin.
„Ich wollte nur mal hören wie es dir geht?" fragte Antonia mit
gelassener Stimme.
„Gut."

Ein Anruf von ihr, gerade jetzt. Bianca traute dem Frieden nicht und außerdem hatte es sich mittlerweile bei ihr verinnerlicht, dass sie gerade auf dem Selbstfindungsweg ihrer sexuellen Lust war.

„Ich soll dich übrigens herzlich von Herrn Dr. Burckhardt grüßen."

„Ohh wirklich? Dass dein Chef sich noch an mich erinnern kann? Na dann mal vielen Dank und viele Grüße zurück", erwiderte Bianca, während sie ins Bad ging und den Wasserhahn abdrehte.

„Natürlich kann er sich noch an dich erinnern, nach deiner Vorstellung auf dem Sommerfest."

„Ach ja, das tolle Sommerfest." Bianca musste lachen.

„Mir war das total peinlich, als du mit ihm zum Schluss noch die Bowle leer getrunken hattest. Kannst du dich daran überhaupt noch erinnern?", kam es mit einem etwas vorwurfsvollen Unterton.

„Selbstverständlich kann ich mich noch an die Bowle erinnern. Die war richtig lecker." Bianca amüsierte sich. „Und natürlich auch an Herrn Dr. Burckhardt. Schade, dass seine Frau an diesem Tag so krank war, sie hätte sicher auch ihren Spaß gehabt", ergänzte Bianca schelmisch, während sie es sich wieder auf ihrem breiten Bett, im Schneidersitz gemütlich machte.

„Sag mal, Herrn Dr. Burckhardt ist doch auch derjenige, der das letzte Wort hat, wenn es um eine Beförderung in eurer Kanzlei geht, oder?"

„Exakt, der ist das. Im Übrigen entscheidet auch Frau Dr. Burckhardt so einiges im personellen Bereich. Sie wird letztlich entscheiden, ob ich demnächst eine leitende Position bekomme." Bianca wusste, wie wichtig Antonia dieser Aufstieg war, dann wäre sie ihrem Traum, bald zur Führungsgruppe zu gehören, einen großen Schritt weiter gekommen. Irgendwie bekam Bianca gerade ein ungutes Gefühl. Warum rief Antonia sie eigentlich an? Das war überhaupt nicht ihre Art, insofern die

Beziehung ja bereits beendet war. Bianca erinnerte sich wieder an diesen triumphierenden Blick, als sie fast nackt vor Antonia auf dem Schreibtisch saß und die Rachegefühle stiegen erneut in ihr hoch. Sie erinnerte sich an das Versprechen, was sie sich selbst gab und sie schwor sich, bei Antonia nicht wieder weich zu werden.

„Weißt du Antonia, wenn ICH jetzt in deiner Position wäre, dann würde ich die Muschi von Frau Dr. Burckhardt derart verwöhnen, dass sie förmlich darum betteln würde, dass du das Angebot einer Beförderung annehmen würdest. Dann wärst du für immer abgesichert. Was hältst du davon?" Biancas Zynismus war fast nicht zu überbieten.

„Du hast dich wahrscheinlich auch hochgevögelt, sonst wärst du nicht an der Position, wo du gerade bist oder?", kam es kurz und bündig als Kommentar zurück.

Antonia hat sich um keine fünf Grad verändert, stellte Bianca gerade fest. Nach dieser Bemerkung, verging ihr der Spaß weiter mit ihr zu telefonieren und sie wollte gerade auflegen. Aber irgendetwas hielt sie ab davon und sie spürte, dass sie gleich sehr viel Spaß haben würde.

„Bist du noch im Büro?" fragte Bianca um das Thema zu wechseln.

„Nein, ich bin in einem Hotelzimmer", antwortete Antonia wahrheitsgemäß, ergänzte aber mit einer Lüge die Begründung. „Wir haben morgen in aller Frühe einen Fusions-Termin mit chinesischen Geschäftspartnern, deshalb bin ich schon einen Tag vorher angereist. Jetzt muss ich noch ein paar Unterlagen durcharbeiten und gönne mir aber gerade, mit einem Glas Rotwein eine kleine Pause." Antonia war in dem Hotel, weil ihr Bruder sie sozusagen wieder vor die Tür setzte, aber dass musste sie Bianca ja nicht gerade auf die Nase binden.

„Bist du alleine oder ist dein blonder Engel bei dir, der gerade lustvoll für dein körperliches Wohl sorgt?", fragte Bianca provokant.

„Bianca ich bitte dich" kam es in einem sehr verärgerten Ton.
„Ich habe mich bei dir entschuldigt, was willst du mehr?"
Antonia spürte, dass jetzt eigentlich der optimale Zeitpunkt
gewesen wäre, Bianca zu sagen, dass es mit Alicia aus war,
aber sie schwieg. Nein, das zuzugeben, gehörte nicht zu ihrer
Strategie. Antonia war sauer und wütend auf sich selbst. Sie
befand sich gerade in einer Art Abhängigkeit von Bianca und
das gefiel ihr gar nicht. Sie wusste, dass sie ihren Tonfall und
auch die spitzen Bemerkungen zügeln musste. Sie wollte bei
Bianca wieder einziehen und dazu musste sie Bianca weich
machen. Wenn gar nichts hilft, muss sie halt Liebe vortäuschen.
Besser so, als ein Haufen Geld für ein Hotelzimmer auszugeben.
„Entschuldigung Bianca, das war nicht so gemeint. Ich liebe dich
doch", kam es nun von Antonia in einem gespielt mitleidsvollem
Ton.
Bianca spürte instinktiv: Geraden eben, in exakt diesem Moment,
hat die Show begonnen. Das eben erlogene Liebesgeständnis
hatte Antonia verraten und genau diese Lüge, löste bei Bianca
ein starkes Verlangen nach Genugtuung aus.
„Oh Sorry. Nein, Antonia, ich muss mich entschuldigen.
Ich hatte das eben ganz vergessen. Stimmt ja, du hattest mir
diese wunderbaren roten Rosen mitgebracht, als du mich um
Verzeihung gebeten hattest. Und statt süßer Pralinen, hast du
ganz zart meine süße Muschi geleckt. Wie konnte ich das nur
vergessen?" säuselte sie.
„Na ja, so aufreizend, wie du mir da auf dem Schreibtisch
deine nasse Pflaume präsentiert hattest, da hätte ja niemand
widerstehen können."
Bianca spürte, wie dieses Gespräch Antonia zu erregen begann.
„Das heißt dir hat das gefallen, meine Muschi so zu sehen?"
Bianca atmete etwas schwerer, was allerdings nur gespielt war.
„Ja natürlich hat mir das gefallen", erwiderte Antonia, während

84

sie sich ihr Glas noch einmal mit Rotwein füllte. „Ich habe ja gesehen, wie deine nasse Muschi wieder mal etwas gebraucht hatte. Sie hatte ja förmlich nach mir gelechzt. Das war schon geil, als du deine Beine gespreizt und dann deinen Slip so langsam zur Seite geschoben hattest."

Antonia lag mittlerweile, nur noch mit einem Bademantel bekleidet auf dem Hotelbett und lauschte dem lauten Atem von Bianca. In ihrer Muschi begann es zu pochen.

„Deiner Liebesgrotte hatte das aber auch sehr gefallen stimmt´s?" Bianca wusste, dass sie Antonia mit ihren Worten so richtig scharf machen konnte. Und ihr Plan würde aufgehen. Antonia atmete schwerer, was bei ihr allerdings echt war. „Ja meine nasse Spalte fand das so richtig geil, als ich mit meiner Zunge zuerst über deine Schamlippen und dann über deinen harten Kitzler geleckt habe."

„Oh ja Antonia, das war wirklich scharf. Das hat mich so angetörnt, als ich von oben zusehen konnte, wie du mich da unten so wunderbar verwöhnt hast. Vor allem, als du meinen Kitzler mit deiner Zunge so richtig hart massiert hast. Deine Zungenfertigkeit ist ja unbeschreiblich und das Gefühl, was du da mit deinem Zungenschlag in meiner Schnecke ausgelöst hattest, wow, einfach Wahnsinn."

Bianca fand die Nummer in ihrem Büro auf dem Schreibtisch wirklich scharf und so spürte sie auch schon wieder ein Pochen. Ermahnend schaute sie auf ihre Schnecke.

„Das ist ein Spiel, also halte Ruhe da unten", gab sie in Gedanken die Anweisung nach unten an ihre süße Muschi weiter.

„Weißt du Antonia, ich hätte damals auch wahnsinnig gerne an deiner kleine Pussy geleckt und vor allem deinen Kitzler bis zum Höhepunkt verwöhnt" hauchte Bianca in den Hörer.

Sie wartete einen Moment, konnte nun allerdings keine Antwort mehr auf der anderen Seite vernehmen. Sie hörte nur noch ein schweres Atmen.

„Antonia? Bist du noch da?"

„Ja", kam es heiser zurück.

Bianca wusste was Antonia jetzt gerade machte. „Hast du dein Höschen schon ausgezogen und bist gerade dabei deine Muschi zu massieren?", fragte Bianca mit einer sehr verführerischen und aufreizenden Stimme.

Das Stöhnen am anderen Ende der Leitung wurde lauter. „Jetzt tue doch nicht so, du bist doch mit Sicherheit auch schon pitschnass unten herum?"

„Ja, sehr sogar." Bianca tat etwas verschämt.

„Komm Baby, ich möchte deine nasse Muschi sehen und zwar jetzt", keuchte Antonia in den Hörer.

„Was möchtest du?", fragte Bianca irritiert aber auch angetörnt überrascht. „Wenn du meine Muschi sehen willst, dann müsstest du schon hierher kommen."

„Nein, das geht auch anders. Mache das Video-Telefon an und dann halte die Kamera direkt vor deine nasse Pflaume", sagte Antonia in einem sehr bestimmenden Ton.

Allein die Vorstellung, Biancas nasse Muschi gleich in ihrem Handy sehen zu können machte sie so geil, dass sie kurz vorm Orgasmus war. Aber sie wollte diese neue Situation ausführlich genießen und gönnte ihrer Muschi deshalb eine kleine Pause. Sie streichelte ihre Liebesperle zwar weiter, aber nur ganz leicht.

Antonia spürte, dass Bianca sich zierte. „Na komm Baby, zeig mir deine Erregung. Halte endlich die Kamera vor deine Muschi, und dann verwöhne sie. Auf komm!" Der Tonfall wurde noch befehlender.

„Also Antonia, ich weiß nicht. Ich habe das noch nie gemacht." Obwohl Bianca das eigentlich gar nicht machen wollte, wurde auch sie jetzt total scharf.

„Jetzt überleg nicht lange. Auf dem Schreibtisch hast du mir deine Pflaume ja auch in voller Pracht serviert. Da hast du dich ja auch nicht geziert oder? Also jetzt sehe zu, dass du mich weiter antörnst!"

Antonia nervte es, dass sich Bianca so zierte. Hier zu Hause
hätte sie Bianca im Griff gehabt, aber so übers Handy war das
richtig Arbeit für sie.

Bianca spürte sehr wohl, dass Antonia gerade wieder über
sie bestimmen wollte. Aber der Gedanke, ihr diese nasse,
nein triefende Muschi in der Kamera zu zeigen, machte sie
so scharf, dass es ihr im Moment ziemlich egal war, dass sie
wieder ihre dominante Art zeigte. Sie sah das im Moment als
eine Art Lehrstunde und Antonia war die Referentin die ihrer
geilen Schülerin ein paar ganz interessante Neuigkeiten zeigen
würde. Ja, diese Vorstellung gefiel ihr. Bianca setzte sich mit
gespreizten Beinen auf das Bett.

„So ich liege nun mit gespreizten Beinen auf dem Bett, was soll
ich jetzt tun Frau Professor?" fragte Bianca schülerhaft.

Antonia war im ersten Moment etwas irritiert als Bianca sie mit
Frau Professor ansprach. Aber ihm Moment war ihr alles recht.
Hauptsache sie sah gleich etwas rosarotes Feuchtes auf ihrem
Display.

„Schalte um auf Video-Telefon und aktiviere die Kamera. Dann
halte das Handy direkt vor deine Muschi."

Bianca tat wie Antonia ihr befahl. Sie schaltete auf Video-
Telefon um und führte die Kamera nach unten. Sie hatte den
Lautsprecher angestellt und konnte so Antonia sehr gut hören.

„Du hast ja deinen Slip immer noch an. Zieh in aus", forderte sie
Bianca in einem strengen Befehlston auf.

„Da gibt es ein Zauberwort, Liebling", antwortete Bianca,
während sie die Kamera unverändert in dieser Position hielt.

„Ein Zauberwort?" fragte Antonia und runzelte die Stirn. Für
Höflichkeiten hatte sie jetzt gar keine Lust, aber sie wusste, dass
sie im Moment am kürzeren Hebel saß. „Also gut, bitte, ziehe
deinen Slip aus."

„Na siehst du Liebling, geht doch", antwortete Bianca in einem eher sulzigen Ton. „Aber weißt du, Schatz, den Slip ganz ausziehen, das ist in der, dir ja schon bekannten Probelektion nicht enthalten. Aber weißt du was, ich erweitere die Probelektion heute einfach mal etwas", sagte Bianca, während sie ihren Slip aufreizend zur Seite schob. Ihre Muschi pochte so wild vor Aufregung, dass Bianca Angst hatte, dass ihre Muschi gleich ohne eine Berührung explodieren würde.

„Oh ist das scharf", hörte sie Antonia sagen. „Was ein geiler Anblick. Du hast eine wirklich wunderschöne Muschi, meine Süße."

Bianca traute ihren Ohren nicht. Seit wann machte Antonia ihr denn wieder Komplimente? Das war früher ja mal normal, aber heute sind das ja ganz neue Anwandlungen. Doch Bianca gefiel das Kameraspiel und so setzte sie das Spielchen auch fort.

„Was soll ich denn jetzt tun Frau Professor?" säuselte sie unschuldig.

„Okay meine kleine geile Schülerin. Ich möchte, dass du deine Muschi jetzt streichelst", gab Antonia neue Anweisungen und begann nun auch ihre eigene Muschi wieder zu rubbeln.

„Du meinst ich soll es mir jetzt selbst machen?" fragte Bianca gespielt zögerlich, bevor sie dann mit ihrer linken Hand in Richtung ihrer Pussy fuhr.

„Ja genau. Komm Baby, sag und zeig mir was du machst. Beschreibe es mir." Antonias Stimme klang nun sehr erregt, aber weiterhin auch sehr bestimmend.

Bianca gefiel es, wie sie Antonia aufputschen konnte. Ihr gefiel das Professor-Schülerin-Spiel eigentlich immer besser, aber jede Lehrstunde geht ja auch irgendwann mal zu Ende.

„Herr Professor mache ich das so richtig?", fragte Bianca gespielt unsicher, während sie mit ihrem Finger über ihre Spalte fuhr.

„Ja sehr gut machst du das. Spreiz deine Beine mehr, damit ich was sehe!" Antonia machte der Anblick dieser nassen Muschi so verrückt, dass sie sich jetzt selbst fragte, warum sie diese Frau überhaupt verlassen hatte. Sie könnte diese Frau jeden Abend vögeln. Sie war ja da, jederzeit verfügbar, sie brauchte sich ja nur zu nehmen, was sie wollte.

Und dann legte Bianca das Handy neben sich auf das Bett und zwar so, dass in der Kamera nur noch die Decke zu sehen war.

„Hey was machst du?" hörte sie Antonia verärgert rufen.

„Was ich gerade mache? Was denkst du?", fragte sie provokant.

„Mit Sicherheit stecken jetzt zwei Finger in deiner Muschi und mit der anderen Hand rubbelst du deinen Kitzler", kam es heiser zurück.

Bianca schaute auf ihre pochende Muschi. Nein, da steckte kein Finger in ihrer Grotte und da war auch keine Hand, die den Kitzler rubbelte.

„Komm Bianca, sag mir was du mit deiner Muschi gerade machst. Komm törn mich an". Antonias Stöhnen wurde immer lauter.

„Du willst hören, was ich mit meiner Muschi gerade mache?" wiederholte Bianca ihre Aufforderung.

„Ja komm du kleine Schlampe, erzähl mir, was du gerade machst". Antonias Atem war mittlerweile mehr ein lautes Keuchen und sie spürte, dass sie bald einen heftigen Orgasmus erleben würde.

Schlampe? Hatte sie da eben richtig gehört? Bianca war schockiert und traute ihren Ohren nicht. Das waren Ausdrücke, die sie als tief beleidigend empfand und Antonia wusste ganz genau, dass sie so etwas niemals hören wollte.

„Kannst du das bitte noch mal wiederholen", bat Bianca, einfach um Antonia noch mal eine Chance zu geben. Sie wusste ja, dass wenn es unten juckt, der Verstand ausgeschaltet war.

Aber Antonia war schon viel zu geil und verstand diese Aufforderung falsch. Sie dachte, dass dieser Satz Bianca jetzt so richtig aufgeheizt hatte.

„Auf du kleine Schlampe, erzähl mir, was du gerade mit deiner Muschi machst, erzähl mir was du jetzt vorhast."

Bianca atmete einmal tief ein und aus. „Was ich jetzt vorhabe? Ohh mein Liebling, jetzt werde ich mir ein heißes Bad gönnen und dabei meine Muschi so richtig ausgiebig und scharf verwöhnen."

Und dann hörte Antonia aus ihrem Handy nur noch ein Besetzt-Ton. Sie war total irritiert, stockte und schaute dabei fast ungläubig auf die Uhr an der Wand. Das Gespräch hatte exakt fünf Minuten gedauert, so wie die Probelektion in Biancas Büro, quasi nur mal so zum Probieren.

„Verdammtes Miststück", fluchte sie.

Bianca war verärgert. Sie sah immer mehr Negatives an Antonia. Sie erkannte plötzlich Eigenschaften, die ihr nie aufgefallen waren. Dinge, die sie bisher immer akzeptiert hatte, aber das war ja nun vorbei. Als sie ihr Handy aber so anschaute, musste sie lächeln. Das Spiel mit der Kamera war neu für sie, es war sehr erregend und es gefiel ihr. Eigentlich müsste sie Antonia dafür ja schon wieder dankbar sein.

Sie nahm ihr Handy und positionierte es, ohne lange darüber nachzudenken, direkt vor ihrer Muschi. Dann drückte sie den Aufnahmeknopf. Durch die ganze Aktion mit Antonia war sie bereits so heiß geworden, dass sie sich jetzt ganz ihrer eigenen Lust hingeben wollte. Sie begann ihren Busen und dann ihren Bauch zu streicheln, aber sie war viel zu geil, um sich damit lange aufzuhalten. Mit gespreizten Beinen saß sie auf dem Bett, das Handy mit laufender Kamera stand immer noch in gleicher Position, ziemlich nah vor ihrer tropfenden Muschi. Während sie ihre Finger mit dem Mund zusätzlich nass machte und dann ganz langsam begann ihren Kitzler zu streicheln, stellte sie sich vor, wie das Streicheln ihrer Muschi wohl in der Kamera aussehen würde.

Der Gedanke daran, dass sie es sich gerade selbst besorgte und dies auch noch mit der Kamera filmte, gab ihr einen zusätzlichen

Kick. Gerne hätte sie das Verwöhnen so richtig lange ausgedehnt, aber das war ihr nicht möglich. Sie war so scharf und ihre Muschi war so nass, dass sie schon bei der leichtesten Berührung ihres Kitzlers laut aufstöhnte. Sie steckte sich den Mittelfinger in ihre feuchte Grotte und bewegte ihn langsam hin und her. Immer schneller und tiefer wurden die Bewegungen. Mit der anderen Hand zupfte sie an ihrem Kitzler. Und dann konnte sie es nicht mehr zurückhalten.

„Ja komm, ohhh wie ist das scharf", rief sie immer und immer wieder, während ihr Becken mehrmals wild zuckte. Mit einem tiefen Seufzer wurden ihre Bewegungen langsamer. Sie blieb noch einen Augenblick, mit ihren weit gespreizten Beinen sitzen und streichelte zum Abschluss noch ein paar Mal über ihr tropfende Muschi. Dann nahm sie ihr Handy und stoppte die Aufnahme.

Sie legte sich bequem auf den Rücken und drückte mit klopfendem Herzen die «Play» Taste. Bianca war nervös. Noch nie hatte sie ihre eigene Muschi gesehen, wenn diese gerade verwöhnt wurde. Ihr Puls raste, so aufgeregt und scharf war sie. Und dann starrte sie wie gebannt auf ihr Handy. Was sie da sah, ließ ihre Muschi erneut zum Pochen bringen. Der Anblick, wie sie ihre nasse Schnecke gerade eben bearbeitet hatte, diese rosa Farbe, dieser Glanz und diese vielen Lusttropfen, die an den Schamlippen herunterliefen, das war mehr als nur geil.

Als sie dann aber ihre Muschi noch zucken sah, spürte sie einen erneuten Orgasmus, ohne dass sie in dem Moment ihre Muschi berührte. So etwas hatte sie noch nie erlebt. Das war so ein irres Gefühl, dass sie sich den Film sogar noch ein zweites Mal anschaute.

Sie speicherte das kleine Muschi-Video auf ihrem Handy ab. Dann schickte sie die Datei Antonia zu. Ein paar Minuten später rief sie Antonia an, schließlich hatte sie ja Anstand und wollte sich bei ihr wenigstens noch bedanken. Es dauerte eine Zeitlang bis sie Antonias Stimme hörte.

„Ja", kam es keuchend aus dem Lautsprecher.

„Süße, du bist doch nicht etwa schon dabei, dir diesen kleinen Porno anzuschauen?", fragte Bianca mit samtweicher Stimme und einem schadenfrohen Lächeln.

„Du kleines Luder", konnte Antonia nur noch antworten. Ihr Atem war schwer und dann stöhnte sie auch schon laut ihren Orgasmus heraus. Bianca konnte förmlich fühlen, wie sie gerade kam, sah in Gedanken Antonias Muschi wild zucken und wie der Liebessaft über ihre Finger floss.

„Süße, du wolltest vorhin doch wissen, was ich noch vorhatte. Du hast es ja eben gerade gesehen. Ich wollte dir die Antwort nicht schuldig bleiben. Übrigens, danke, für diese wundervolle, geile Erfahrung." Dann beendete Bianca das Telefonat und ging ins Bad.

Antonia dagegen war nicht nur erschöpft, sie war auch sprachlos. So kannte sie Bianca nicht.

Bianca hatte gerade ein sehr ausgiebiges heißes Schaumbad genossen und stand nun fertig geschminkt und chic angezogen vorm Spiegel. Sie drehte sich, schaute sich prüfend in dem großen Spiegel an, bevor sie sichtlich zufrieden den Raum verließ und nach nebenan zu Lolas Zimmer ging.

„Lola, bist du fertig?", fragte Bianca, während sie an Lolas Zimmertür klopfte.

„Komm herein!", hörte sie Lola von innen rufen.

„Ohh, du bist ja noch gar nicht umgezogen." Bianca war überrascht, dass sie Lola noch am Schreibtisch sitzen saß. Vor ihr waren eine Menge Zettel und Zeichnungen ausgebreitet.

„Nein, ich bin noch am Arbeiten. Ich muss leider die Einteilung noch mal ändern, da mich gerade ein Model angerufen hat, dass sie krank ist und morgen nicht kommen kann." Lola lehnte sich auf ihrem Stuhl zurück und rieb sich ihren schmerzenden Nacken.

„Was ein Mist! Immer wird ein Model krank oder hat Liebeskummer oder sonst irgendetwas. Warum kann man sich nicht mal hundertprozentig auf die Mädchen verlassen?" Bianca war verärgert. Für sie war Zuverlässigkeit ein ganz wichtiger Aspekt auf allen Ebenen des Lebens. Sie warf ihre Tasche aufs Bett und stellte sich hinter Lola. Dann begann sie gekonnt deren schmerzenden Nacken zu massieren.

„Ohhh, das tut vielleicht gut", sagte Lola leise und gab einen wohltuenden Ton von sich.

„Ich würde sagen, du nimmst jetzt eine heiße Dusche, ziehst dich um und vergisst einfach mal für die nächsten Stunden die Modenschau. Es kommt eh alles so wie es kommen muss, das weißt du doch", probierte Bianca ihre Freundin etwas aufzumuntern, während sie weiter ihren Nacken massierte.

„Ja, vielleicht hast du ja recht", kam es wohlig stöhnend zurück.

„Wenn du nichts dagegen hast, würde ich unten in der Bar auf dich warten okay?" Bianca machte noch ein paar ausstreichende Massagegriffe, bevor sie ihrer Handtasche nahm und zur Türe ging.

„Sag mal Bianca", fragte Lola, während sie sich von ihrem Stuhl erhob und auf Bianca zuging, „hattest du vorhin Frauenbesuch auf deinem Zimmer?"

„Wie kommst du denn darauf?", fragte Bianca erstaunt und zog ihre Augenbrauen nach oben.

„Die Wände hier sind sehr hellhörig und ich hatte das Gefühl, dass ich aus dem Nebenzimmer, wo du ja gerade wohnst, eine Frauenstimme gehört hätte und auch ein lustvolles Stöhnen."
Lola konnte sich ein Grinsen nicht verkneifen.

Bianca stutzte, begann dann aber herzlich zu lachen. „Ach so, jetzt weiß ich was du meinst. Diese Frauenstimme, das war Antonia."

„Antonia?" Lolas Augen wurden schlagartig größer. „Sag bloß nicht, dass sie auch hier ist."

„Nein, keine Angst, sie stört unser Wochenende mit Sicherheit nicht", beruhigte Bianca ihrer Freundin. „Antonia hatte mich vorhin angerufen und wollte wissen, wie es mir geht. Was du gehört hast war ihre Stimme, denn ich hatte den Lautsprecher vom Handy angeschaltet."

„Das hat sich aber alles sehr erotisch angehört, kann das sein?"

„Ja, das hast du völlig richtig erkannt", grinste Bianca. „Antonia kam auf die glorreiche Idee, dass sie meine Muschi mal sehen wollte."

„Hä?" kam es ungläubig von Lola.

Bianca schmunzelte. „Antonia meinte, ich sollte das Handy auf Videotelefonie umstellen und dann die Kamera vor meine Lustgrotte halten."

Lola schaute bestürzt und setzte sich aufs Bett. Sie war mit Sicherheit nicht konservativ oder prüde, aber eine Muschi-Handyübertragung, dass war allerdings auch ihr neu.

Bianca musste lachen als sie sah, wie perplex Lola auf einmal war. „Weißt du, mich hat diese Idee mit dem Handy so wuschelig gemacht, dass ich das Spiel sogar richtig gerne mitgespielt habe. Allerdings nur solange, bis Antonia kurz vorm Höhepunkt war. Da habe ich das Gespräch dann beendet. Zeitablauf sozusagen." Bianca grinste schadenfroh.

„Da war Frau Anwältin aber mit Sicherheit nicht begeistert davon", bemerkte Lola kopfschüttelnd, konnte sich ein Grinsen aber nicht verkneifen.

„Das glaube ich auch. Aber weißt du, als ich das Gespräch mit ihr beendet hatte, bekam ich Lust, das dann wirklich mal auszuprobieren."

Bianca holt ihr Handy aus der Tasche, setzt sich neben Lola aufs Bett und ließ den kleinen Film ablaufen. Lolas Augen wurden immer größer.

„Ist das deine Muschi?", fragte Lola und schluckte.

„Ja. Gefällt sie dir?" Bianca lächelte frivol.

Lola nickte und konnte ihren Blick von dem Handy gar nicht mehr nicht abwenden.

„Dieses Video habe ich ihr dann geschickt, so als ein kleines Dankeschön, denn wenn Antonia mich nicht auf diese Idee gebracht hätte, dann hätte ich so etwas ja niemals ausprobiert."

„Das Video mit deiner Muschi darauf und dein Stöhnen, dass macht mich gerade total heiß", sagte Lola und rieb sich mit der Hand über ihre feucht werdende Grotte, die allerdings noch in einer Jeanshose steckte.

„Ja meine Süße, das glaub ich dir sogar. Aber für heiße Muschi-Spielchen haben wir jetzt keine Zeit, ich habe nämlich einen Wahnsinnshunger", sagte Bianca, während sie ihr Handy ausmachte und wieder in der Handtasche verstaute. Dann ging sie zur Tür.

„Ich warte dann mal unten auf dich. Ach Süße, wenn du jetzt in die Dusche gehst, verwöhne deine Muschi am besten mit dem Duschstrahl, dann geht das mit dem Orgasmus nämlich etwas schneller, sonst bin ich verhungert, bis du zum Essen kommst."

Mit einem frechen Grinsen im Gesicht verließ Bianca den Raum.

Bei dem Gedanken an diesen wahnsinnig scharfen Film mit Biancas nasser Muschi, verspürte Lola ein immer stärker werdendes Jucken zwischen ihren Beinen. Ein paar Minuten später befolgte sie Biancas Ratschlag.

Sie zog sich aus, ging in die Dusche und ließ das heiße Wasser über ihren Körper laufen. Sie verzichtete auf ein streichelndes Vorspiel. Dafür war sie schon viel zu scharf. Mit dem Rücken lehnte sie sich an die Wand, spreizt ihre Beine und hielt den Duschkopf dazwischen. Sie wurde immer geiler, als sie mit dem zunächst weichen Wasserstrahl ihren Kitzler stimulierte. Sie genoss das Prickeln, dass der zarte Wasserstrahl dort hervorrief. Keuchend und stöhnend stellte sie den Wasserstrahl noch etwas härter ein. Ihre Knie wurden ganz weich und sie ahnte nicht, dass auch Bianca gerade weiche Knie bekam.

Kapitel 6

Bianca hätte beim Rausgehen fast den jungen Mann umgerannt, der gerade an der Tür vorbeiging.

„Hoppla, nicht so schnell junge Frau", hörte sie eine männliche Stimme hinter sich.

„Oh Entschuldigung vielmals. Ich habe Sie gar nicht gesehen", drehte sich um und sah wieder in diese hellblauen leuchtenden Augen.

„Das nenne ich einen Zufall", lachte Magnus und hob die Handtasche auf, die beim Zusammenstoß heruntergefallen war.

Bianca nickte dankend. „Zufälle gibt es nicht im Leben. Dass was auch immer im Leben passiert geschieht nie zufällig. Es hat immer einen tieferen Sinn."

Magnus schaute im ersten Augenblick etwas verdutzt. Dann aber schenkte er Bianca ein sehr warmes, liebevolles Lächeln, woraufhin sie ganz weiche Knie bekam und sich sogar einen Augenblick am Türrahmen festhalten musste.

„Ist alles in Ordnung bei Ihnen?", fragte er besorgt.

„Ja danke, es ist alles bestens." Bianca hatte Herzklopfen und ihr Puls raste. Sie war kurz davor, sich von Magnus zu verabschieden und wieder zu Lola ins Zimmer zurückzugehen. Doch Magnus kam ihr zuvor.

„Ich wollte in der Bar gerade einen Aperitif nehmen und so die Zeit bis zum Abendessen überbrücken. Wollen wir die Zeit nicht gemeinsam nutzen?" Magnus schaute Bianca erwartungsvoll an.

„Ja gerne, warum eigentlich nicht."

Bianca lächelte verlegen und hoffte, sich mit ihren weichen Knien bald setzen zu können. In diesem Augenblick hörte sie ein lautes Stöhnen aus dem Zimmer kommen. Magnus schaute sie fragend an, aber Bianca grinste nur schelmisch.

Die Bar faszinierte mit dem gleichen rustikalen Charme, den auch die anderen Räume hatten. Die Backsteinmauern, der dunkelbraune Teppichboden sowie die hellbeigen kleinen Sitzgruppen und die orangefarbenen Tischlämpchen, strahlten eine ganz besondere Gemütlichkeit aus. Magnus und Bianca nahmen an der noch wenig besetzten Bar Platz.

„Auf ein schönes Wochenende", prostete Magnus Bianca zu.

„Ja, auf ein erfolgreiches und dennoch erholsames Wochenende." Im Hintergrund spielte leise Weihnachtsmusik und durch die großen Scheiben konnte man sehen, dass es draußen schon wieder angefangen hatte zu schneien.

„Sind Sie eigentlich verheiratet?", fragte Magnus und knabberte ein paar Erdnüsse, die der Barkeeper gerade hingestellt hatte.

„Nein!"

„Liiert?"

„Bis vor ein paar Tagen, ja. Jetzt bin ich solo", versuchte Bianca die Frage ehrlich zu beantworten."

„Wie sieht es denn bei Ihnen aus? Sind Sie verheiratet?" Bianca war daran interessiert mehr über diesen Mann zu erfahren.

„Ich war verheiratet", kam es sehr kurz und bündig.

„Ahh, dann sind Sie wahrscheinlich geschieden?", bohrte Bianca nach.

„Nein, ich bin verwitwet. Ich habe vor zehn Jahren meine Frau verloren", antwortete Magnus und Bianca spürte, wie schwer es ihm gerade fiel darüber zu reden.

„Oh das tut mir sehr leid." Bianca schluckte, denn mit dieser Antwort hatte sie nicht gerechnet.

„Obwohl es schon so lange her ist, kommt es mir manchmal vor, als sei alles erst vor ein paar Wochen passiert." Magnus schaute nachdenklich. Er schaute durch sie durch und Bianca spürte, dass er mit seinen Gedanken gerade eben, auf der Zeitachse ganz weit zurück war.

„War ihre Frau krank gewesen?", fragte Bianca sehr vorsichtig und hoffte, dass sie jetzt nicht zu indiskret wurde.

„Nein, sie war kerngesund. Sie starb bei einem Unfall."

Bianca zögerte. Sie wusste jetzt nicht, wie sie das Gespräch fortsetzen sollte. Das Thema Tod war zwar etwas ganz normales, aber dennoch sprach niemand so wirklich gerne darüber. Magnus war ein sehr feinfühliger Mensch und er spürte sofort Biancas Unsicherheit.

„Interessiert Sie meine Geschichte?", fragte er und schaute sie mit etwas traurig wirkenden Augen an.

Bianca nickte nur und verspürte in diesen Moment, eine wahnsinnig tiefe Verbindung zu diesem Mann, obwohl sie ihn überhaupt nicht kannte. Aber sie fühlte, dass da irgendetwas zwischen ihnen beiden war. Es war ein sehr schönes Gefühl, ein sehr vertrautes Gefühl und sie freute sich, dass er, obwohl sie ja auch eine Fremde für ihn war, doch schon so viel Vertrauen zu ihr hatte.

„Meine Frau Bea und mich hat sehr viel verbunden. Wir besuchten zusammen die gleiche Schule und als ich fünfzehn war habe ich sie gefragt, ob sie mit mir gehen möchte." Magnus lächelte verträumt. „Ich kann mich noch sehr gut an ihre leuchtenden Augen erinnern und ihr heftiges Kopfnicken. Sie brachte in diesem Augenblick, vor Aufregung kein Wort heraus. Seit diesem Tag waren wir ein Paar."

„Wie alt war Bea denn damals?" fragte Bianca und nippte an ihrem Glas.

„Sie war vierzehn, und sie ging in die Klasse unter mir. Ein wunderhübsches Mädchen mit blonden Haaren, Sommersprossen im Gesicht und sie war immer am Lachen. Da konnte ich noch so schlecht gelaunt gewesen sein, wenn sie lachte, war die Welt für mich wieder in Ordnung."

„Oh wie schön, wenn man so harmoniert", bemerkte Bianca mit weicher Stimme.

„Ja das stimmt. Das findet man heute nicht mehr so oft. Nun, ein paar Jahre später haben wir geheiratet. Wir waren beruflich beide sehr erfolgreich und finanziell gut abgesichert. Wir bauten ein wunderschönes Häuschen, sind weit gereist und haben lauter verrückte Dinge gemacht. Bea war Ärztin und arbeitete am gleichen Krankenhaus wie ich. Sie liebte diesen Beruf und übte ihn mit voller Leidenschaft aus. Mehrfach war sie mit anderen Kollegen im Ausland um dort bei Katastropheneinsätzen zu helfen. Kurz vor ihrem Geburtstag flog sie mit anderen Ärzten nach Ägypten. Dort, direkt im Zentrum von Kairo gab es mehrere Bombenanschläge und es gab sehr viele Verletzte. Ich wollte Bea zuerst von diesem Einsatz abhalten, weil ich fand, dass dies viel zu gefährlich war. Aber Bea bestand auf diesen Einsatz, sie ließ sich nicht abhalten, von niemanden."

Magnus nippte an seinem Aperitif und überlegte einen Moment. Der Barkeeper zündete gerade alle Kerzen auf den Tischen an und im Hintergrund lief das romantische Weihnachtslied „White Chrismas" von Bing Crosby. Eine ganz eigenartige Stimmung wehte in diesem Augenblick durch den wundervollen Raum. Bianca spürte, dass Magnus diese tragische Situation gerade noch einmal durchlebte. Sie wollte ihm gerne beistehen, aber sie wusste nicht wie.

„Ein Tag vor ihrer Rückreise wurden sie nach draußen gerufen, um einige Verletzte, die gerade mit dem Bus ankamen, in die Krankenstation zu bringen. In dem Moment, wo Bea und zwei weitere Kolleginnen den Bus betraten, sprengte sich ein Selbstmörder, der in dem Bus saß in die Luft. Die Explosion war so stark, dass im weiten Umkreis alles zerstört wurde. Bea hat von diesem Anschlag nichts mehr mitbekommen. Sie war sofort tot."

„Oh Gott wie schlimm." Bianca war zutiefst erschüttert und ihr liefen ein paar Tränen die Wangen herab. Instinktiv legte sie ihre Hand auf seine und drückte sie leicht.

Es dauerte einige Minuten bis Magnus weiter erzählte.

„Als ich sie damals zum Flughafen brachte hatte sie so ein gewisses Glänzen in den Augen. Ich spürte, dass sie ein

Geheimnis hatte. Bevor sie durch die Passkontrolle ging, zog sie mich zu sich und flüsterte mir ins Ohr, dass unser lang gehegter Wunsch in Erfüllung gegangen wäre. Sie drückte mir ein Ultraschallbild in die Hand. Sie war tatsächlich schwanger. Es wäre ein Mädchen geworden."

Magnus schluckte und legte eine kleine Pause ein. Dann fuhr er weiter fort. „Das ist mein letzter Einsatz, sagte Bea noch zu mir, bevor sie mich ganz zärtlich küsste und dann durch die Passkontrolle ging. Sie drehte sich noch einmal um und winkte mir lachend zu. Das war das letzte Mal, dass ich sie fühlen und spüren konnte. Ich hatte mich so auf ihr Wiederkommen gefreut, auf die gemeinsame Zeit der Schwangerschaft, auf unser Baby. Wie recht hatte sie damals, als sie sagte, das ist mein letzter Einsatz."

Nun lief auch Magnus eine Träne die Wange herunter. Bianca krampfte das Herz zusammen und sie wusste nicht, was sie tun sollte. Sie schaute ihn nur an und kämpfte mit den Tränen. Magnus holte ein Papiertaschentuch aus seiner Tasche und tupfte Bianca eine Träne von der Wange. „Nicht weinen Bianca, bitte", sagte er ganz leise.

Ganz zart drückte er Biancas Hand. „Ein Mann kann sich glücklich schätzen, einmal so eine tolle Frau wie dich zu haben. So mitfühlend und einfühlsam."

Bianca schaute Magnus fragend an und zuckte mit den Schultern. Eine ganze Zeit lang saßen sie wortlos an der Bar, während Magnus, noch etwas in Gedanken versunken, immer noch ganz zart über Biancas Hand streichelte. Er fühlte sich in diesem Moment ungemein stark zu ihr hingezogen, wusste aber sehr wohl, dass dieses Gefühl nur ein momentaner Zustand ist. Langsam wich auch bei Bianca diese melancholische Stimmung und sie versuchte zu einem weniger emotionalen Gespräch zurückzukehren. „Hattest du seit dem Tod deiner Frau keine Beziehung mehr gehabt?", fragte sie vorsichtig.

„Die ersten Jahre nicht. Aber irgendwann musste ja auch in meinem Leben mal wieder Normalität eintreten und Bea hätte es nicht gewollt, wenn ich bis ans Lebensende traurig gewesen wäre. Ich hatte dann noch mal zwei Beziehungen, die aber beide nach nur wenigen Wochen beendet waren."

„Was war der Grund für die Beendigung?"

Magnus überlegt einen Moment. „Hmm, weißt du, Bea war und ist immer noch ein großer Teil meines Lebens. Ich kann nicht, nur weil ich in einer neuen Beziehung bin, die Vergangenheit komplett auslöschen. Die Vergangenheit gehört nun mal zu meinem Leben dazu und das war das Problem, in den beiden anderen Beziehungen. Ich konnte mit den beiden anderen Frauen nicht über dieses Thema reden. Sie wollten Spaß haben mit mir, viel unternehmen, sich präsentieren, aber sie wollten nicht wirklich an meiner Vergangenheit teilhaben."

Bianca schaute Magnus nachdenklich an. „Ich kann das ehrlich gesagt nicht beurteilen Magnus. Ich weiß ja nicht, wie diese beiden Frauen waren und wie die Beziehung mit ihnen lief. Aber ich denke, solange die Vergangenheit in der Gegenwart nicht die Hauptrolle spielt, dürfte auch dieser Zeitabschnitt unproblematisch sein. Die Vergangenheit darf halt die Gegenwart und die Zukunft nicht überdecken."

Bianca hatte zwar mit solch tragischen Erlebnissen keine Erfahrung, aber sie empfand dieses Thema genauso, wie sie es Magnus gerade sagte.

„Ja, ich bin ganz deiner Meinung. Die Vergangenheit darf das Leben nicht bestimmen. Aber es muss doch möglich sein, auch über die Vergangenheit reden zu können, egal ob sie tragisch oder wunderschön war."

„Exakt. Das sehe ich genauso." Bianca fühlte, dass sie mit Magnus doch sehr vieles gemeinsam hatte.

So langsam füllte sich die Bar. Das Hotel war komplett ausgebucht und das konnte man an den vielen Gästen nun auch gut beobachten. Die Gäste waren alles sehr chic angezogen, was für den hohen Standard des Hotels sprach.

„Weißt du, in der ganzen Zeit der tiefen Trauer war ein Mensch stets an meiner Seite. Benny, ein alter Schulfreund. Ohne ihn hätte ich diese schwere Zeit nicht geschafft."

„Das ist wichtig, dass man Familie und Freunde hat, die in solchen Situationen zu einem stehen."

„Ja sehr wichtig sogar. Benny war immer da, ohne viel zu fragen, ohne zu bemuttern. Er war einfach nur da. Und ich fühlte mich wohl bei ihm, sehr wohl sogar. Vor ein paar Jahren waren wir zusammen im Urlaub und da merkte ich..."

Plötzlich verstummten die Stimmen in der Bar und so kam Magnus nicht mehr dazu, Bianca zu erzählen, dass er mit Benny nun schon seit zwei Jahren ein Paar war. In diesem Urlaub spürten sie, dass sie mehr als nur eine Freundschaft verband und sie waren glücklich zusammen. Geoutet hatte er sich aber noch nicht. Die Angst vor der Ablehnung in der Gesellschaft war einfach noch zu groß. Morgen würde Benny kommen, dann würde auch Bianca ihn kennenlernen.

Das Verstummen hatte seinen Grund. Bianca blickte zur Tür wo Lola gerade hereingekommen war. Sobald Lola, egal wo, einen Raum betrat, konnte man den Zauber und diese magischen Blicke, die sie immer wieder auf sich zog, so richtig spüren. Lola hatte eine hautenge braune Lederhose an und eine beige leicht durchsichtige Bluse. Sie trug keinen BH darunter und so konnte man die kleinen Hügel ihres knabenhaften Busens sehr gut erkennen. Mit ihren langen gelockten Haaren, dieser aufregenden Mahagoni-Farbe, dieser wunderbaren Figur und den super langen Beinen, war sie wirklich eine bildhübsche, bezaubernde Frau und ein absoluter Hingucker. Aber sie strahlte auch etwas Geheimnisvolles aus, etwas was immer wieder die Aufmerksamkeit anderer Gäste erregte, insbesondere der Männlichen. Bianca kam bisher aber noch nicht dahinter,

woher Lola diese Magie hatte, die sie da ausstrahlte. Eins war
aber immer gleich, egal wo sie auftauchte, war sie mit ihrer
Erscheinung der Mittelpunkt.

Auch Magnus, dem das Verstummen der Stimmen nicht
verborgen blieb, drehte sich zur Tür.

„Das ist doch nicht etwa deine Freundin, die da gerade die Bar
betritt oder?"

„Doch, das ist Lola, wie sie leibt und lebt."

„Wow, das ist ja eine Hammer-Frau", bemerkte Magnus und
hatte plötzlich genau so große Augen, wie alle anderen Gäste
auch.

„Du wirst sie ja gleich kennenlernen, diese Hammer-Frau",
lachte Bianca und winkte Lola zu. Sie war stolz, eine so toll
aussehende Freundin zu haben. Neidisch auf Lolas Aussehen
war sie nicht. Sie persönlich bevorzugte eher Figuren mit
wunderschönen rundlichen Formen und so war sie mit ihren
eigenen fraulichen Kurven auch relativ zufrieden. Obwohl sie
heute Abend, mit ihrer beigen Cordhose und der dunkelbraunen
sportlichen Bluse, neben Lola eher wie ein Mauerblümchen
aussah.

„Entschuldigung Süße, dass es doch länger gedauert hat", lachte
Lola und zwinkerte ihrer Freundin zu. Bianca wusste ja ganz
genau, was der Grund für diese Verspätung war und konnte sich
ein keckes Grinsen nicht verkneifen.

„Lola darf ich vorstellen? Das ist Magnus. Magnus darf ich
vorstellen? Das ist Lola."

Nachdem sich beide begrüßt hatten, erklärte Bianca ihrer Freundin
kurz, dass sie Magnus beim Kuchenbuffet kennengelernt hatte
und ihn vorhin auf dem Gang bald umgerannt hätte. Gerade
wollte sich auch Lola etwas zu trinken bestellen, als der Hinweis
kam, dass das Buffet nun eröffnet sei.

„Ach, dann bin ich ja gar nicht zu spät", sagte Lola. „Da hätte
ich mich meinem Objekt ja noch etwas länger widmen können."

„Mit welchem Objekt sind Sie denn gerade beschäftigt?" fragte
Magnus interessiert.

Bianca und Lola schauten sich an und mussten beide herzlich
lachen. Ohne die Frage zu beantworten, hackte sich Lola bei
Bianca ein und sie gingen in Richtung Speisesaal.

Magnus schaute etwas irritiert. „Soll einer die Frauen verstehen",
murmelte er ganz leise und musste dann dennoch etwas lächeln,
bevor er auch in Richtung Speisesaal ging.

Die Drei verbrachten einen sehr schönen Abend zusammen und
Magnus verstand sich mit Lola ganz hervorragend. Manchmal
kam sich Bianca allerdings wie das fünfte Rad am Wagen vor
und war einige Male dran sich zu verabschieden.

„Hey Kleine", sagte Lola plötzlich. „Was ist los mit dir? Warum
ziehst du dich so zurück?"

„Ich ziehe mich doch nicht zurück", antwortete Bianca und
tat überrascht. Sie wusste aber genau, dass sie sich gerade in
diesem Moment selbst belog. Und genau deswegen hätte sie
auch damit rechnen müssen, wie Lola jetzt reagierte. Sie kannte
Lola ja schon seit Kindheitstagen und kannte auch ihre äußerst
direkte Art.

„Ach komm Bianca, ich kenne dich doch. Du fühlst dich im
Moment wie das fünfte Rad am Wagen stimmt's?"

Biancas Augen sprühten Funken. Ja, Lola hatte Recht, aber das
musste sie ja nicht gerade in Magnus Anwesenheit breittreten.

„Hey komm! Magnus und ich verstehen uns irgendwie nur gut,
das war es. Du weißt doch, dass ich nur Frauen liebe. Also ist
Eifersucht hier doch echt fehl am Platz."

Bianca wäre am liebsten im Erdboden versunken so peinlich
war ihr das. Diese Aussage besagte ja nichts anderes, als dass
sie neidisch wäre, dass Magnus und Lola sich so gut verstanden.
Das Schlimmste aber war, dass dieser Mann, um den es gerade
ginge, auch noch mit am Tisch saß.

Magnus schaute zwar zuerst etwas verdutzt, musste dann aber

herzlich lachen. „Du bist lesbisch?", fragte er Lola mit einem schelmischen Lächeln.

Lola nickte, musste dann aber über diese Frage herzlich lachen.

„Kein Wunder verstehen wir uns so gut. Du liebst Frauen und ich liebe einen Mann." Magnus war über seine spontane Offenheit selbst total überrascht und schaute zwischen beiden Frauen umher.

Lola grinste und Bianca zog ihre Augenbrauen hoch. Hatte sie da eben richtig gehört, Magnus war schwul. Aber Lola riß sie plötzlich heraus ihren wirren Gedanken.

„So, ich verziehe mich jetzt ins Bett" sagte sie plötzlich. Noch ehe jemand was dazu sagen konnte, war sie verschwunden.

„Was war denn das jetzt?" frage Magnus und schaute Lola fragend hinterher.

„Sie geht ins Bett. Hat sie doch ganz verständlich gesagt oder?" kam es etwas schnippisch von Bianca zurück.

Magnus musste grinsen. „Lola hatte Recht."

„Mit was?" fragte Bianca weiterhin kurz angebunden.

„Dass du ein wenig zickig sein kannst."

„Ich? Zickig? Pah!", kommentierte Bianca mit einer abweisenden Handbewegung und bemerkte nicht, dass Magnus gerade zum Du übergegangen war.

Magnus lächelte und nahm Biancas Hand. „Du siehst so was von süß aus, wenn du wütend bist".

„Ich bin nicht wütend, das scheint nur so aus". Bianca spürte, dass Magnus sie erkannt hatte und das ärgerte sie noch mehr als alles andere.

„Lass uns doch noch einen Wein zusammen trinken, ja?" fragte Magnus, bevor er dem Kellner ein Zeichen gab.

„Du bist auch lesbisch stimmt's?" fragte Magnus ganz unverblümt und direkt.

„Ja, ich liebe Frauen." Bianca stand zu ihrer Neigung, was aber nicht bedeutete, dass sie Männer nicht attraktiv oder sympathisch finden konnte. Auch ein Mann konnte sie durcheinander bringen, aber sexuell würde sie sich mit einem männlichen Objekt nicht einlassen. Dazu liebte sie das frauliche Geschlecht viel zu sehr. Die offenen Worte taten Wunder und beide verlebten noch einen wunderschönen lustigen Abend zusammen. Sie sprachen über Gott und die Welt, über Mode und Politik, über Männer und Frauen, über Wein und Musik. Bianca erzählte aber auch über ihren Beruf und ihrer Beziehung mit Antonia und Magnus zeigte ehrliches Interesse an Biancas Leben.

Es war schon weit nach Mitternacht, als sie zusammen mit dem Fahrstuhl nach oben fuhren.

„Du bist eine wundervolle, interessante und begehrenswerte Frau Bianca", sagte Magnus, während er ihr zärtlich über die Wange streichelte. Bianca schloss ihre Augen und ließ es geschehen. Sie genoss diese zärtlichen Berührungen und vergaß in diesem Moment, dass Magnus ja mit einem Mann liiert war. Magnus spürte ihr starkes Verlangen nach Zärtlichkeit. Sie lechzte förmlich danach. Wie dumm muss Biancas Partnerin eigentlich sein, solch eine tolle Frau unbeachtet zu lassen. Er konnte es nicht verstehen. Aber er wusste auch, dass er Bianca diese Zärtlichkeit, die sie sich gerade so sehr wünschte, nicht geben konnte. Er liebte seinen Benny über alles, musste aber zugeben, dass diese Frau, die ihm da gerade gegenüberstand, faszinierte.

Und dann war der Aufzug auch schon im 3. Stock angekommen und die Türe öffnete sich automatisch. Wortlos gingen sie beide den Gang entlang, bis Bianca vor ihrer Türe stehen blieb. „Es war so ein wunderschöner Abend mit dir, vielen Dank." Bianca beugte sich vor, küsste Magnus noch auf die Wange und verschwand in ihrem Zimmer, bevor er auch noch irgendetwas sagen konnte. Magnus ging langsam, fast wie betäubt zu seinem Zimmer. Was für eine tolle Frau, ging es ihm nur durch den Kopf.

Seine Arme hinterm Kopf verschränkt lag er kurze Ueit später
nachdenklich im Bett und schaute zum Fenster hinaus. Es schneite
immer noch und er konnte den angeleuchteten Kirchturm sehen.
Wie in einem Film, ließ er den gesamten Abend noch mal an
sich vorbeiziehen und er musste lächeln, als er an Lola dachte.
Ja, sie war ohne Frage eine sehr attraktive erotische Schönheit.
Sie konnte mit ihrer Erscheinung und dem herzlichen Wesen
jeden Mann in ihren Bann ziehen. Als Lola sagte, dass sie
lesbisch sei, hätte nicht viel gefehlt und er hätte ihr kumpelhaft
auf die Schulter geklopft.
Bianca war ein ganz anderer Typ von Frau und sie tat ihm
irgendwie leid. Was sie gerade machen würde, fragte er sich. Ob
sie auch im Bett lag und nicht schlafen konnte?
Ja, Bianca lag ebenso wach in ihrem Bett und der Abend mit
Magnus löste bei ihr ein großes Gefühl nach Zärtlichkeit aus.
Sie hatte plötzlich eine fast unbändige Sehnsucht nach Antonia,
sehnte sich nach ihrem Duft, nach dem Klang ihrer Stimme,
nach ihrem Lachen und bekam großes Verlangen danach, sie zu
spüren.
Und dennoch spürte sie ganz tief drinnen, dass sie Antonia aber
nicht mehr liebte. Es war nur das Verlangen nach einer sexuellen
Befriedigung und nach Zärtlichkeit. Aber dieses Verlangen
durfte nun nicht so groß sein, dass sie Antonia anrufen würde.
Trotz der schmerzhaften Begierde, durfte sie diesem Wunsch
nicht nachgeben. Auch wenn es ihr schwerfiel, so erinnerte sie
sich sehr wohl auch noch an die unangenehmen Situationen der
letzten Tage. Erschöpft schlief sie dann irgendwann ein.

Kapitel 7

„Ich gehe schon runter zum Frühstücken?" rief Lola an Biancas
Zimmertür, während sie leise anklopfte.
„Okay. Ich komme nach, sobald ich fertig bin", antwortete
Bianca mit einem lauten Gähnen.
Sie war noch etwas unausgeschlafen, fühlte sich aber total
ausgeglichen. Sie hatte einen wunderschönen Traum gehabt, in
dem sie ihren Gefühlen freien Lauf ließ. Sie genoss einzigartige
Streicheleinheiten, zarten Berührungen, ein gemeinsames
Lachen und Träumen. All das genoss sie mit einer Frau, einer
Frau, die sie aber gar nicht kannte. Sollte da doch schon jemand
auf sie warten, irgendwo da draußen?
Lächelnd schwelgte sie noch ein wenig in diesem wunderbaren
Traum und ihre Gedanken wanderten zu einer Frau, die sie in
den letzten Wochen sehr verletzte und die anscheinend wieder
zu ihr zurück wollte. Zumindest hatte Bianca im Moment den
Eindruck. Sollte sich Antonia etwa von Alicia schon wieder
getrennt haben?
Nein und nochmals nein, sagte sie plötzlich mit ernstem Ton zu
sich selbst, während sie sich im Bett ruckartig aufsetzte. Sie wird
diese Gefühle nicht mehr nicht zulassen. So und nun wartete ein
harter Tag auf sie, da hatte sie eh keine Zeit für Gefühlsduselei.
Schnell hüpfte sie unter die Dusche, legte ein dezentes Make-up
auf, zog ihre Jeans an, einen lässig weiten Pulli drüber und ging
nach unten.
Sie betrat den Frühstücksraum und sah Lola im hinteren Teil
des Raumes ihren Kaffee trinken. Dabei unterhielt sie sich sehr
angeregt, mit Magnus.
„Guten Morgen ihr Lieben, wie habt ihr geschlafen?", fragte
Bianca in die Runde und schenkte Magnus ungewollt ein
Lächeln, dass es ihm ganz warm ums Herz wurde. Bianca ärgerte
sich in diesem Moment über sich selbst. Hatte sie sich doch

vorgenommen diesem Mann ganz normal entgegenzutreten, schenkte sie ihm nun ein absolut bezauberndes Lächeln.

„Ich habe wunderbar geschlafen", sagte Lola und küsste Bianca auf die Wangen.

„Meine Nacht war eher unruhig", bemerkte Magnus, ohne näher zu erklären warum. Er gab Bianca nur die Hand zur Begrüßung.

Das Frühstück genossen sie ausgiebig und ganz stressfrei, insbesondere da alle wussten, dass heute noch so einiges an Stress und Hektik angesagt waren.

Es war schon elf Uhr vorbei, als Lola sich verabschiedete und in den großen Saal rüberging. Für Bianca fing die Arbeit mit dem Fotografieren erst gegen sechs Uhr an, wenn die Vorbereitungen beginnen würden und so hatte sie noch genug Zeit.

Magnus wollte sich eigentlich direkt nach dem Frühstück zurückziehen. Doch dann überlegte er es sich anders. „Wollen wir etwas zusammen unternehmen? Benny kommt erst gegen Abend und so könnten wir die Zeit, bis zu deinem Jobbeginn noch etwas genießen."

„Was schlägst du vor?", fragte Bianca, die sich gerade noch einmal einen Kaffee einschenkte. Sie fand Magnus total sympathisch und mochte ihn sehr. So jemanden zum Freund zu haben muss etwas wunderbares sein ging es ihr durch den Kopf und sie merkte, wie sehr sie das Zusammensein mit Magnus genoss.

„Wir könnten in die Stadt gehen, ein wenig bummeln, dann eine Kleinigkeit essen und wären natürlich auch wieder rechtzeitig zurück."

„Prima Vorschlag, so machen wir das", lachte Bianca, bevor sie noch den letzten Schluck Kaffee austrank. Sie entschloss sich, dieses Wochenende nun wirklich zu genießen. Keine unnötigen Gedanken, alles kommen lassen wie es kommt und einfach ein paar schöne Stunden mit angenehmen und interessanten Gesprächen verbringen.

Nachdem sich beide winterlich umgezogen hatten, trafen sie sich in der Hotellobby.

„Gut schaust du aus", sagte Magnus mit einem umwerfenden Lächeln, als Bianca im Foyer eintraf.

„Man tut was man kann. Schließlich schläft die Konkurrenz ja nicht", kokettierte Bianca in Vorfreude auf die nächsten Stunden. Magnus lachte. Ihm gefiel ihre unkomplizierte und erfrischende Art. „Okay Prinzessin, dann lassen Sie sich einmal verzaubern, von der weihnachtlichen Atmosphäre der Mozartstadt und genießen Sie mit ihrem Prinz zusammen, ein paar unvergessliche Stunden in einem Winterparadies."

„Du bist ja ein wahrer Romantiker", stellte Bianca schmunzelnd fest während sie sich bei Magnus einhakte.

„Tja, vielleicht kann ich Dich ja noch mit anderen positiven Eigenschaften überraschen", zwinkerte er ihr verschmitzt zu, während sie in Richtung Altstadt gingen.

„Wo gehen wir denn hin? Was schlägt mein Prinz denn vor?" Bianca zog sich die Jacke ihrer Mütze auf. Es schneite und die Stimmung hätte nicht winterlicher sein können.

„Kennst du Salzburg?"

„Ich war schon mal im Sommer hier, aber noch nie im Winter" antwortete Bianca und hakte sich noch etwas fester bei ihm ein. Es war glatt und sie hatte keine Lust, sich vor ihm auf die Nase zu legen.

„Ich würde vorschlagen, wir gehen zuerst in Salzburgs beliebteste Einkaufsmeile, die Getreidegasse. Dort gibt es sehr hübsche Geschäfte und auch kleine Cafés. Einverstanden?" Bianca nickte. Während dicke Flocken sich gemächlich auf die Pflastersteine niederließen, herrschte ansonsten reges Treiben. Man spürte die Vorweihnachtszeit und das die Menschen auf der Suche nach einem passenden Geschenk waren. Es dauert auch gar nicht lange bis sie in der Getreidegasse ankamen, die in dieser winterlichen Atmosphäre einen ganz besonderen

Charme ausstrahlte. Alte, hohe Mauern schmiegten sich eng und verwinkelt aneinander. Individuelle, schön beleuchtete, schmiedeeiserne Zunftzeichen brannten über den zahlreichen Geschäften und gaben Auskunft darüber, was es da jeweils zu kaufen gab. In dieser Gasse gab es eigentlich alles, von Mode über Schmuck bis hin zu Antiquitäten und Feinkostspezialitäten. Während auf der eigentlichen Straße reges Treiben herrschte, ging es in den romantischen Innenhöfen und Nebengässchen etwas ruhiger zu. Auch hier gab es wunderbare kleine Geschäfte sowie einige Cafés. Bianca und Magnus schlenderten auf dem schneebedeckten Boden von Geschäft zu Geschäft, bewunderten die Auslagen, kommentierten und analysierten die neueste Mode und lachten gemeinsam über lustige Bemerkungen.

„Wusstest du eigentlich, dass die Getreidegasse das Zentrum für Mode und Beauty in Salzburg ist?", fragte Magnus, als sie wieder vor solch einer kleinen Boutique standen.

„Ich habe es mir schon fast gedacht, nachdem ich die Namen einiger bekannter Modeketten gelesen hatte. Auf den ersten Blick, vermutet man hinter den Mauern der schmalen Häuser gar nicht, dass sich dahinter so richtig große Verkaufsflächen, der bekannten Modeketten befinden."

„Ohh schau mal Bianca, was für ein tolles Kostüm das hier ist", bemerkte Magnus, als sie vor der nächsten Boutique standen.

Es war ein ganz kleiner Laden, der aber sehr schicke Kleidung im Schaufenster hatte.

„Du meinst das Schwarze hier, mit dem Spitzeneinsatz?", fragte Bianca, legte ihren Kopf etwas zur Seite und begutachtete das Teil.

„Ja, genau das. Ich glaube, das würde dir fantastisch stehen und deine Partnerin hätte keine Chance mehr Nein zu sagen."

Bianca drehte ihren Kopf und schaute Magnus mit hochgezogenen Augenbrauen an. „Bist du neben deiner normalen Tätigkeit als Arzt auch noch Einkaufsberater für Frauen?"

Magnus lachte herzlich. „Nein, aber ich finde es sehr schön, wenn Frauen schick angezogen sind und damit zusätzlich ihre Weiblichkeit zeigen. Wenn du magst, können wir ja mal unverbindlich reingehen und du probierst es einmal an?" Bianca zögerte einen Augenblick. Sie wusste nicht wie das ist, wenn ein Mann sie beim Kleiderkauf begleitete. Ganz zu schweigen davon, dass er sie berät. Antonia hatte dazu noch nie Interesse und so bummelte sie eigentlich immer alleine durch die Stadt.

„Nun anprobieren kann ich es ja mal", nickte Bianca zustimmend. Magnus lächelte und hielt ihr ganz galant die Tür zu dem kleinen Lädchen auf.

Eine nette ältere Dame empfing sie auch gleich am Eingang und fragte höflich was sie für sie tun könne.

„Ich habe gerade dieses tolle schwarze Kostüm im Fenster gesehen", sagte Bianca zu der älteren Verkäuferin und zeigte mit dem Finger auf das Kleidungsstück.

„Wenn Sie möchten, dann können Sie es gerne mal anprobieren", lächelte die ältere Dame. Sie schaute Bianca prüfend an, ging zu der an der Seite angebrachten Schrankwand und nahm einen Blaser mit Spitze sowie dem dazugehörigen Minirock heraus.

„Das müsste ihre Größe sein. Kommen Sie bitte, die Umkleidekabinen sind im hinteren Teil. Da können Sie sich gerne umziehen."

„Ich warte hier auf dich", sagte Magnus und schaute sich an dem Ständer mit den Dessous um.

Bianca lächelte und ging mit nach hinten zur Umkleidekabine. Es dauerte eine Weile, bis sie aus den Winterklamotten draußen war und den kurzen Rock mit dem Blazer angezogen hatte. Mit dem, was sie im Spiegel der Umkleidekabine dann aber sah war sie sehr zufrieden. Sie öffnete den Vorhang und ging nach draußen.

„Oh, das sieht ja fantastisch aus an Ihnen", sagte die Verkäuferin, richtete die Jacke ein wenig in Form und ging ein paar Schritte zurück, um Magnus nicht im Sichtfeld zu stehen.

„Madre Mia du siehst ja wirklich fantastisch aus", bemerkte er mit einem bewundernden Blick.

Bianca spürte wie ihre Wangen rot wurden. Zu lange hatte sie schon keine ernst gemeinten Komplimente mehr bekommen, obwohl sie sich das natürlich wünschte, so wie jede Frau. Sie konnte sich noch so verführerisch anziehen, Antonia bemerkte es schon gar nicht mehr. Und jetzt, jetzt steht sie vor einem Mann, den sie erst einen Tag lang kannte und genoss die Komplimente und die Blicke, die er ihr zuwarf, ohne aber irgendwelche Absichten zu haben.

Die Verkäuferin lächelte und kam wieder auf Bianca zu.

„Und, was denken Sie? Ich finde, es passt und es steht Ihnen wirklich ausgezeichnet. Wie fühlen Sie sich darin?" fragte sie mit prüfendem Blick.

„Ich, ähm, ich fühle mich total wohl, vielleicht sogar ein bisschen sexy", lächelte Bianca.

Die Verkäuferin zupfte noch mal ein wenig an der Jacke, bevor sie sich zu Magnus umdrehte. „Ihre Frau hat so schöne große Brüste, da kommt das Dekolleté so richtig toll zur Geltung. Finden Sie nicht auch?"

Magnus musste schmunzeln und nickte zustimmend. „Oh ja, dieser Busen ist absolut wunderbar."

„Nur, da drunter gehören jetzt aber noch schwarze Netzstrümpfe, am besten Strapse. Schauen Sie mal die hier. Probieren Sie diese doch mal an", forderte die ältere Dame Bianca auf.

Bianca war etwas überfordert. Sie hatte Herzklopfen bis zum Hals. Zwar genoss sie dieses Erlebnis hier, war aber auch etwas unsicher und sogar etwas peinlich berührt. Sie hatte die Strapse gerade angezogen, als sich der Vorhang einen Spalt öffnete.

„Nicht erschrecken, ich bin es nur", sagte die ältere Dame, während sie mit ein paar High Heels in die Kabine kam.

„Die passen Ihnen wahrscheinlich nicht, aber für ein paar Minuten wird es gehen und Sie wollen Ihren Mann doch sicher schon ein wenig verführen. Damit können Sie ihm zumindest schon etwas Appetit machen", flüsterte ihr die ältere Dame mit einem Zwinkern zu, bevor sie die Kabine wieder verließ.
Bianca schaute, als ob gerade ein Ufo durch die Kabine geflogen war. Dann aber musste sie herzlich lachen.
„Bianca, ist alles okay bei dir", fragte Magnus besorgt, der sich nicht erklären konnte, warum eine Frau in der Kabine plötzlich laut lachen musste.
„Ja ja, es ist alles in Ordnung", sagte Bianca, während sie aus der Kabine trat.
„Wow, das sieht ja scharf aus an dir", sagte Magnus und pfiff einmal ganz leise, als Ausdruck einer ehrlich gemeinten Bewunderung.
Die ältere Dame stand neben Magnus und lächelte nur. Aufmunternd nickte sie Bianca zu. Bianca musste schmunzeln. Die sympathische ältere Dame dachte doch tatsächlich, dass sie und Magnus miteinander verheiratet wären.
„Ach, Sie haben so eine erotische Frau, mit diesen tollen Rundungen und dieser Sinnlichkeit. Dafür wird Sie mit Sicherheit jeder Mann beneiden", lächelte die ältere Dame Magnus an.
„Oh ja, das ist es was ich so an ihr liebe. Ihre erotische Ausstrahlung, diese weiblichen Kurven, ihr herzliches Lachen und diese Sinnlichkeit, die sie ausstrahlt. Das alles ist einfach nur umwerfend." Magnus lächelte Bianca zu und forderte sie mit einem Zwinkern auf, dieses erotische Spiel einfach nur mitzuspielen.
„Ach", stöhnte die ältere Dame, „was sind Sie beide so ein wunderschönes Paar. Ich freue mich für Sie und wünsche Ihnen ganz viele erotische Stunden. Wenn Sie möchten, können Sie ihre Frau jetzt ruhig auch mal küssen. Vor mir brauchen sich nicht zu genieren", lächelte sie.

Man konnte förmlich die Spannung in der Luft spüren. Hätte man ein Feuerzeug angezündet, hätte es eine kleine Explosion gegeben. Für Magnus und Bianca war die Spannung kaum noch zu ertragen, aber viel schlimmer war noch, aus dieser Situation herauszukommen. Doch Magnus sah das ganz locker. Er ging auf Bianca zu, nahm ihren Kopf in seine Hände und gab ihr einen ganz zärtlichen Kuss auf die Stirn. Biancas Knie zitterten. Jetzt nur nicht ohnmächtig werden, war das Einzige, was sie gerade denken konnte.

„Soviel Respekt und Charme, das ist wirklich sehr selten", bemerkte die sehr sympathische ältere Dame lächelnd. Doch dann klingelte die Ladentür und eine weitere Kundin betrat das Lädchen. Die ältere Dame bat Bianca noch, das Kostüm ganz einfach mit zur Kasse zu bringen. Dann ging sie nach vorne und wandte sich der neuen Kundin zu.

„Wenn du mich noch einmal in so eine Situation bringst", flüsterte Bianca in gespielt ernstem Ton Magnus zu, „dann werde ich dir eine scheuern."

Magnus lachte sich fast kaputt und spürte, dass diese Drohung keinesfalls ernst gemeint war. Bianca stimmte seinem Lachen ein, bevor sie dann in die Kabine ging, um sich wieder umzuziehen.

„Ich bedanke mich ganz herzlich für ihren Einkauf", sagt die nette ältere Dame, während sie Bianca die Einkaufstüte überreichte. „Genießen Sie ihren Urlaub in Salzburg noch, und denken Sie immer daran, solche wunderschönen Momente kommen nie wieder zurück."

Beide waren sie etwas überrascht, aber auch gerührt von der Aussagekraft dieses Satzes. Mit den Wünschen für ein frohes Weihnachtsfest verließen sie den kleinen Laden.

„Ich hätte jetzt Lust auf einen Glühwein. Lass uns zum Weihnachtsmarkt gehen einverstanden?" fragte Magnus. Bianca stimmte wortlos zu.

Trotz des hektischen Treibens, das aufgrund der

Weihnachtseinkäufe herrschte, spürte man überall diese romantische Weihnachtsstimmung in der Luft. Die Besucher des Christkindlmarktes standen überall in kleinen Grüppchen zusammen, aus deren Mitte der Dampf von Glühwein und Punsch aufstieg. Überall herrschte leises Stimmengewirr und hier und da hörte man aus den kleinen Buden Weihnachtsklänge.

„Weißt du eigentlich, dass ich von Kindheitstagen an, von Weihnachtsmärkten einfach nur fasziniert bin", fragte Bianca, während sie an einem kleinen Stand traditionelle Handwerkskunst bewunderten.

„So ein Christkindlmarkt ist ja auch was richtig romantisches, vor allem, wenn er noch so verschneit ist wie dieser hier."

„Ich liebe den Duft von Glühwein und gebrannten Mandeln, bin begeistert von dem Duft der Weihnachtsbäckerei, liebe den wundervollen Christbaumschmuck und die vielen verschiedenen Kunstwerke." Bianca fühlte sich gerade in ihre Kindheit versetzt und musste aufpassen, nicht melancholisch zu werden.

Sie hatten sich einen kleinen Stand ausgesucht und genossen beide einen heißen Glühwein. Plötzlich dachte Bianca sie würde träumen, denn auf einmal stand neben ihr eine Gestalt in einem weißgoldenen Himmelsgewandt. Das Mädchen hatte einen blonden Lockenkopf und Federflügeln auf dem Rücken. Die Gestalt überreichte Bianca einen kleinen wunderschönen Engel und wünschte ihnen frohe Weihnachten. Bianca war total gerührt und bekam ganz feuchte Augen.

„Das bedeutet ganz viel Glück für dich im nächsten Jahr. Das war nämlich das Christkind", sagte Magnus und begutachtete den kleinen Engel in Biancas Hand.

„Das Christkind?", fragte Bianca ungläubig mit hochgezogenen Augenbrauen.

„Ja, das ist hier so Tradition auf dem Salzburger Christkindlmarkt. An den vier Samstagen vor Weihnachten besucht das Christkind mit seinen Engeln diesen stimmungsvollen Weihnachtsmarkt und verzaubert mit ihrem zarten Wesen die Besucher."

„Ohh, das war eben ein wirklich wundervolles Erlebnis. Ich bin ganz gerührt", bemerkte Bianca ganz leise.

Sie schlenderten noch eine Weile über den Weihnachtsmarkt, aßen noch eine Kleinigkeit und träumten auch ein wenig, bevor sie sich dann wieder auf den Weg zurück ins Hotel begaben. In der Hotellobby angekommen, kam Lola bereits aufgeregt auf sie zugelaufen.

„Bianca wo warst du denn die ganze Zeit? Ich habe dich überall gesucht." Lola war schon umgezogen und total aufgeregt, so wie immer vor so einer großen Show.

„Wir haben gerade mal halb sechs. Habt ihr euren Zeitablauf geändert?", fragte Bianca irritiert, während sie auf die Uhr schaute.

„Nein, aber ich habe gedacht du verbummelst vielleicht die Zeit. Komm mach dich schnell fertig und dann komm bitte rüber in den Saal. Die Modenschau beginnt pünktlich um halb sieben." Lola gab ihr noch ein Küsschen rechts und links auf die Wange und schwebte mit einem Lächeln auch schon wieder davon.

Magnus und Bianca ging zur Rezeption, holten ihre Schlüssel und begaben sich nach oben. Lachend kamen sie, wie langjährige Freunde im 3. Stock an und jeder verschwand in seinem Zimmer. Bianca wusste, dass die Zeit jetzt knapp war und in spätestens dreißig Minuten würde ihr Job beginnen. Da sie als sehr zuverlässig galt, wäre sie, egal was auch kommen würde, genau fünf Minuten vor Jobbeginn an ihrem Einsatzort. Drei Minuten später stand sie unter der heißen Dusche.

Magnus verstand Biancas schnelle Verabschiedung. Er konnte nachfühlen, dass sie jetzt mit ihren Gedanken zu hundert Prozent bei ihrer Arbeit war und das war auch absolut in Ordnung für ihn. Nach der Modenschau würde noch eine Musikkapelle spielen und es war Tanz angesagt. Er freute sich auf Benny und hoffte, dass er bis zur After-Show-Party eingetrudelt ist. Etwas verträumt und über beide Ohren in diesen Mann verliebt, begab auch er sich auf sein Zimmer.

Pünktlich um 18:00 Uhr stand Bianca, mit schwarzer Cordhose und grauer Bluse bekleidet neben Lola, die wie immer fantastisch aussah. Bianca wusste, dass sie die nächsten Stunden in allen möglichen Posen fotografieren musste und da war ein Rock nicht gerade die passende Arbeitskleidung. Sie würde sich nachher noch mal umziehen, nahm sie sich fest vor, als sie Lola so sah, in diesem absolut sexy Outfit.

„Susi komm her, zieh das hier an", gab Lola die Anweisung an ihr neues Model. Susi war das erste Mal dabei und noch etwas unsicher.

„Bianca du kennst den Ablauf noch? Zuerst kommen die Businessmode und dann die Abendkleidung. Zum Schluss haben wir dann aber das wahrscheinlich Interessanteste für alle, nämlich die Dessous und auch die extravaganten erotischen Outfits" sagte Lola leicht nervös.

„Wieso denkst du eigentlich immer, dass ich den Ablauf, den wir schon tausend Mal vorher besprochen haben, vergessen könnte?" Bianca grinste und amüsierte sich über Lolas Nervosität.

„Ich weiß, dass du das nicht vergisst. Sorry." Lola lächelte etwas gequält. „Weißt du was Bianca, ich habe mir vorhin noch überlegt, dass wir doch auch eine Reportage machen könnten. Also, dass du nicht nur draußen fotografierst, sondern auch Fotos machst von hier hinten, also von der Arbeit hinter den Kulissen. Wie sich die Mädchen umziehen, was für Hektik und Aufregung in der Kabine herrscht und wie professionell und ruhig das dann aber, da draußen doch präsentiert wird. Ich möchte, dass du all diese Stimmungen mit deiner Kamera einfängst." Lola zog die Augenbrauen fragend nach oben und wartete auf Biancas Antwort.

„Na super meine Liebe, das hättest du mir ja auch mal vorher sagen können, dann hätte ich mir schon mal eher Gedanken drüber machen können." Bianca war genervt. So etwas mochte sie ganz und gar nicht, so grundlegende Programmänderungen, gerade mal eine Minute vorher.

„Sorry Süße, aber du kriegst das schon hin." Lola gab ihr noch einen flüchtigen Kuss auf die Wange und verschwand vorerst noch mal nach draußen.

Bianca schaute kurz durch den Vorhang hinaus in den großen Saal, der sich bereits gut gefüllt hatte. Die Gäste waren in gelockerter Stimmung, was Bianca zumindest schon mal ein gutes Gefühl gab. Okay, dann werde ich einfach überall und nirgends sein, dachte sie mit einem Stirnrunzeln. Sie nahm ihren Fotoapparat und begann mit ihrer Arbeit.

Die anwesenden Models waren alle sehr hübsch und sehr kurvig gebaut, aber keinesfalls dick. Im Durchschnitt waren sie um die dreißig Jahre, sehr selbstbewusst und sie hatten alle eines gemeinsam: Sie liebten ihre wunderschönen Kurven und Rundungen.

Bianca machte sich zuerst mal mit den wenigen Models bekannt, die sie noch nicht kannte. Mit den anderen gab es zunächst ein lustiges und frotzelndes Hallo zur großen Wiedersehensfreude. Die eine oder andere, nicht jugendfreie Bemerkung, ließ sofort eine lockere Stimmung aufkommen und Bianca begann zu ahnen, dass dieses Fotoshooting schlüpfriger werden könnte als die bisherigen.

Die Mädels waren unterschiedlich beschäftigt. Die einen waren noch mit ihren Haaren zugange, die anderen noch am Schminken und andere zogen schon die ersten Outfits an. Bianca hielt ihre Kamera auf die einzelnen Mädels und machte ihre Bilder, doch dann stockte sie ein wenig.

Nicht alle, aber die meisten Mädels waren noch nackt, was ihnen selbst scheinbar nichts ausmachte. Sie ulkten und nahmen die Kamera so gut wie gar nicht wahr. Bianca überlegte einen Moment, ob sie mit dem fotografieren doch besser warten sollte, bis alle Mädels angezogen waren, aber dann fiel ihr Lolas Anweisung ein, dass sie alle Stimmungen einfangen sollte. Also drückte sie auf den Auslöser und war selbst überrascht, wie viele glattrasierten Muschis sie auf einmal vor ihre Linse bekam.

„Hey Susi, dein Tanga ist verrutscht. Du solltest ihn richten, sonst reibt der String an deiner Muschi und das sehen die Gäste dann an deinem Gang", rief die kesse, rothaarige Soraya und lachte herzlich, was zur allgemeinen Erheiterung beitrug.

Susi saß auf einem kleinen Schemel. Sie spreizte leicht die Beine, schaute in ihren Schritt und sah, dass der winzige Stoff nichts mehr bedeckte. Er war komplett verrutscht und zeigte ihre gesamte Grotte. Ihre Beine spreizen, das hätte sie besser nicht tun sollen, denn das stachele Soraya nun erst so richtig an.

„Mädels, schaut mal was Susi für eine tolle Schnecke hat. Feucht und angeschwollen, da hätte man richtig Lust mal dran zu Naschen." Soraya kam in Fahrt. Sie ging zu Susi hinüber, kniete sich vor sie und strich mit ihrer Zunge ganz zart über deren Kitzler. Susi war im ersten Augenblick zwar sehr überrascht ließ es dann aber, mit einem leichten Grinsen geschehen, und ihr schien es zu gefallen.

„Komm Soraya, leck noch einmal ganz zart über diese rosa Knospe, genau so wie eben", sagte Bianca, die diesen erotischen Anblick gerne in Nahaufnahme haben wollte.

Soraya kniete noch immer vor ihrer Kollegin. Sie schaute Susi an und lächelte. „Darf ich noch einmal an dir naschen?", fragte sie und man spürte förmlich das erotische Knistern im ganzen Raum. Susi leckte sich mit ihrer Zunge langsam über die Lippen während sie nickte. Sie wirkte sehr schüchtern, aber genau das war das Reizvolle.

Es war ungewöhnlich still im Raum. Die Mädchen genossen allesamt diesen erregenden Anblick. Soraya spreizte, mit viel Gefühl, Susis Beine ein wenig und zum Vorschein kam ihre einzigartige Blüte mit dem schon leicht angeschwollenen rosafarbenen Kitzler.

Soraya hatte Erfahrung darin, wie man eine Frau verwöhnte, das konnte man sehen und beim Zuschauen auch genießen. Sie wusste genau, welche Knöpfe man drücken musste, dass sich die Beine schon fast von alleine öffnen. Susis Atem wurde schwerer. Ihr Wunsch, von Soraya nun endlich geleckt zu werden, wurde stärker und ihre Schamlippen und ihr Kitzler schwollen immer mehr an.

Soraya ließ sich Zeit. Sie begann damit, die Innenseiten der Schenkel zu küssen und fuhr dann ganz zart mit ihrer Zunge über Susis Schamlippen. Den Kitzler hauchte sie allerdings nur ganz leicht warm an. Aufreizend befeuchtete sie ihre Zungenspitze, bevor diese dann ganz zart Susis rosa Knospe berührte.

Soraya ließ bei diesem fesselnden Spiel ihren Blick immer mal wieder zu Bianca wandern, die mit ihrer Kamera direkt neben ihr kniete. Dieser Blick war gefüllt mit Begierde und er stellte eine erwartungsvolle Frage. Als Bianca plötzlich die Hand von Soraya auf ihrem Po spürte, begann ihre Muschi wie wild zu pochen. Das hätte man als eindeutige Antwort werten können, eine Antwort die besagte, dass Biancas Muschi große Lust gehabt hätte, bei diesem Spiel mitzumachen.

Sorayas Zunge bewegte sich weiter, so wie eine Schlange glitt diese nun über den rosaroten, glänzenden Kitzler. An Susis Stöhnen konnten die Mädels das Wohltun fast schon selbst im eigenen Unterleib spüren.

Bianca hatte dieses einzigartige Zungenspiel, von Anfang bis zum Ende mit ihrer Kamera aufgenommen. Es wäre sicher auch noch weiter gegangen, wenn Lola dieses, für alle Mädels sehr anregende Lustspiel, nicht etwas schroff unterbrochen hätte.

„Kommt Mädels, lecken und verwöhnen, das könnt ihr euch nach der Show auch noch. Aber jetzt bitte, macht euch endlich fertig."

Ein Raunen der Enttäuschung ging durch den Raum. Gerne

hätten die Mädels mehr gesehen, und die ein oder andere war auch schon dabei sich selbst zu verwöhnen. Soraya zwinkerte Susi noch einmal zu und setzte sich anschließend wieder vor den großen Spiegel, um sich fertig zu schminken.

Ein wahnsinniges Knistern lag in der Luft. Bianca spürte nicht nur die erotische Stimmung hier hinter den Kulissen, sondern auch ein fast schon unerträgliches Kribbeln zwischen ihren eigenen Beinen.

Der Anblick von Soraya, wie sie da kniete und diese wundervolle, glattrasierte Knospe verwöhnte, weckte ihre Fantasien. „Was für ein Gefühl muss das sein, von so einer rassigen, sehr sinnlichen Schönheit verwöhnt zu werden", fragte sie sich in Gedanken, während sie Soraya im Spiegel beobachtete. „Wie sie sich wohl anfühlen mag?"

Sie verspürte plötzlich den Wunsch, genau dies herauszufinden zu wollen. Ihr Verlangen nach dieser rassigen Frau wurde von Sekunde zu Sekunde stärker. Es war das Verlangen, von ihr nach allen Regeln der Kunst verwöhnt zu werden, aber auch ein Verlangen sie zu spüren, zu fühlen und zu schmecken. Die Vorstellung daran brachte Bianca fast um den Verstand. Als ob Soraya Biancas Gedanken erspüren konnte, schaute sie hoch, in den Spiegel und direkt in Biancas Augen. Es war wie Telepathie und Bianca spürte, wie sie ganz langsam in Sorayas Sog der Erotik gezogen wurde, dem sie nicht mehr entkommen konnte. Sie musste ihre, nun fast schon schmerzhafte Erregung abkühlen und ging wortlos hinaus in den Saal. Dort blieb sie einen Moment stehen. Es war, als ob sie plötzlich aus einem Traum herausgerissen wurde, als ob sie wieder in der Wirklichkeit angekommen wäre. Sie atmete einmal tief ein und aus und versuchte sich nun gedanklich auf ihre Arbeit zu konzentrieren. Sie fing die ersten Eindrücke ein, das Stimmengewirr und das Klirren der Gläser. Die Unruhe bei den Gästen ließ darauf schließen, dass diese in freudiger Erwartung waren, dass es bald losgehen würde.

Bianca schlenderte mit ihrer Kamera durch die verschiedenen Etagen im Saal und war überrascht wie offen die Gäste für Fotos waren. Die meisten Personen waren zwischen dreißig und sechzig Jahren und überraschenderweise trugen viele der weiblichen Gäste weit ausgeschnittene Kleider oder auch Miniröcke und zeigten damit ihre schönen Beine. Nicht nur bei den Models, sondern auch bei dem Publikum waren viel mehr runde und weibliche Formen zu sehen, als super schlanke Figuren.

Plötzlich wurden die Lichter gedämmt und aus den Lautsprechern ertönte eine laute, mitreißende Auftaktmusik. Bianca lief es kalt den Rücken herunter, so emotional war dieses Spektakel. Ein junger Mann, der die Moderation übernahm, eröffnete die Modenschau mit einer sehr angenehmen weichen Stimme.

„So und nun meine sehr verehrten Damen und Herren, begrüßen Sie bitte mit mir, die einzigartige, wunderschöne, attraktive Chefdesignerin des Modeimperiums Winter & Söhne, die Sie mit ihrer Mode heute Abend wieder verzaubern wird. Vorhang auf, Spot an und hier ist sie, Madame Lola aus München."

Mit lautem Applaus wurde Lola gebührend empfangen. Sie trug ein sehr figurbetontes, langes, lachsfarbenes Abendkleid mit tiefem Rückenausschnitt und einem breiten goldenen Gürtel. Sie sah einfach nur umwerfend aus, was man dem Raunen im Publikum entnehmen konnte. Nach einer kurzen Begrüßung zog sich Lola wieder dezent zurück und der Moderator kündigte die ersten drei Models an.

Graziös und sehr professionell schritten sie den Gang entlang. Zwischendurch drehten sie sich immer mal wieder, zogen ihre Jacken aus und hängten sie locker über die Schulter. Hier und da winkten sie sogar auch mal lachend ins Publikum. Man konnte spüren, wie viel Spaß ihnen diese Show machte und man sah ihnen an, dass man nicht gertenschlank sein musste, um ein wirklich tolles Model zu sein.

Lola hatte das so organisiert, dass immer zwei oder drei Models draußen waren. Der Moderator erläuterte dann die einzelnen Schnitte, Farben und Materialien und beschrieb auf eine sehr charmante Art, was die Models gerade trugen. So hatten die Gäste genügend Zeit sich die Kollektion anzuschauen. Wenn drei Models draußen waren, dauerte die jeweilige Präsentation immer etwas länger und so hatten die anderen Models genügend Zeit sich wieder umzuziehen. Die Stimmung war fantastisch und das Publikum applaudierte immer wieder mit großer Begeisterung.

Als die Präsentation der Business und Abendkleidung vorbei war, kündigte der Moderator eine kleine Pause an.

„So meine lieben Gäste, nun machen wir eine kleine Pause, bevor es dann mit der Präsentation der Dessous weitergeht. Um Ihnen aber schon mal ein bisschen Appetit zu machen, darf ich Ihnen verraten, dass Madame Lola heute ein paar ganz extravagante, hoch erotische Teile dabei hat."

Der Moderator tat gespielt verlegen und räusperte sich ein wenig. „Ich habe vorhin schon mal ein Blick auf diese Stücke werfen dürfen und meine lieben Damen, aber auch Herren, ich kann Ihnen nur eines sagen: Bei diesem Anblick kam nicht nur mein Herz in totale Aufruhr."

Bianca stellte fest, dass der Moderator seine Arbeit wirklich gut machte. Das Publikum bekam ein Leuchten in die Augen, es wurde geflüstert und getuschelt und genau das war es, was der Moderator erreichen wollte. Er hatte das Publikum schon etwas angeheizt, ein wenig wuschelig gemacht und jeder war neugierig darauf, was nach der Pause geboten werden würde. Bianca ging noch mal langsam durch das Publikum und machte vereinzelnde Fotos. Dabei sah sie Magnus an der Bar sitzen. Neben ihm saß ein gutaussehender schlanker Mann, der Benny sein müsste. Mit einem liebevollen Lächeln winkte Magnus ihr zu.

„Hallo Magnus, schön das du auch gekommen bist", begrüßte ihn Bianca, als sie auf dem Weg zurück in die Umkleidekabine war.

Magnus stellte ihr Benny vor und es folgte ein kurzer, aber sehr angenehmer Small Talk.

„Das ist eine tolle Modenschau, Respekt!" lobte Magnus anerkennend.

„Warte mal bis nach der Pause", grinste Bianca.

Ohne weitere Erklärung begab sie sich in die Umkleidekabine, wo es zuging wie in einem Hühnerstall, mit viel Gekicher und Gegackert. Die Mädels sahen sehr aufreizend aus in ihren Dessous und Strapsen und Bianca genoss es sehr, Fotos von ihnen zu machen.

„Kommt Mädels, lasst uns vor dem letzten Walk noch einmal gemeinsam anstoßen", sagte eines der Models, woraufhin alle ihre Sektgläser erhoben.

„Ich wette mit euch" rief Soraya mit leicht verruchter Stimme, „wenn wir jetzt mit unseren Strapsen da hinausmarschieren, gehen wieder alle Blicke direkt auf unsere Muschis."

Die Mädels lachten. Sie machten das nicht zum ersten Mal und sie wussten, wie das Publikum bei den Dessous im Allgemeinen reagierten.

„Also ihr wisst ja, schön den Venushügel nach vorne drücken und ab und zu mal die Beine spreizen, damit die Gäste ein wenig eure Schamlippen sehen können, die sich in den dünnen Strings abzeichnen."

Aufreizend strich sie sich mit ihren Fingern über ihre Vulva. Bianca kniete mit ihrer Kamera direkt vor ihr, was Soraya wieder zur Hochform auflaufen ließ. Gerade als sie ihr Bein auf den Schemel gestellt hatte, das Höschen etwas zur Seite schob und mit dem Finger über ihre Lustperle strich, hörten sie, wie Lola draußen die Ansage der Dessous machte.

„Mist", sagte Soraya, die als Erste raus musste. „Jetzt juckt und kribbelt es da unten rum dermaßen stark, hoffentlich falle ich da draußen keinen Gast an."

„Da musst du jetzt durch", sagte Rosanne lachend. „Kannst ja nachher bei der After-Show-Party schauen, welcher der Herren alleine an der Bar sitzt und dann mal höflich fragen, ob nicht jemand Appetit auf deine Muschi hat. "

„Gute Idee, das werde ich tun", kam es ebenso lachend von Soraya zurück, die diese Idee gar nicht so schlecht fand. „Aber wenn ich das tue, dann müsst ihr alle auch etwas tun."

„Welchen Vorschlag hättest du denn", kam es von Rosanne, die ganz leuchtende Augen bekam.

„Wir gehen nachher alle «unten ohne» zu dieser After-Show-Party und zwar alle, ohne Ausnahme", forderte Soraya die Mädels auf und schaute langsam in die Runde. Ihr Blick blieb bei Bianca hängen. „Du auch Bianca. Mitgefangen, mitgegangen."

Bianca war etwas irritiert, aber sie war keine Spielverderberin und so nickte sie zustimmend. Ihr gefiel der heutige Job, er war anders als sonst. Oder war nur sie anders als sonst? Sie überlegte kurz, auf was sie bisher, aus moralischen Gründen, so alles verzichtet hatte. Sie begann ihr neues Leben zu genießen. Ein Leben ohne Moral, ohne Einschränkungen und ohne schlechtes Gewissen.

Im Moment allerdings war sie nur wahnsinnig froh, eine Hose anzuhaben. Trüge sie einen Rock, hätten sich zwischendurch mit Sicherheit schon mal, ihre Finger in ihrem Höschen verirrt.

„Sag mal Bianca", fragte Soraya mit aufreizender Stimme, „macht dich das nicht total scharf, unsere nackten Körper und vor allem unsere nassen Spalten so zu fotografieren?"

Bianca und Soraya kannten sich schon sehr lange und verstanden sich ausgezeichnet. Aber so ein Gesprächsthema hatten sie bisher noch nie.

„Na ja, es ist schon erregend euch da zuzuhören und dann auch noch so feuchte Gebiete vor die Linse zu bekommen", antwortete Bianca wahrheitsgemäß und spürte, wie es in ihrer Grotte wieder zu ziehen begann.

Soraya schmunzelte und Bianca hatte das Gefühl, dass sie irgendetwas im Schilde führte.

„Du ziehst dir nachher aber auch noch ein Röckchen an, oder?" fragte Soraya kess.

„Na klar, sonst wirkt das mit dem «unten ohne» ja nicht." Bianca hatte das zwar noch nie gemacht, aber allein der Gedanke daran, erregte sie.

Dann kam auch schon Lola herein und schickte die ersten drei Mädels in die Halle. Bianca ging gleich mit, um nun draußen weitere Fotos zu machen. Sie positionierte sich an eine Stelle, wo die Mädels sich immer einige Male drehten, bevor sie weiterliefen. Neben Bianca war ein Tisch, mit vier älteren Damen, so um die sechzig, aber alle vier sahen noch sehr gut aus, waren sehr schick und absolut sexy gekleidet.

Als das erste Model ankam zückte Bianca ihren Fotoapparat. Es war Soraya. Provozierend und sehr aufreizend begann sie mit der Kamera zu spielen. Sie drehte sich ganz langsam herum, bückte sich etwas nach vorne und streckte ihren Po direkt in die Linse. Dann nahm sie den neben ihr stehenden Schemel, zog ihn etwas zu sich und stellte ein Bein darauf. Soraya hatte nur einen sehr dünnen, knappen Tanga an, der unabsichtlich oder absichtlich nicht da saß, wo er eigentlich sitzen sollte. So schauten, rechts und links ganz neugierig, ein wenig ihre prallen Schamlippen heraus.

Die vier älteren Damen am Tisch hatten direkten Blick auf diese beiden rosa glänzenden Prachtstücke. Bianca wagte einen Blick zu den Vieren und war sich sicher, dass sie gleich pikiert die Modenschau verlassen würden. Aber dem war nicht so, ganz im Gegenteil. Bianca hörte, wie eine der Damen Soraya etwas zuflüsterte.

„Süße komm, zeig uns noch etwas mehr von diesem tollen

Tanga."

Das ließ sich Soraya nicht zweimal sagen und spreizte ihre Beine vor den Damen noch etwas mehr. Die älteren Frauen am Tisch waren begeistert und klatschten laut Beifall. Soraya lächelte, zwinkerte Bianca zu und ging elegant weiter.

„Madre Mia, kurvige Frauen sind doch wirklich sexy", hörte Bianca eine der älteren Damen sagen und sah, wie sie nun doch etwas schwerer atmete.

Bianca musste schmunzeln. Der Platz war optimal und so blieb sie auch weiterhin neben den Damen stehen, um auf das nächste Model zu warten, welches gerade um die Ecke kam. Sie wollte gerade ihre Kamera ansetzen, als sie plötzlich eine der älteren Damen von der Seite ansprach.

„Sagen Sie mal junge Frau", sagte die Dame relativ leise, „Sie erregt das aber auch sehr, solche schönen Schamlippen direkt vor ihrer Kamera zu sehen, oder?"

Bianca glaubte zuerst sie hätte sich verhört. „Wie kommen Sie denn darauf?" fragte sie irritiert und schaute in zwei leuchtenden Augen, mit vielen Lachfältchen drum herum.

„Na ja", lächelte die Dame, die mit Sicherheit schon Oma war, „schauen Sie doch mal auf ihren Schritt. Ihre Schnecke ist so nass, dass man die Konturen wunderschön sehen kann."

Bianca musste nicht hinunter schauen. Sie spürte, dass ihre Hose im Schritt fast durchgeweicht war. Verlegen schaute sie die ältere Dame an.

„Machen Sie sich nichts draus, ich bin genauso nass da unten herum", sagte sie mit einem Zwinkern.

Bianca grinste etwas gezwungen und wäre am liebsten im Boden versunken. Aber sie hatte einen Job und den musste sie erfüllen. Mit absoluter Professionalität machte sie ihren Job weiter und dann neigte sich die Modenschau auch schon so langsam dem Ende zu.

„So meine lieben Gäste", hörte man Lola sagen, die ihre Dessous-

Show selbst moderierte, „mit unserer Modenschau sind wir fast am Schluss angekommen. Ein delikates Highlight habe ich aber noch für Sie." Man hörte Hier und da schon ein „Ohh" oder auch ein „Ah".

„Ich muss zugeben, es war schon ein kleines Risiko, so eine spezielle Dessous Show zu präsentieren und ich habe mich auch erst nach der Pause dazu entschieden, Ihnen diese extravagante Mode zu zeigen. Aber Sie alle sind ein solch tolles, offenes und aufgeschlossenes Publikum, dass ich sofort spürte, dass das passt."

Das Publikum johlte und klatschte begeistert Beifall.

„Aber nun spanne ich Sie nicht länger auf die Folter", fuhr Lola mit einem Lächeln fort. „Mein kurvigstes Model, mit wunderschönen, fraulichen Rundungen, wird Ihnen jetzt eine ganz spezielle sexy Kombination präsentieren. Soraya meine Süße, komm zeige dich."

Plötzlich wurde das Licht gedämmt und aus dem Vorhang trat Soraya heraus. Dem lauten Raunen konnte man die Begeisterung des Publikums entnehmen. Soraya sah einfach nur atemberaubend aus. Sie trug einen schwarzen Minirock, der so kurz war, dass er so gut wie nichts bedeckte. Als Oberteil trug sie eine schwarze Spitzen-Korsage mit herzförmigen Cups. Diese waren so raffiniert geschnitten, dass ihre großen Brüste noch größer und praller erschienen, als sie eh schon waren. Für diesen atemberaubenden, erregenden Auftritt sorgte allerdings die sexy schwarze Netzstrumpfhose. Sie war leicht durchsichtig und im Schritt völlig offen. Der Minirock war so kurz, dass er in dem offenen Schritt mehr zeigte, als mancher vertragen konnte.

„Mit dieser Strumpfhose ", kommentierte Lola, „die im Schritt herzförmig offen ist, lassen Sie meine lieben Damen, das Herz ihres Partners und wahrscheinlich auch noch etwas anderes, in sekundenschnelle höher schlagen. Meine Damen, das ist ein absolut außergewöhnliches Teil, für ganz spezielle Momente."

Mit glänzenden Augen, einem etwas frivolen Lächeln auf den Lippen und einem sehr aufreizenden Hüftschwung ging Soraya den Gang entlang. Bianca spürte wie erregt Soraya war, als alle auf ihren Schritt schauten, wo man ihre blanke Muschi bei jedem Schritt hervorblitzen sah.

Wieder stand Soraya vor den vier älteren Damen, spreizte mit einem Zwinkern ein wenig mehr und länger als sonst ihre Beine, bevor sie ihre Runde fortsetzte. Das Publikum tobte und der Applaus wollte nicht enden. Dann kamen alle Models noch einmal zusammen heraus und gingen nacheinander, ein letztes Mal, diesen extravaganten Laufsteg entlang. Das Publikum klatschte solange, bis alle Models wieder in der Umkleidekabine verschwunden waren.

Die After-Show-Party begann und die Gäste waren alle sehr gelöst. Der letzte, sehr erotische Auftritt von Soraya, war sicher nicht ganz unschuldig an der spürbar sinnlichen Atmosphäre. Die Mädchen hatten ihr Spiel in die Tat umgesetzt und jede von ihnen war unter ihrem Kleid oder Rock nackt. Und obwohl niemand der Gäste hiervon etwas wusste, spürte man dieses erotische Knistern in der Luft. Die Kapelle beendete gerade einen Rock`n Roll, setzte ihr Programm mit einem Blues fort und sofort war die Tanzfläche gefüllt.

„Du hast ja immer noch deine Hose an", hörte Bianca plötzlich die Stimme von Susi hinter sich.

„Geduld, Geduld. Ich bin gerade auf dem Weg nach oben, um mich umzuziehen."

„Na dann tue das mal. Du weißt ja, mitgefangen, mitgehangen", grinste Susi, drehte sich um und verschwand auf der Tanzfläche.

Nur wenige Minuten später war Bianca in ihrem Hotelzimmer. Sie stand vor dem Kleiderschrank und überlegte, was sie anziehen sollte. Große Lust auf diese After-Show-Party hatte sie allerdings keine. Magnus und Benny waren direkt nach der

Show gegangen und Lola kümmerte sich um ihre Gäste und den Verkauf. Sich alleine an die Bar zu setzen und den anderen Pärchen beim Tanzen zuzuschauen, danach war ihr jetzt so gar nicht. Sie entschied sich erst mal ein Bad zu nehmen. Danach hätte sie immer noch genug Zeit zu entscheiden, was sie macht. Sie ging ins Bad, ließ Wasser in die große Wanne einlaufen und zog sich langsam aus. Sie hatte nur noch ihren Slip an, als es an der Tür klopfte.

„Bianca, bist du da?"

Bianca vernahm die Stimme von Soraya und öffnete die Tür mit einem fragenden Blick. „Ist was passiert?"

„Nein, was soll passiert sein? Ich habe dich weggehen sehen und hatte das Gefühl, du schaust etwas bedrückt. Ist alles okay bei dir?"

„Ja klar, komm rein. Ich wollte gerade ein Bad nehmen. Zu dieser Party konnte ich mich, ehrlich gesagt im Moment noch nicht so richtig aufraffen."

„Kann ich verstehen", erwiderte Soraya. „So ein heißes Bad, das könnte mir jetzt auch gut tun."

„Tue dir keinen Zwang an. Die Wanne ist groß genug. Zieh dich aus und komm mit rein."

Als Soraya das Bad sah, war sie sichtlich überrascht. „Ich habe noch nie eine so große Badewanne gesehen", bemerkte sie staunend.

„Ja stimmt, für ein Hotel ist das sehr ungewöhnlich, aber toll" bemerkte Bianca, während sie vorsichtig in das Wasser stieg. In Sekundenschnelle hatte sich Soraya ausgezogen. Sie ging noch mal nach nebenan und kam mit zwei gefüllten Gläsern Sekt zurück ins Bad. Dann stieg sie ebenfalls in diese große Wanne. Sie jauchzte und planschte wie ein Kind und Bianca musste herzlich lachen. Beide genossen sie diese gelöste Stimmung und entspannten sich in dem angenehmen heißen Wasser, zusammen mit dem kalten Sekt. Die Gläser waren schnell geleert, was

132

Soraya nicht davon abhielt, in der Minibar eine zweite Flasche zu holen und zu öffnen.

„Man muss das Leben feiern", sagte sie, bevor sie mit Bianca darauf anstieß. Das heiße Wasser und der Alkohol zeigten schon bald seine Wirkung.

Soraya nahm die Flasche mit dem gut duftenden Duschgel und begann sich ganz langsam damit einzureiben. „Was ist das denn für ein tolles Gel? Das produziert vielleicht eine Menge Schaum. Einfach wunderbar", stellte sie mit einem kleinen Hicks fest, während sie sich weiter einrieb.

Sie setzte sich auf den sehr breiten, rundherum gemauerten Beckenrand, tauchte ihre Hand in den luftigen Schaum und bedecke damit spielerisch ihre Muschi. Dann lehnte sie sich entspannt zurück und begann ganz langsam ihren Kitzler zu reiben.

Bianca schaute ihr dabei genüsslich zu. Sie merkte, wie sie das Zuschauen sogar richtig antörnte. Es machte sie immer geiler zu sehen, wie sich Soraya direkt vor ihr selbst verwöhnte. Sie konnte den Blick gar nicht mehr von ihr abwenden. Der Schaum auf Sorayas Muschi begann sich nach und nach aufzulösen und so konnte Bianca es teils schon sehen, teils aber auch nur erahnen, was da gleich in einem zarten rosa zum Vorschein kommen würde. Mit jeder Minute wurde der Blick klarer und nun sah sie ganz deutlich, wie Soraya ihren Kitzler rieb, ihn streichelte und ihn zwischen Daumen und Zeigefinger massierte. Biancas Herz klopfte wie wild und das Ziehen in ihrer eigenen kleinen Lustgrotte wurde immer stärker.

Soraya tat so, als ob Bianca gar nicht da wäre. Sie beugte sich vor, nahm den Duschkopf in die Hand und spülte den restlichen Schaum von ihrer Muschi weg. Zum Vorschein kamen frisch rasierte Haut und rosafarbene Schamlippen die nass glänzten. Soraya glitt zunächst mit einem Finger durch ihre Spalte, von oben nach unten und wieder zurück und massierte dann die

133

mittlerweile sehr angeschwollene kleine Perle. Ganz langsam sickerte der Saft aus ihrer Spalte. Sie sah, wie Bianca ihr Spiel beobachtete und es gefiel ihr, sie damit aufzuheizen.

„Möchtest du den Duschkopf jetzt haben?" fragte Soraya zwinkernd. „Ich würde gerne sehen, wie du dich jetzt damit verwöhnst."

„Ja, gib ihn her", kam es zwar leise, aber schon fast fordernd. Bianca spürte wie sich ihre Nippel vor Erregung aufrichteten und wie kribbelig sie wurde. Alleine die Vorstellung, dass Soraya ihr beim Onanieren zuschaute erregte sie enorm. Sie begann mit dem warmen Wasserstrahl ihren Busen zu verwöhnen. Mit der anderen Hand knetete sie ihre prallen Brüste, streichelte ihre Brustwarzen und stöhnte dabei leise auf vor Wonne.

Aus dem Blickwinkel konnte sie beobachten, wie Soraya an ihren Schamlippen spielte. Bianca kniete sich, nahm den Duschkopf in die andere Hand, griff zur Seite und stellte am Regler den Massagestrahl nun etwas härter ein. Dann ließ sie den harten Duschstrahl über Sorayas Lustgrotte gleiten, die daraufhin kurze spitze Schreie von sich gab. Während der Wasserstrahl Sorayas Muschi massierte, glitten ihre Finger hinunter zu ihrer eigenen glatt rasierten Lustgrotte. Mit zwei Fingern teilte sie die Schamlippen und ließ die Finger in ihrer Grotte verschwinden. Mit kurzen heftigen Stößen fühlte es sich fast an, als ob sie gerade ein strammer männlicher Lustbolzen ausfüllte. Aber halt nur fast. Ihre Finger waren leider kein Ersatz für ihren wunderbaren prallen Dildo, den sie jetzt so gerne in sich verspürt hätte.

Bianca hielt den angenehmen Wasserstrahl noch immer auf Sorayas Lustzentrum, die es jetzt nicht mehr aushielt. Dieser harte Strahl brachte ihre Muschi zum Kochen. Soraya rubbelte ihren Kitzler ergänzend zum Wasserstrahl bis ihr Körper von den Wellen der Lust geschüttelt wurde.

Mit einer Frau Sex zu haben ist etwas wundervolles, stellte

Bianca wieder mal lächelnd fest und sie genoss es sehr. Viel Erfahrung hatte sie allerdings noch nicht gesammelt. Vor Antonia hatte sie nur eine längere Beziehung. Das war es. Also begrenzte sich ihre sexuelle Erfahrung auf zwei Muschis. Das Muschis sehr unterschiedlich sein können, merkte Bianca aber erst jetzt, wo sie Sorayas Spalte gesehen hatte. Diese vor ihr liegende Grotte war einzigartig. Dies Schamlippen waren außergewöhnlich groß und prall. Aber auch der Kitzler, der normalerweise eher versteckt liegt, war bei Soraya mindestens dreimal so groß, wie das was sie kannte. Dieser Kitzler sah fast aus wie ein kleiner Penis. Zu gerne hätte sie jetzt Lust gehabt, die glatt rasierte Muschi von Soraya mit ihren Lippen zu verwöhnen. Sie wollte unbedingt wissen, wie sich diese Muschi beim Lecken anfühlte, wie sie roch und wie sie schmeckte.

Soraya schien diese Gedanken lesen zu können.

„Möchtest du mich lecken?"

Bianca war es im ersten Augenblick ein wenig peinlich, dass Soraya ihre Gedanken so offen von ihrer Stirn ablesen konnte, aber dann nickte sie nur und lächelte Soraya verschmitzt an.

„Komm lass uns rüber gehen. Auf dem Bett ist es gemütlicher", schlug Soraya vor.

„Guter Vorschlag!"

Während sie zum Bett rübergingen fühlte sie Sorayas heißen Atem an ihrem Hals. „Ich möchte gerne, dass du mich überall mit deinen Küssen verwöhnst, bitte" hörte sie Soraya flüstern.

Biancas Muschi pochte wie wild bei dem Gedanken, nun gleich diese nasse Pflaume lecken zu dürfen. Nachdem Soraya die Gläser erneut gefüllt hatte, setzte sie sich vorne auf die Bettkante.

„Komm knie dich vor mich hin", forderte sie Bianca auf. Bianca rutschte runter auf den Boden. Nun hatte sie diese gut duftende wahnsinnig große Lustgrotte direkt vor sich. Soraya spreizte ihre Beine, aber nur ein klein wenig.

„Was denkst du, wenn du so eine große feuchte Muschi siehst?"

Soraya war neugierig auf Biancas Antwort. Sie selbst war bisexuell und hatte schon mehrere Muschis verwöhnen dürfen.
„Hm, wenn ich das hier so sehe glaube ich, es gibt nichts Erotischeres, als die erregte Muschi einer anderen Frau, so nah vor sich zu sehen, sie zu spüren, zu riechen und vor allem zu schmecken!" Ganz langsam drückt sie Sorayas Beine noch ein wenig weiter auseinander. Jetzt wusste sie auch, warum es Lust-Tropfen hieß. Der Saft tropfte förmlich aus der heißen Spalte. Soraya legte ihre beiden Hände auf die Innenseite ihrer Schenkel und zog langsam mit den Fingern ihre Schamlippen auseinander.
„Dann sag mir, wie sie dir schmeckt", forderte Soraya sie auf.
„Geduld meine Süße." Bianca lächelte verschmitzt.
Ganz zart berührte sie mir ihrer Zungenspitze Sorayas Kitzler, der sie förmlich anlächelte und geradezu aufforderte weiter zu machen. Sie saugte ein wenig an ihren Schamlippen und knabberte an der Innenseite ihrer Schenkel.
Bianca genoss den Anblick der vor ihr liegenden Portion fleischigen Genusses mit diesem wunderbaren Geruch und Geschmack. Ganz langsam strich sie mit der Fingerkuppe über Sorayas Kitzler, bevor sie ihn zwischen ihren Fingern, wie ein Kugel massierte. Soraya stöhnte laut auf und Bianca verstärkte die Massage bis sie erneut stöhnte.
Sie erinnerte sich noch gut daran, als Soraya vorhin ihre Schamlippen etwas spreizte und sie dann ganz leicht nach unten zog. Allein der Gedanke daran ließ sie fast explodieren. Wie würde Soraya diese Schamlippenmassage empfinden?
Zärtlich steckte sie zwei Finger in Sorayas Muschi und ließ sie ganz langsam kreisen. Sorayas Stöhnen wurde immer lauter und Bianca hatte etwas Bedenken, dass gleich der Zimmerservice klopfen würde um zu fragen, ob alles in Ordnung sei.
Soraya spreizte ihre Beine noch weiter, was Bianca als eindeutige Aufforderung sah. Diese feuchte Spalte so nah vor sich zu haben war ein absoluter Genuss. Bianca genoss den

Anblick dieser rasierten Liebesgrotte. Die rosaroten feuchten großen Schamlippen glänzten. Es sah einfach nur scharf aus. Sie spreizte ein wenig die Schamlippen, sodass sie mit ihrer Zunge in diese Spalte eintauchen konnte. Gierig saugte sie mit ihren Lippen daran und zog sie ganz leicht nach unten. Sie saugte mal an der rechten, dann an der linken Schamlippe. Dann tauchte sie wieder mit ihrer Zunge in die Spalte ein und wiederholte dieses Spiel mal langsam mal schneller.

„Ohhh ja, das machst du einfach fantastisch! Nicht aufhören, leck mich weiter, komm, leck fester!" Soraya bettelte förmlich.

Bianca spürte Sorayas Hand auf ihrem Kopf, die ihr Gesicht stärker gegen ihre feuchte Muschi drückte.

„Okay, dann bringe ich dich mit meiner Zunge jetzt mal auf Wolke Sieben meine Süße!", flüsterte Bianca.

„Mach weiter bitte, aber fester, viel fester", forderte Soraya sie stöhnend auf.

Bianca massierte die Schamlippen, spreizt sie immer wieder dezent, massierte gekonnt den Punkt, der Soraya fast wahnsinnig machte. Sie scheint bei Soraya am richtigen Punkt angekommen zu sein. Mit der einen Hand rubbelte sie Sorayas Kitzler, immer schneller und immer heftiger. Mit der anderen Hand rubbelte sie ihren eigenen Kitzler, genauso schnell und genauso heftig. Plötzlich zuckte Soraya unkontrolliert mit ihrem Becken. Bianca rieb den harten Kitzler bis Soraya sich nach hinten aufs Bett fallen ließ. Nur kurz danach wurde auch sie von einem heftigen Orgasmus geschüttelt. Sie küsste noch mal ganz zart Sorayas tropfende Grotte, leckte noch einmal genüsslich über den geschwollenen Kitzler, bevor sie sich erschöpft neben sie auf's Bett fallen ließ.

Nach einer Weile richtete sich Soraya auf und küsste Bianca ganz zärtlich auf den Mund. „Das war vielleicht eine heiße Nummer."

Bianca nickte. Sie war erschöpft und müde.

„Du gehst nicht mehr mit nach unten, oder?" fragte Soraya.
„Nein, ich bleibe hier und gehe schlafen", antwortete Bianca und war froh, dass Soraya nicht versuchte sie zu überreden. Eine Viertelstunde später verließ Soraya das Zimmer und Bianca legte sich gemütlich aufs Bett. Sie verschränkte die Arme hinter ihrem Kopf und ließ in Gedanken diese wahnsinnig geile Nummer noch mal Revue passieren. Dieser erregende Duft und die Weichheit von Sorayas feuchter Muschi zu spüren, das war schon einzigartig. Sie fand es wirklich sehr schön diese Lustgrotte zu lecken, den übergroßen harten Kitzler mit der Zunge zu verwöhnen und mit den fleischigen Schamlippen zu spielen.

Bianca nahm ihr Handy zur Hand und sah, das Antonia sie schon einige Male probiert hatte anzurufen. Ihr wurde in den letzten Stunden klar, dass sie den Kontakt zu Antonia beenden würde. Sie tut ihr nicht gut und sie würde sich auch niemals verändern. Sie würde für Antonia immer das Sexobjekt ohne Gefühle bleiben und darauf hatte sie keine Lust mehr. Sie wusste, dass irgendwo, irgendwann eine Frau auf sie zukommen würde, die sie so liebt, wie sie war und mit der sie alt werden wollte. Antonia war diese Frau definitiv nicht.

Bianca erinnerte sich an das kleine Sex-Video, welches sie von ihrer eigenen Muschi machte. Für diese tolle Erfahrung dankte sie Antonia allerdings immer noch so insgeheim. Bianca nahm ihr Handy auf und schaute sich noch einmal das Video von ihrer eigenen nassen Lustgrotte an. Ihre Muschi bekam schon wieder Lust und Bianca zupfte ein wenig an ihren Schamlippen. „Was ein irres Gefühl", sagte sie leise zu sich selbst.

Exakt in diesem Moment klingelte ihr Handy und Bianca sah im Display erneut Antonias Name. Sie hatte den Finger schon auf der „Annehmen"-Taste, als sie es sich dann doch anders überlegte. „Nein", sagte sie leise zu sich selbst, „nur weil ich jetzt gerade wieder total scharf bin, werde ich mein eigenes

Versprechen nicht aufs Spiel setzen."

Sie legte das Handy beiseite, stand auf, ging hinüber zu ihrem Koffer und holte etwas Wunderbares heraus, etwas was groß und glänzend war. Sie liebte dieses wunderbare Teil, was für sie schon fast wie ein kleiner Freund in einsamen Stunden geworden ist. Früher hatte sie sich immer mit der Hand befriedigt, bis sie sich eines Tages diesen kleinen, handlichen Vibrator kaufte.

Es dauerte damals nicht lange, bis sie herausfand, an welchen Stellen ihr der kleine Max, der in Wahrheit eine beachtliche Größe hatte, die höchste Lust bereitete. Sie füllte ihr leeres Glas noch einmal auf und nahm einen genüsslichen Schluck. Normalerweise trank sie selten Alkohol und so spürte sie die Wirkung des Sekts natürlich schon sehr. Ihr erschien gerade alles so wunderschön, so leicht und unkompliziert. Sie setzte sich bequem aufs Bett und gerade als sie ihren kleinen Freund anstellte hörte sie den Eingang einer SMS.

«Ich bin hier im Hotel und vermisse dich sehr. Wäre jetzt gerne mit dir, in unserem zuhause. Mit Alicia ist es vorbei.», las sie die Nachricht von Antonia.

Bianca schaute zuerst etwas überrascht, aber dann wunderte es sie irgendwie auch gar nicht, dass das Verhältnis zu Alicia auseinander gegangen war. Während sie mit dem Dildo über ihre, schon wieder feuchte Muschi strich überlegte sie, ob sie überhaupt und wenn ja, was sie Antonia antworten sollte.

Die Vibrationen von Max zeigten Wirkung und sie wurde immer erregter. Das alles, in Kombination mit dem Alkohol war wahrscheinlich auch der Grund, warum sie sich überhaupt entschloss, auf diese Nachricht zu antworten. Sie ließ Max noch einen Augenblick um ihre Klitoris kreisen und genoss dieses wunderbare Gefühl sowie diese kribbelnde Lust. Dann aber legte sie ihn erst mal beiseite, bevor sich noch ein Orgasmus ankündigen konnte. Sie nahm ihr Handy zur Hand und tippte ebenfalls eine Nachricht ein.

«Ich bin auch im Hotelzimmer und verwöhne gerade meine nasse Lustspalte.»

Es dauert nur einen Moment bis sich Antonias Antwort ankündigte. «Wie verwöhnst du denn gerade deine kleine Muschi? Deine Liebesgrotte vermisse ich übrigens auch sehr.»

Bianca streichelte über ihren Kitzler. Sie hatte die Möglichkeit über ihr Handy auch Sprachnachrichten zu verschicken und das war viel bequemer, als diese Tipperei. Auch dieses Spiel war neu für sie und es machte sie scharf, sehr scharf sogar. Sie setzte sich im Schneidersitz hin drückte sich ein großes Kissen in den Rücken und ließ Max immer wieder mal über ihren Kitzler gleiten. Mit der anderen Hand nahm sie dann ihr Handy, schaltete die Sprachaufnahme ein und legte es neben sich.

«Hallo, das hier ist eine Nachricht, von einer nassen, nein tropfenden Muschi. Du willst wissen, wie ich gerade verwöhnt werde? Kannst du es hören? Das Summen des kleinen Dildos. Ohhhh, gerade spüre ich die vibrierende Dildospitze ... wie sie ganz zart meinen Kitzler stimuliert .... ahhhhh und das tut soooooo gut.»

Bianca stoppte die Sprachaufnahme und drückte auf Senden. Zulange sollten die Sprachnachrichten ja auch nicht sein. Dann stimulierte sie mit dem Dildo ihren Kitzler weiter. Sie musste zwischendurch immer mal wieder aufhören, sie wollte das Spiel so lange wie möglich hinauszögern. Ganz kurz danach kam eine Sprachnachricht von Antonia zurück. Während sie die Nachricht anhörte, spreizte sie ihre Beine noch etwas weiter und massierte ihre Schamlippen. Sie zupfte und zog die kleinen Schamlippen so, wie das Soraya vorhin bei ihr machte.

«Hallo Bianca, so offen und sexuell aktiv kenne ich dich ja gar nicht. Aber ganz ehrlich, diese lüsterne Art gefällt mir an dir, du kleines geiles Luder. Wenn ich jetzt könnte wie ich wollte, würde ich dir gerne wieder zeigen, wo es lang geht. Und ich weiß, dass du genau das auch willst. Ich fühle, wie nass du gerade bist.

Ich rieche deine Erregung und es macht mir scharf, sehr scharf. Wenn du morgen wieder zuhause bist, dann will ich, dass du mir zeigst, wie du dich mit dem Vibrator selbst verwöhnst. Also bis morgen.»

Bianca hörte sich diese Nachricht ein zweites und sogar drittes Mal an und sie wurde wütend. Hatte Antonia da eben tatsächlich wieder ihre dominante und über sie bestimmende Art raushängen lassen? Hat sie nichts dazu gelernt? Nein, sie hat nichts, aber auch rein gar nichts verstanden. In diesem Moment erlosch alles, was vielleicht noch ein ganz klein wenig gelodert hätte. Endgültig!

Bianca schickte keine erneute Sprachnachricht mehr. Sie beschloss, viel lieber den kleinen Max spüren zu wollen. Ausgestreckt lag sie auf dem Bett. Max kreiste vibrierend um ihren Kitzler und dann konnte sie sich nicht mehr zurückhalten. Sie schaltete ihn auf die höchste Vibrationsstufe und ließ ihn tief in ihrer Gletscherspalte verschwinden. Erst sehr langsam und vorsichtig, dann aber immer schneller. Mit der anderen Hand rieb sie wie wild an ihrem Kitzler. Sie stöhnte, rieb sich und versank in einem völligen Rausch der Ekstase. Ein wahnsinnig starker Orgasmus der ganz besonderen Art überkam sie. Ihr Becken zuckte wild und es dauerte eine ganze Ewigkeit, bis sich ihr Körper wieder beruhigte.

Soviel Sex wie heute hatte sie die gesamten letzten Monate nicht. Aber das Erlebte gefiel ihr und sie wusste, dass sie auf dies alles nicht mehr verzichten wolle. Sie griff zwischen ihre Schenkel, um Max aus seiner heißen Höhle zu befreien. Doch dann kam ihr eine Idee. Sie schaltete die Vibration auf kleinste Stufe und bewegte den kleinen Dildo ein paar Mal vor und zurück. Ziemlich weit drinnen ließ sie ihn in genau dieser Position stecken. Sie nahm ihr Handy, positionierte es direkt vor ihrer Lustgrotte und drückte auf den Auslöser. Das Bild war einfach nur genial. Nicht nur die Qualität war super scharf, auch der Anblick. Jeder einzelne Lusttropfen war zu erkennen und dieses, fast schon kleine Kunstwerke machte Lust auf mehr. Während sie ganz zart über ihren Venushügel strich, schickte sie das Bild an Antonia. Es war der letzte Kontakt mit ihr.

«Meine Muschi wünscht dir eine gute Nacht und bedankt sich bei dir für all die aufregende Stunden. Nun ist es allerdings endgültig vorbei. Es gibt keine gemeinsame Zukunft mehr. Das ist meine letzte Ansage. Akzeptiere es und lasse mich nun endgültig in Ruhe. Viel Erfolg und alles Gute für deine Zukunft, wünscht dir eine gerade immer noch ausgefüllte, sehr glückliche erschöpfte Lustgrotte.»

Biancas Kopfkino begann anzulaufen und sie stellte sich vor, was Antonia tun würde, sobald sie ihre Nachricht mit diesem hocherotischen Foto geöffnet hatte. Sie selbst hatte immer noch den Dildo in ihrer Muschi und diese ganz leichten Vibrationen zu spüren, war einfach überwältigend. Mit einem Lächeln befreite sie Max aber dann aus ihrer befriedigten Höhle und legte ihn beiseite.

Anschließend löschte sie Antonias Nummer aus ihrem Handy. Es war ein Löschvorgang für immer. In Gedanken an eine neue Zukunft schlief sie glücklich und ein wenig erschöpft ein.

„Warum bist du denn gestern Abend nicht mehr heruntergekommen?" fragte Lola beim Frühstück.

„Ich war irgendwie zu müde und hatte dann auch keine Lust mehr", antwortete Bianca, während sie sich einen Kaffee einschenkte. „Sind die Models denn alle schon weg?"

„Ja. Sie sind nach der Party direkt nach Hause gefahren."

„Schade, ich hätte mich gerne noch von ihnen verabschiedet."

„Von allen oder nur von Soraya?" Lola lächelte.

„Wie kommst du darauf, dass ich mich speziell von Soraya verabschieden wollte?" Bianca zog ihre Augenbrauen leicht nach oben und fragte sich, ob Soraya den anderen von ihrem

Erlebnis erzählt hatte.

„Weißt du Bianca, ich kenne Soraya nun schon so viele Jahre. Ich habe gesehen, wie sie kurz nach dir die Party verlassen hatte und ich habe sie gesehen, wie sie erst nach einer ziemlich langen Zeit wiederkam. Da du nicht mehr gekommen bist, konnte ich mir an zehn Fingern abzählen, dass Soraya bei dir war. Und da ich sie kenne, konnte ich mir auch gut vorstellen, was bei euch beiden da oben passiert war."

„Hat Soraya etwas erzählt?" wollte Bianca wissen.

„Nein, das würde sie nie tun. Aber das brauchte sie auch gar nicht. Ihre glänzenden Augen haben alles verraten. Hast du es wenigstens genossen?"

„Genossen? Das ist noch weit untertrieben. Es war eine der schärfsten Nummern, die ich bisher überhaupt erleben durfte."

„Ja, Sex mit einer Frau hat schon was." Lola lächelte und insgeheim wünschte sie sich, dass auch sie Bianca einmal intensiv spüren und schmecken dürfte. Aber sie waren Freundinnen seit Kindertagen und sie war sich nicht sicher, ob Bianca das auch wollte. Ihre Freundschaft war ihr aber viel zu wichtig, um diese nur wegen der Lust aufs Spiel zu setzen.

„Ohh ja, der Sex mit ihr war echt atemberaubend. Ihre feuchte Muschi so nah vor mir zu haben, sie zu fühlen und schmecken zu dürfen ... Wahnsinn. Kein Wunder sind Männer so happy, wenn sie an uns Frauen naschen dürfen."

Lola musste lachen. „Ja, den Männern wird da schon was Genussvolles geboten."

Bianca nickte und musste sogar etwas lächeln bei dem Gedanken, dass sie Antonia ja zum Abschluss noch dieses wunderbare Bild geschickt hatte. Sie war sich sicher, dass es ihr gefiel. Dann begaben sie sich zur Rezeption.

„Frau Baumann?" Bianca nickte. „Diese Nachricht wurde für Sie heute Morgen hinterlassen." Die Rezeptionistin übergab ihr einen Umschlag. Bianca dankte, öffnete ihn und schmunzelte.

„Warum schmunzelst du? Eine Nachricht von Antonia?"

„Vergessen wir bitte ab sofort Antonia, ja? Es ist endgültig aus mit ihr, okay!"

Lola verstand im Moment diese bestimmende Aussage nicht. Aber sie war froh darüber, dass dieses Kapitel nun endgültig erledigt war.

„Es ist eine Nachricht von Magnus", klärte Bianca weiter auf.

„Von Magnus?" Lola war erstaunt.

„Ja, er würde sich freuen, wenn wir unseren Kontakt aufrechthalten könnten und hat mir seine Adresse und Telefonnummer aufgeschrieben".

„Na ja, das war ja auch ein ganz sympathischer Mann, das muss man einfach mal festhalten", kommentierte Lola, während sie ihre Koffer zum Auto schleppte.

„Stimmt, das ist er. Er fragt übrigens, ob ich nicht Lust hätte, mit ihm und Benny zusammen, auf seiner Almhütte Silvester zu feiern?"

„Ohhh, wie genial. Was wirst du tun?"

„Keine Ahnung. Jetzt will ich erst einmal zuhause ankommen und morgen damit anfangen, alle meine Bilder zu entwickeln. Dann schauen wir weiter. Es ist ja auch noch etwas Zeit bis Silvester." Bianca freute sich über die Einladung und war auch nicht abgeneigt, diese anzunehmen.

Die Fahrt verlief relativ ruhig, jeder hing seinen Gedanken nach.

„Möchtest du noch mit zu mir kommen oder soll ich dich gleich nach Hause fahren?" Lola hoffte, dass Bianca die Nacht noch bei ihr bleiben würde. Sie hatte so ein großes Verlangen nach ihr, so eine unbändige Lust sie überall zu verwöhnen, aber Biancas Antwort viel leider anders aus.

„Ich wäre dir sehr dankbar, wenn du mich gleich nach Hause fahren würdest. Die drei Tage waren doch sehr anstrengend und ich würde mich jetzt gerne etwas ausruhen. Ist das okay für dich?"

„Na klar, mache dir mal darüber keine Gedanken", antwortete
Lola, konnte ihre Enttäuschung aber nicht so ganz verbergen.
Nur kurze Zeit später stand Bianca vor ihrer Haustür, winkte Lola
noch mal zu und atmete tief durch. Dann schloss sie die Türe
auf, stellte ihre Taschen in die Ecke und setzte sich erschöpft auf
die Treppe. Drei Tage in denen sie soviel erlebte, drei Tage die
ihr ganzes Leben auf den Kopf stellten. Sie wollte sich nun aber
keine Gedanken mehr machen. Sie war frei und sie war offen für
alles was kommen würde, in ihrer neuen Zukunft.

Kapitel 8

Die letzten Tage waren wie immer hektisch und nach solch
einer Modenschau sowieso. Die Werbeabteilung plante eine
neue Kampagne und dazu mussten die Bilder schnellstens
entwickelt werden. Bianca kam gar nicht mehr zum Überlegen.
Jede Minute wollte irgendjemand anderes etwas von ihr und so
vergingen die letzten Tage auch wie im Flug. Kein Abend, wo
sie nicht vor Erschöpfung ins Bett fiel und sofort eingeschlafen
war. Und auch der heutige Tag war mit Stress gekennzeichnet.
Noch eine halbe Stunde und sie hatte Feierabend.
„Bianca, du sollst bitte zur Chefin kommen" kam es unüberhörbar
aus dem Nebenraum.
„Gleich?"
„Hat unsere Chefin schon jemals Lust gehabt auf irgendetwas,
oder auf irgendjemanden zu warten?"
„Stimmt. Die Frage hätte ich mir schenken können", sagte
Bianca, als sie an Rosalie vorbei ging. Rosalie grinste nur.
Was wollte Frau Dr. Winter von ihr, fragte sich Bianca auf dem
Weg zur Chefetage. Über die Erfahrungen und Eindrücke von der
Modenschau zu berichten, war Lolas Aufgabe. Ihre gemachten
Bilder hatte Frau Dr. Winter bereits genehmigt und sie lagen der
Werbeabteilung ja auch alle schon vor. Also konnte es nichts mit
ihrer Arbeit zu tun haben. Doch dann fiel Bianca wieder Frau
Dr. Winters Weihnachtsgeschenk ein, erotische Fotos für ihren
Ehemann. Stimmt, diese Aufnahmen sollte sie ja machen. Das
hatte sie in dem Trubel ganz vergessen.
Nur wenige Minuten später stand Bianca ihrer Chefin gegenüber.
Sie trug eine enge Reiterhose und dazu ein sportliches Poloshirt.
„Entschuldigen Sie bitte meinen Aufzug Bianca, aber ich gehe
gleich noch zum Reiten" kam es emotionslos während Frau Dr.
Winter ihr kurz die Hand reichte.
„Ohh, Sie haben Pferde? Wie genial, ich liebe Pferde."

146

„Ja, Pferde sind etwas wunderschönes, und mit dem Reiten kann man etwas dafür tun, damit der Körper in Form bleibt. Setzen Sie sich bitte." Frau Dr. Winter war, gegenüber dem letzten Mal ungewohnt kühl und Bianca wusste gerade nicht, wie sie dieses Verhalten deuten sollte. Doch das würde sie gleich erfahren.

„Warum ich Sie zu mir bestellt habe, sind ihre Bilder von der Modenschau."

„Meine Bilder? Was ist mit ihnen? Ich dachte Sie hätten diese schon genehmigt." Bianca wurde unsicher.

„Ja, aber nicht alle. Bitte erklären Sie mir dieses Foto hier", bat Frau Dr. Winter, während sie Bianca eine Großaufnahme zeigte. Bianca hatte das Gefühl im Boden versinken zu müssen. Das Bild zeigte als Nahaufnahme eindeutig Soraya, die gerade dabei war, die nasse Muschi von Susi zu lecken. Wie kam dieses Bild in Frau Dr. Winters Hände? Sie hatte doch so darauf geachtet, diese „besonderen" Negative in einer anderen Datei abzuspeichern. Und außerdem hatte sie doch alle Bilder vor der Weitergabe an ihre Chefin nochmals kontrolliert. Hatte sie dabei wirklich eins übersehen? Bianca wusste nicht was sie sagen sollte. Ihr war das alles mehr als nur peinlich und insgeheim rechnete sie damit, gleich die Kündigung zu bekommen.

„Ich weiß nicht, ... wie ich Ihnen das erklären soll, Frau Dr. Winter?"

„Haben Sie noch mehr von diesen Fotos?" kam es in einem Tonfall, der geschäftlicher nicht hätte sein können.

Bianca nickte verschämt. „Ja auf meinem Laptop."

„Okay. Sie waren auf einem Geschäftstermin und haben solche Fotos gemacht, die nichts mit unserer Mode zu tun haben. Ich möchte, dass Sie mir diese Aufnahmen aushändigen und zwar alle, bevor diese noch irgendjemand anderes in die Hände bekommt und vielleicht anfängt uns damit zu erpressen."

„Selbstverständlich. Ich lasse Ihnen die Datei gleich zukommen."

„Nein, auf keinen Fall, das wäre viel zu unsicher." Frau Dr.

Winter war bestimmend und zeigte sich erneut als die strenge, unnachgiebige Chefin, die keine Einwände duldete.

„Sie kommen morgen zu mir nach Hause, mit ihrem Laptop und ihrer Kamera, worauf die Bilder wahrscheinlich auch noch sind. Dann werden wir die Aufnahmen löschen. Mein Mann fährt morgen früh zu einer 2-tägigen Geschäftsreise und wird so nicht da sein. Er braucht von ihrer unglaublichen Aktion nichts zu wissen."

„Ja", war die einzige Antwort, die Bianca geben konnte.

„Dann sehen wir uns morgen, um 15:00 Uhr bei mir zuhause. Ich bin schwer enttäuscht von Ihnen, Bianca."

Gerade als Bianca noch etwas zu ihrer Entschuldigung sagen wollte, kam Frau Dr. Winters Sekretärin mit der Postmappe rein. Mit einem bedrückten Nicken verabschiedete sie sich und ging wie benommen in ihr Büro zurück.

Rosalie war schon gegangen und das Büro war leer. Bianca war verzweifelt. Warum hatte sie nicht besser aufgepasst? Warum hatte sie sich überhaupt zu diesen Aufnahmen hinreißen lassen? Sie nahm ihr Handy zur Hand. Lola war die Einzige, die ihr jetzt weiterhelfen konnte, die ihr sagen würde, was sie nun tun muß. Doch Bianca zögerte einen Moment. Sie wählte Lolas Nummer nicht an. „Du hast dir die Suppe selbst eingebrockt und deshalb wirst du diese auch selbst wieder auslöffeln", sagte sie leise zu sich selbst. Dann packte auch sie ihre Sachen, nahm ihren Laptop und fuhr nach Hause.

Pünktlich fünf Minuten vor 15:00 Uhr stand Bianca vor dem großen eisernen Tor der Unternehmervilla. Sie drückte auf die Klingel und nur wenig später öffnete sich das Tor. Sie ging langsam die große Auffahrt entlang. Die Schönheit des großen Gartens, der unter einer weißen Schneedecke lag, nahm sie nicht wahr. Ihr ging es nicht gut, sie hatte die ganze Nacht kein Auge zugetan. Im Geist sah sie sich schon wieder in ihrem kleinen

Fotostudio beim Passfotos machen.

Was würde sie erwarten? Das erotische Fotoshooting hatte sie gestern bereits abgehakt. Schade, sie hätte echt Lust darauf gehabt. Aber ihre Chefin war so sauer und enttäuscht von ihr, dass sie sich diese Chance selbst vermasselt hatte. Auf der rechten Seite sah sie einen großen Pferdestall und daneben befand sich ein riesiger Reitplatz.

Bianca war an der großen Haustüre angekommen. Sie drückte auf die Klingel, die eine schöne Melodie auslöste. Kurz darauf wurde die Türe geöffnet.

„Da sind Sie ja. Pünktlich, wie sich das gehört." Die Begrüßung von Frau Dr. Winter war nicht weniger kühl als gestern. Bianca hatte eigentlich eine Hausdame erwartet, aber keinesfalls, dass ihre Chefin persönlich die Tür öffnete.

„Nehmen Sie bitte im Wohnzimmer Platz Bianca" forderte Frau Dr. Winter sie auf während sie zur Treppe rüberging. „Ich bin auch gerade erst heimgekommen und möchte mich gerne noch umziehen. Dann können wir eine Tasse Kaffee zusammen trinken und über alles reden."

„Ja natürlich, sehr gerne." Bianca nahm auf dem Sofa Platz und fand auch hier einen betörend riechenden Lavendelstrauß vor. Dass dies Kunstblumen waren, mit Parfüm besprüht, wusste sie jetzt. Lavendel scheinen auch die Lieblingsblumen ihrer Chefin zu sein, stellte Bianca fest, wagte sich dieses Mal aber nicht, daran zu riechen. Sie wusste, was dieser Geruch bei ihr auslösen würde. Bei diesem gleich folgenden ernsten Gespräch, wollte sich nicht mit einer pochenden Muschi kämpfen. Sie musste sich ablenken, stand auf und schaute sich etwas um.

Pferde spielten hier eine große Rolle. Überall konnte man etwas entdecken, was mit der Reiterei oder dem Pferdesport zu tun hatte. Und dann entdeckte Bianca drei Barhocker, die als Sitz einen Reitersattel hatten. Sie stand auf, ging hinüber und setzte sich auf einen der Hocker, der als Sitzfläche einen schwarzen

Ledersattel hatte. „Wie genial", flüsterte sie leise und bemerkte erst dann, dass ihre Chefin gerade wieder zur Tür hereinkam.

„Gefällt Ihnen dieser Hocker mit solch einem Reitsattel drauf?" fragte Frau Dr. Winter. Sie trug einen schwarzen engen Stift-Rock und dazu eine hellblaue sportliche Bluse.

Bianca schaute ihre Chefin mit einer gewissen Bewunderung in den Augen an. Selbst in ihrer Freizeit war Frau Dr. Winter akkurat gekleidet, stellte sie anerkennend fest.

„Kommen Sie", forderte Frau Dr. Winter Bianca auf, mit ihr in den anliegenden Wintergarten zu gehen.

Bianca war sehr überrascht. Sie sah einen gedeckten Kaffeetisch mit einem Apfelkuchen. Etwas überrascht zog sie die Augenbrauen nach oben, während sie sich an den Tisch setzte. Sie hatte Vorwürfe erwartet, ein Kündigungsgespräch, aber keinesfalls Kaffee und Kuchen. Diese Aktion war für sie mehr als ungewöhnlich.

Es dauerte auch eine ganze Weile, bis Frau Dr. Winter auf das unangenehme Thema mit den Bildern zu sprechen kam.

„So, wie kam es nun zu diesem Bild, Bianca?"

„Hm, wo soll ich da anfangen?" Bianca wollte keinesfalls Lola in die Misere mit hineinziehen.

„Fangen Sie einfach von vorne an und erklären Sie es mir. Wenn ich etwas nicht verstehe, kann ich ja nachfragen."

Bianca nickte, während Frau Dr. Winter aufstand und mit zwei Gläschen und einer eleganten Flasche zurückkam. Ohne Biancas Zustimmung abzuwarten, füllte sie die beiden Gläschen mit einem leckeren Likör. Bianca schmeckte das süßliche Getränk und sie sagte nicht Nein, als Frau Dr. Winter beide Gläschen nochmals füllte.

Es wurde schon leicht düster draußen und es begann zu schneien. Auf dem Tisch brannten einige Kerzen und eine kleine Lampe auf dem Sideboard brachte noch ein klein wenig mehr romantisches Licht, in den sehr gemütlich eingerichteten Raum. Und dann

erzählte Bianca von Anfang an. Sie ließ keine Einzelheit
aus. Es hätte eh keinen Sinn gehabt etwas zu verschweigen.
Mit Ehrlichkeit und Offenheit würde sie wahrscheinlich am
Weitesten kommen. Davon war sie überzeugt. Nach einer halben
Stunde war sie am Ende ihrer Berichterstattung angekommen.
„Ich hatte mir das fast schon so gedacht", antwortete Frau Dr.
Winter mit einem Lächeln, die, ohne Bianca auch nur einmal
zu unterbrechen, aufmerksam zugehört hatte. „Ich kenne unsere
bi-sexuelle, außergewöhnliche Lola schließlich schon sehr, sehr
viele Jahre und ich weiß, wie locker sie mit dem Thema Sex und
Liebe umgeht."
„Dann bekommt Lola kein Ärger?" Bianca hielt kurz die Luft
an.
„Nein, natürlich nicht. Aber die Fotos hätte ich schon gerne,
einfach aus Sicherheitsgründen."
„Ja selbstverständlich", antwortete Bianca, während sie ihren
Laptop anmachte und die Datei aufrief. „Es gibt nur diese eine
Datei hier, da sind alle Bilder drauf. Auf der Kamera hatte ich
die Aufnahmen schon am Montag alle gelöscht."
„Okay, dann zeigen Sie mir bitte mal die Bilder", forderte Frau
Dr. Winter Bianca auf und füllte erneut die Likörgläschen.
„Schließlich muss ich wissen, was wir löschen werden."
Bianca klickte die einzelnen Bilder durch und wünschte sich mit
jeder Sekunde mehr, endlich am Ende der Datei angekommen
zu sein.
„Stopp, was ist denn das hier für ein Bild? Das ist doch kein
Model von uns, oder?" Frau Dr. Winter schaute Bianca fragend
an.
„Nein. Das bin ich selbst. Das ist meine Muschi." Es war das
Bild, was Bianca am letzten Abend an Antonia schickte. Genau
das, wo der kleine Dildo tief in ihrer nassen Spalte steckte.
Frau Dr. Winter schmunzelte. „Sie haben wirklich eine sehr
schöne Muschi und der Dildo da drin, hat Ihnen sicher sehr sehr

151

gut getan oder?"

Bianca nickte errötend und klickte schweigend die weiteren Bilder durch. Sie war froh irgendwann am Ende angekommen zu sein.

„Oha, das war ja eine wirklich tolle Fotosession", kam es lobend von Frau Dr. Winter. „Also dafür, dass Sie noch nie erotische Fotos gemacht haben, ist das allererste Sahne."

„Danke", antwortete Bianca verlegen. „Soll ich die Datei jetzt löschen?"

„Das Bild mit dem Dildo in Ihrer nassen Muschi wäre es schon wert ausgedruckt zu werden. Hm, wirklich sehr schade drum. Okay, bitte löschen Sie die Bilder nun!" Nur wenige Sekunden später war die gesamte Datei gelöscht.

„So und nun vergessen wir den ganzen Vorfall. Diese Bilder hat es niemals gegeben, okay?"

Bianca nickte. „Danke Frau Dr. Winter. Vielen Dank für ihr Verständnis."

„Trotzdem, wissen Sie was? Das Bild mit ihrer nassen Muschi und dem kleinen Dildo da tief in ihrer Höhle, das hat mir von allen Aufnahmen am besten gefallen." Frau Dr. Winter lächelte und Bianca hatte das Gefühl tief rot anzulaufen. „Ich hätte große Lust mal zuzusehen, wie Sie sich mit einem Dildo selbst befriedigen."

„Ähh, hier, jetzt?" Der Alkohol und das Gespräch über ihre Lustgrotte verfehlten die Wirkung nicht. Das Pochen in Biancas Muschi wurde immer stärker.

„Das entscheiden Sie. Ich kann warten, Bianca", flüsterte Frau Dr. Winter mit einem süßen Lächeln.

Bianca wusste nun, dass ihre Bilder keine negativen Konsequenzen für sie haben werden und so löste sich auch langsam ihre Anspannung. Diese verständnisvolle Reaktion machte ihre Chefin noch sympathischer.

„Frau Dr. Winter, darf ich Sie mal etwas fragen?" Der Likör

nahm nun auch die letzte Scheu.

„Was möchten Sie denn wissen?"

„Sind Sie schon mal von einer Frau verwöhnt worden?"

Frau Dr. Winter lächelte. Auch bei ihr blieb der Alkohol nicht ganz ohne Wirkung und so empfand sie diese Frage nicht unbedingt als indiskret. Obwohl sie schon seit sehr vielen Jahren mit ihrem Mann verheiratet war und keine lesbische Veranlagung hatte, hätte sie jetzt pure Lust gehabt, diese rosafarbene Muschi von dem Foto einmal zu berühren. Sie mochte Bianca sehr und als sie erfahren hatte, dass Biancas Beziehung auseinander gegangen war, hatte sie öfter die Fantasien, sich Bianca etwas zu nähern.

„Hm, Sie können Fragen stellen."

Bianca spürte, dass sie mit ihrer Frage viel zu weit gegangen war.

„Entschuldigen Sie bitte meine taktlose Art, Frau Dr. Winter. Ich werde mich jetzt besser verabschieden."

„Nein, es ist schon okay. Oder gefällt es Ihnen bei mir nicht?"

Bianca spürte Frau Dr. Winters Hand auf ihrem Schenkel. „Doch, hier ist es wunderschön", antwortete Bianca wahrheitsgemäß und spürte instinktiv, dass sie bald nicht mehr die Kraft haben würde, sich dem Sog dieser Frau zu entziehen.

„Wissen Sie Bianca, ich bin nicht lesbisch veranlagt. Ich liebe den Sex mit meinem Mann, auch wenn dieser seit ein paar Jahren etwas anders ist. Doch, es ist aber schon sehr viele Jahre her, da habe ich mich einmal auf eine Frau eingelassen."

„Hat es Ihnen gefallen?" Bianca wurde neugierig.

„Ja, es war absolut wunderschön und ich wollte dieses Erlebnis nie missen."

„Würden Sie mir die Geschichte erzählen?" Bianca spürte plötzlich eine wahnsinnige Wärme und ein leichtes Pochen zwischen ihren Beinen.

Frau Dr. Winter nickte und ging hinüber zu der kleinen gemütlichen Sofaecke. Bianca folgte ihr und setzte sich ihr gegenüber, sodass sie in ihre Augen schauen konnte.

„Wie gesagt, es ist schon sehr viele Jahre her. Ich hatte damals einen kleinen Auffahrunfall. Es war nicht der Rede wert, aber die Sache ging vor Gericht. Welche sexuellen Neigungen die Anwältin hatte, die mich damals vertrat, weiß ich bis heute nicht. Sie stand glaube ich auf alles, auf Männlein und Weiblein. Ich hatte damals nur das Gefühl, dass sie viel öfter als notwendig in meinem Büro war, um die Rechtssache durchzusprechen. Irgendwann hatte ich dann den Eindruck, dass sie sich vielleicht sogar ein wenig in mich verliebt hatte und ... es schmeichelte mir, sehr sogar."

„Hat sie ihnen das gesagt, dass sie sich in sie verliebt hatte?"

„Nein, gesagt nicht, aber gezeigt. Mit Blicken und Gesten. Und ich weiß noch sehr genau, dass mich das total antörnte. Diese kleine Lady machte mich neugierig und ich bekam immer mehr Lust auf sie."

Bianca lächelte und nippte an ihrem Likör. Ihr wurde heiß und sie hätte am liebsten ihre Bluse ausgezogen. Aber sie wollte ihre Chefin auch nicht unterbrechen.

„Einen Tag vor der Gerichtsverhandlung kam sie nochmals in mein Büro. Ich hörte ihr gar nicht mehr so richtig zu. Ihre warme Stimme und ihre wunderbaren Kurven machten mich fast verrückt. Ich versuchte ruhig zu bleiben, was schier unmöglich war. Und dann kam sie um den Schreibtisch herum und strich mir über die Haare, hinunter zu meinem Busen. Sie griff ganz langsam in meinen BH und knetete zärtlich meinen Busen. Ich zuckte zurück, obwohl mir ihre Berührungen sehr gefielen. Dann hörten wir Schritte von draußen und sie setzte sich wieder ganz anständig auf ihren Stuhl."

„Das heißt, sie beide hatten keinen Sex in ihrem Büro?"

„Nein. Später, als ich im Bett lag stellte ich mir vor, wie sie meine Haut, wie sie meinen Busen streichelte. Meine Muschi zuckte wild bei diesem Gedanken. Diese Anwältin erregte mich sehr und ich konnte kaum die Verhandlung am nächsten Tag abwarten, wo ich sie wiedersehen würde."

„Sie hatten sich aber auch etwas in sie verliebt oder?" Bianca hatte ihre Bluse mittlerweile aufgeknöpft, ihr wurde heiß bei dieser Erzählung.

„Nein, verliebt war ich nicht. Ich war nur wahnsinnig scharf auf sie und sehr neugierig."

Frau Dr. Winter erregte ihre eigene Erzählung sehr. Sie schob ihren Rock nach oben, ließ ihre rosarote blankrasierte Muschi vorblitzen und strich mal ganz zart über ihre Grotte. Bianca schluckte als sie sah, dass ihre Chefin gar kein Höschen anhatte. Dieser Anblick löste ein so heftiges Pochen in ihrer Muschi aus, dass sie es kaum noch aushalten konnte.

„Am nächsten Tag sah ich meine Anwältin vor Gericht wieder. Wir warteten gemeinsam vor dem Gerichtssaal auf den Aufruf unseres Falles. Sie kam damals mit einem honigsüßen Lächeln auf mich zu, reichte mir die Hand zur Begrüßung und flüsterte mir zu, dass sie unseren gestrigen Termin gerne fortsetzen würde. Ich antworte nicht darauf, sondern schaute sie in diesem Moment nur an, allerdings mit einem Blick, der mein ganzes Verlangen nach ihr zeigte."

Frau Dr. Winter lehnte sich leicht zurück und streichelte ganz zart über ihre nasse Grotte. Dieser Anblick war für Bianca zu viel. Sie öffnete den Reißverschluss ihrer Hose und ließ ihre Hand im Slip verschwinden.

Frau Dr. Winter schmunzelte, als sie sah, wie ihre Erzählung Bianca erregte. „Dann kam der Gerichtsdiener und teilte uns mit, dass unsere Verhandlung um eine Woche verschoben worden wäre, da der Richter einen Kreislaufzusammenbruch hatte."

„Ohh", bedauerte Bianca, ohne die Hand aus ihrem Slip zu nehmen, „dann ist die Dame ja an diesem Tag um den Genuss gekommen, Ihnen zu zeigen, was sie als Anwältin so alles kann."

„Na ja, wie man es nimmt. Als die Gegenpartei weg war, zog sie mich in einen kleinen Besprechungsraum nebenan. In diesem winzigen Raum gab es nur einen Holztisch, der an der Wand stand, zwei Holzstühle und ein Regal mit verstaubten Büchern."

„Aha, jetzt scheint es interessant zu werden." Bianca lächelte und wurde noch unruhiger. Sie war gespannt, was in diesem Raum passieren würde.

„Sie schloss die Türe ab und bat mich darum, dass ich mich auf den Holztisch setzen sollte."

„Und Sie machten das was sie wollte? Einfach so, ohne Gegenwehr?" Bianca war etwas überrascht.

„Ja. Ich weiß auch nicht warum, aber ich war neugierig geworden, was jetzt passieren würde. Ich setzte mich auf den Holztisch und lehnte mich mit dem Rücken an die Wand. Dann zog ich meinen Rock nach oben, stellte meine Beine rechts und links auf die beiden Schemel und spreizte sie. Ich zeigte ihr was ich zu bieten hatte, allerdings noch bedeckt mit meinem weißen, mittlerweile schon sehr feuchten String. Die süße Lady lächelte und schob den String mit einem kleinen festen Ruck zu Seite. Zum Vorschein kam meine glattrasierte klitschnasse Muschi. Sie begann meine Spalte zu fingern, ließ zwei Finger an meinem Eingang immer wieder rein- und rausgleiten und all das in ihrer schwarzen Robe."

Bianca wurde es heiß bei diesen Erzählungen. Sie hatte ihre Bluse ausgezogen, Jeans abgestreift und ließ ihre Finger immer stärker über ihre ebenfalls klitschnasse Muschi gleiten.

Frau Dr. Winters Herz pochte schneller, als sie das rosarote glänzende Prachtstück ihrer Mitarbeiterin direkt vor sich sah.

„Erzählen Sie bitte weiter!" forderte Bianca mit leiser Stimme auf.

„Okay. Sie ließ mich ihre kräftigen Hände spüren, die nun von hinten auf mein Lustzentrum zukamen. Sie knetete meine Pobacken so intensiv, dass ihre Hände einen Abdruck darauf hinterließen. Und dann machte sie etwas, was ich seit dem nie mehr erlebt hatte."

„Was war das?" Bianca saß vor ihrer Chefin, mit weit gespreizten Beinen. Sie rubbelte ihren Kitzler mit völliger Hingabe und es törnte sie nur noch mehr an, als Frau Dr. Winter sie dabei mit einem gierigen Blick beobachtete.

Frau Dr. Winter musste sich räuspern. Biancas rosarote nasse Spalte war fast zu viel für sie. Mit belegter Stimme erzählte sie weiter.

„Auf dem Holztisch stand eine Schale mit Kugelschreibern, Bleistiften, einem Radiergummi und einem Lineal. Die junge Anwältin nahm den großen Radiergummi und rubbelte damit plötzlich über meinen Kitzler, erst zart, dann immer fester. Ich stöhnte so laut, dass sie mir den Mund zuhalten musste."

„Mama mia, den Kitzler rubbeln mit einem Radiergummi."

Bianca bekam glänzende Augen. Aber ihre intensive Vorstellung daran, war der explosive Auslöser für sie. Sie rubbelte noch einmal voller Intensität über ihren Lustknopf , stellte sich vor, dass ihre Finger dieser harte Radiergummi wäre und genoss dann, mit einem lauten Seufzer die Welle eines gigantischen Höhepunktes.

Frau Dr. Winter lächelte, während sie ihre eigene Knospe nur sehr zart massierte. Sie wollte das alles noch etwas länger genießen und machte daher etwas langsamer.

„Komm bitte mal her zu mir", forderte sie Bianca leise auf.

Bianca zog sich nicht wieder an, sondern ging, so nackt wie sie war, zwei Schritte nach vorne und stellte sich breitbeinig vor ihre Chefin hin. Frau Dr. Winter genoss zuerst den wunderbaren Duft dieser nun vor ihr befindlichen Grotte. Dann leckte sie ganz zart über die hervorstehende Lustperle, ohne mit dem Streicheln ihres eigenen Kitzlers aufzuhören. Bianca stellte ein Bein auf das Sofa und spreizte mit den Fingern ihre triefende Spalte noch etwas mehr. Frau Dr. Winters Zungenspiel machte sie fast verrückt und sie bekam ganz weiche Knie.

157

„Warten Sie einen Moment", bat Bianca, als ihr bei einem Blick zur Seite etwas auffiel.

Bianca griff hinüber zum Regal und nahm die Kamera die dort lag. Es war Frau Dr. Winters Kamera.

„Sie wollten doch erotische Fotos für ihren Mann stimmt´s? Erotischer geht es nicht mehr." Bianca lächelte und am Nicken ihrer Chefin konnte sie deren Zustimmung erkennen. Bianca war froh, erst einmal dem lustvollen Zungenspiel entkommen zu sein, sodass sich ihr Kitzler ein klein wenig ausruhen konnte. Aber sie wusste, dass sie auf den nächsten Orgasmus nicht lange warten musste. Sie setzte sich wieder auf ihren Platz, die nasse Muschi ihrer Chefin direkt vor ihren Augen.

„Erzählen Sie weiter. Was hat die kleine Anwältin noch angestellt mit ihnen?"

„Dein Muschi schmeckt wirklich sehr lecker", sagte Frau Dr. Winter und leckte sich verführerisch über ihre Lippen.

„Na also, wenn das so ist, dann dürfen Sie natürlich gerne noch einmal daran naschen", kokettierte Bianca, während sie aufstand und sich wieder, mit einem Bein auf dem Sofa vor ihre Chefin stellte. Mit der Kamera hielt sie deren flinkes Zungenspiel fest. Es törnte sie an, von oben durch die Linse hindurch zu sehen, wie Frau Dr. Winters harte Zungenspitze ihren Kitzler massierte. Doch kurz vor einer erneuten Explosion, schob Bianca ihr Becken zurück und kniete sich vor die gespreizten Beine ihrer Chefin.

„Erzählen Sie mir, wie es mit der kleinen Anwältin weiter ging." Frau Dr. Winter lehnte sich zurück und spreizte ihre Beine noch etwas weiter. Sie wusste, dass die Kamera auf ihre nasse Grotte gerichtet war.

„Ja, die kleine Anwältin hörte plötzlich auf meinen Kitzler mit dem Radiergummi zu rubbeln. Sie gönnte mir den Orgasmus noch nicht."

„Was eine Sadistin", kommentierte Bianca schmunzelt und hielt die Kamera weiter auf die vor ihr liegende rosarote, triefende Spalte.

„Ja, das war diese kleine Anwalts-Lady wirklich. Sie begann plötzlich ganz langsam ihre Robe von oben aufzuknöpfen, griff das Lineal und rieb sich damit über ihre eigene Lustperle."

„Sie meinem mit so einem Lineal wie dieses hier?" fragte Bianca und strich mit einem Lineal, was auf dem kleinen Tisch lag, ganz zart über Frau Dr. Winters Kitzler, ohne die Kameraposition zu verändern.

„Ohhh ja, genau so." Frau Dr. Winter nahm das Lineal und rubbelte selbst weiter. „Mit der anderen Hand, nahm die kleine Anwältin einen der Bleistifte und klopfte, mit der gummiartigen Rückseite über meinen Kitzler. Ab und zu leckte sie auch mal über meine Spalte."

„Sie meinen so?" fragte Bianca und ließ ihre Zungen über den harten Kitzler trommeln. Die Kamera nahm auch diesen Trommelwirbel aus nächster Nähe auf.

„Ahhhh ja, genau so."

„Ohh Frau Dr. Winter, ihr Mann wird begeistert sein, wenn er dieses Video sieht." Bianca war selbst ganz angetan. Der Duft dieser heißen reifen Grotte brachte sie fast um den Verstand.

„Das glaube ich auch", lächelte Frau Dr. Winter und drückte Biancas Kopf fest an ihre Muschi. Bianca verstand die Aufforderung und setzte ihr Verwöhn-Programm mit der Zunge fort. Die Kamera lief auch dabei weiter.

„Wissen Sie Bianca, die kleine Anwältin ließ, während sie meinen Kitzler mit der gummiartigen Rückseite des Bleistiftes bearbeitete ihre schwarze Robe fallen. Ich traute damals meinen Augen nicht. Das Einzige was sie darunter trug, war Nichts. Sie war nackt unter ihrer Robe, komplett nackt."

Bianca stoppte mit ihrem Zungenspiel und hätte fast die Kamera fallen lassen, so perplex war sie. Sie konnte gerade nichts dazu sagen, denn ihre Chefin erzählte direkt weiter.

„Aber dann kam das Unglaubliche. Sie zwirbelte meinen mittlerweile weit hervorstehenden, wahnsinnig großen Kitzler zwischen ihren Fingern und zupfte immer wieder an meinen Schamlippen. Das war dann endgültig zu viel für mich und ich spürte einen gigantischen Orgasmus über mich hereinbrechen. Das war so fantastisch und mein Körper zuckte wie wild. Es brauchte eine ganze Weile bis diese Welle etwas abgeklungen war."

Frau Dr. Winter hatte ihre Augen geschlossen und zupfte ebenfalls an ihren Schamlippen, exakt so, wie sie es eben erzählte und Bianca hatte das Gefühl, als wenn sie genau diese Situation gerade nochmals durchlebte.

Bianca begann nun wieder ganz zart über ihre eigene Knospe zu streicheln, die sich nun genug ausgeruht hatte und wieder bearbeitet werden wollte.

„Haben Sie die Muschi der Anwältin auch mal lecken dürfen"? fragte Bianca neugierig.

Frau Dr. Winter öffnete ihre Augen und schmunzelte.

„Nachdem mein gigantischer Höhepunkt abgeklungen war, setzte sich meine Anwältin, mit einer auffordernden Handbewegung neben mich. Ich verstand dieses Zeichen sofort, setzte mich auf den Schemel vor sie und bearbeitete mit meiner Zunge ihre triefende Muschi. Es war das erste Mal, dass ich die Spalte einer Frau schmeckte, ... und es war einfach nur genial. Die Lady stöhnte laut, sie stöhnte sich in eine Ekstase hinein, es war purer Wahnsinn. Wissen Sie Bianca, ich war zwar immer noch sehr erregt, aber ich war wieder bei Sinnen und ich war neugierig. Deshalb fragte ich die Lady, während ich sie genussvoll leckte, ob sie dem Richter, der heute die Sitzung hätte führen sollen, kurz vorher einen geblasen hatte. Die Anwältin war mittlerweile so geil, dass sie gar nicht mehr klar denken konnte. Ja habe ich, hatte sie damals laut keuchend geantwortet, aber wenn sie gewusst hätte, dass sein Kreislauf ihrem Blowjob nicht stand hält, hätte sie es natürlich gelassen."

Bianca war sprachlos. Eine Anwältin, die sich zu ihren Siegen vögelte. Sie konnte es fast nicht glauben.

„Mir konnte es ja egal sein. Die Nummer mit ihr war auf jeden Fall der absolute Wahnsinn und mit das Beste, was ich sexuell bisher erlebt habe. Ich rubbelte ihr noch ein paar Mal über den Kitzler, zwirbelte ebenfalls ihre Schamlippen, bevor auch sie einen heftigen Orgasmus erlebte. Den Prozess habe ich übrigens eine Woche später gewonnen." Frau Dr. Winter lächelte.

„Das glaube ich jetzt nicht", sagte Bianca kopfschüttelnd. „Was für ein Luder. Ob sie dem Richter wieder einen geblasen hatte?"

„Keine Ahnung. Ich habe sie seitdem nie mehr gesehen und auch nie mehr etwas von ihr gehört."

„Und das war ihre einzige Erfahrung mit einer Frau?" Bianca hatte kurz aufgehört zu filmen.

Frau Dr. Winter nickte. „Ja, ansonsten war ich immer die brave, treue Ehefrau, mit einem eher unspektakulären Liebesleben."

„Wollen wir ihrem Mann noch ein bisschen was bieten?" fragte Bianca keck.

„Was schlagen Sie denn vor?" Frau Dr. Winter streichelte immer noch ihre erregte Spalte. Der Orgasmus war bisher leider ausgeblieben.

„Hat ihr Mann Sie schon einmal gesehen, wenn Sie es sich selbst machen?"

„Ohh Gott, nein. Noch nie. Bianca, Sie meinen doch nicht etwa ...?"

„Doch, genau das meine ich und ich habe auch schon eine Idee. Kommen Sie!"

Bianca war voll in ihrem Element und es störte sie kein wenig, dass sie immer noch absolut nackt war. Sie nahm ihre Chefin an der Hand und führte sie nebenan ins Wohnzimmer, zu den Barhockern mit dem Reitersatteln drauf.

„Lust auf einen außergewöhnlichen Ritt?" fragte Bianca mit

einem Lächeln im Gesicht.

„Sorry, ich verstehe gerade überhaupt nicht, was sie meinen bzw. was ich jetzt machen soll."

Bianca wusste nicht, ob ihre Chefin eben wirklich die Ahnungslose war oder ob sie nur ein provokantes Spiel trieb. Sie entschied sich, das Letztere zu glauben.

„Ganz einfach. Ich filme Sie während Sie einen Striptease hinlegen. Dazu nutzen Sie den Reitersattel und vielleicht auch diese kleine lederne Gerte hier. Die hat übrigens die exakt gleiche Größe, wie mein Vibrator, den Sie vom Bild her ja schon kennen." Bianca lächelte während sie das Teil begutachtete.

„Oha, Respekt", kam es von Frau Dr. Winter theatralisch gespielt. „Die kleine Fotografin weiß ja wirklich, was Männer anmacht und sie scheint an Direktheit nicht zu sparen."

„Ja, für meine Direktheit bin ich bekannt", konterte Bianca keck zurück. „Und jetzt Frau Dr. Winter möchte ich was Anständiges von Ihnen sehen. Komm machen Sie mich an, zeigen Sie mir ihre leckere reife Frucht."

Frau Dr. Winter musste lachen. Sie wusste wie Bianca ihre Models antrieb, und deshalb nahm sie diese frivole Aufforderung auch gar nicht persönlich. Sie bekam Lust auf ein heißes Spiel und war neugierig, wie es sich entwickeln würde. Das Spiel konnte beginnen.

Frau Dr. Winter schob langsam ihren Rock nach oben und spreizte ihre Beine. „Haben Sie nicht Lust meine Muschi zu genießen, dieses Prachtstück hier, was Sie gerade mit zwei großen nassen Lippen anlächelt."

Bianca grinste. „Später Chefin, später! Erst wollen wir doch für ihren Mann ein kleines Weihnachtsgeschenk basteln. Wie sagen Sie in den Sitzungen immer: erst die Arbeit, dann das Vergnügen."

„Sie kleines Luder", zwinkerte Frau Dr. Winter und fuhr sich aufreizend mit den Händen über ihre Schenkel. Sie spreizte leicht die Beine, leckte über ihre Finger und ließ sie aufreizend über ihre Lustperle gleiten.

„Meinen Sie das etwa so, Frau Fotografin?" fragte Frau Dr. Winter mit einem gespielt schüchternen, hilflosen Blick.

Bianca sah, dass Frau Dr. Winter ihren Wunsch nach etwas „Unanständigen" verstanden hatte und es schien ihr Spaß zu machen. Das war Bianca sehr wichtig: Alles ein Kann, kein Muss.

Frau Dr. Winter spürte Biancas Blicke und sie genoss es, wie Bianca sie gerade mit ihren Augen auszog. Allerdings gab es untenherum ja nichts mehr auszuziehen, ihre Muschi lag ja schon völlig blank da. Aufreizend zog sie nun, in einem tollen Striptease auch noch den Rest ihrer Kleidung aus und beugte sich dann, ganz nackt, nach vorne gebeugt über den Reitsattel. Ihren Po streckte sie aufreizend weit nach hinten, sodass Bianca ihre nasse Muschi nun direkt von hinten vor der Kamera hatte.

„Ohhh ja, Sie machen das so richtig gut. Ihr Mann wird begeistert sein."

Frau Dr. Winter drehte sich um, nahm die nur circa fünfzehn Zentimeter kurze, schwarze Ledergerte in die Hand und schob sie langsam an ihrem Bauch entlang, immer weiter nach unten. Biancas Atem wurde schneller und heftiger, aber sie musste sich aufs Filmen konzentrieren. Sie kniete sich direkt vor Frau Winters gespreizten Beinen und nahm das wunderbare nasse Dreieck nun von unten her auf.

Sie sah, wie ihre Chefin einen Fuß auf den Steigbügel stellte und den Lederstab zwischen ihren Schamlippen hindurch gleiten ließ, bevor sie ihn dann gefühlvoll in ihre Muschi einführte. Immer tiefer schob sie sich den Luststab hinein und wurde immer heißer dabei, was man an dem lauten Stöhnen sehen und hören konnte. Sie bewegte ihr Becken vor und zurück und mit jeder Bewegung sah Bianca, wie tief drinnen der Lederstab in dieser nassen Höhle verschwand.

163

Doch dann stoppte Frau Dr. Winter das Spiel und zog den Lederstab ganz langsam wieder aus ihrer Spalte heraus. Aufreizend langsam setzte sie sich nun auf den Reitsattel und rutschte ein paar Mal hin und her. Ihr Lustsaft hinterließ Spuren auf dem Leder, aber das schien ihr gerade egal zu sein. Bianca stellte sich vor sie und zoomte das Bild mit der Kamera heran. Diese rosarote nasse Muschi mit ihren geschwollenen Schamlippen auf dem schwarzen Leder war ein absolut antörnender geiler Anblick.

Frau Dr. Winter spreizte wieder ihre Beine und offenbarte damit einen direkten Blick auf ihre glatt rasierte geile Muschi. Mit der kleinen Ledergerte rieb sie über ihren Kitzler, der schon weit hervor lugte. Sie stöhnte bei dieser außergewöhnlichen Reibung und steckte nun zwei Finger in ihre Vagina. Das gelang ihr mühelos, so nass und glitschig wie ihre Spalte mittlerweile war. Erst langsam, dann immer schneller bewegte sie ihre Finger in ihrer Gletscherspalte hin und her.

Bianca konnte nicht mehr an sich halten. „Sie sind so scharf. Komm, törnen Sie mich weiter an."

Frau Dr. Winters Füße standen rechts und links in den Steigbügeln und so konnte sie sich ein wenig erheben. Die nasse Muschi war nun einige Zentimeter über dem Reitsattel und der Lustsaft tropfte auf das Leder. Sie ließ sich dann wieder nach unten und lehnte sich in dieser Sitzposition nach hinten. Bianca filmte immer noch diese nasse Muschi, die in voller Pracht vor ihr lag. Dann sah sie an der Wand weitere Ledergerten in verschiedenen Größen und Stärken. Sie nahm eine kleine schwarze Ledergerte vom Hacken. Diese war nur geringfügig größer als ihr Dildo Max und strich damit ganz zart über Frau Dr. Winters heiße Grotte. An ihrem Stöhnen konnte man erkennen, wie gut ihr das tat. Mit viel Gefühl ließ sie den ledernen Lustpfahl in der Spalte ihrer Chefin verschwinden, Zentimeter für Zentimeter. Frau Dr. Winter stöhnte laut auf. „Tiefer komm, tiefer", forderte sie

Bianca auf, die dem sehr gerne nachkam. Sofort begann sie den außergewöhnlichen Dildo langsam rein und raus zu bewegen, immer tiefer und tiefer. Als er fast ganz in der nassen Muschi verschwunden war, setzte sich Frau Dr. Winter auf dem Sattel wieder langsam aufrecht hin, und ließ den Lederstab einfach in ihrer nassen Höhle stecken. Sie zitterte vor Geilheit.

Bianca wollte gerade ihre eigene pochende Spalte massieren, als sie Frau Dr. Winters Finger an ihrer nassen Grotte spürte. Bianca drehte sich um, sodass ihre Chefin hinter ihr war. Dann spreizte sie im Stehen ihre Beine. So konnten die fremden Finger von hinten noch besser ihre Schamlippen zupfen. Sie bückte sich nach vorne und legte die Kamera auf den Boden, sodass diese nun problemlos das geile Schauspiel von unten aufnahm Bianca genoss die Handmassage ihrer Chefin in vollen Zügen und konnte ein lautes Stöhnen nicht unterdrücken. Als Frau Dr. Winter begann ihre Schamlippen abwechselnd zu zwirbeln, dachte sie, sie müsse gleich ohnmächtig werden vor Lust.

„Ohhh, Chefin Sie sind ein Naturtalent", stöhnte Bianca laut auf. „Sie hätten es verdient, jeden Tag geleckt zu werden."

Darauf hatte Frau Dr. Winter förmlich gewartet. Sie stieg von dem Sattel ab, nahm Bianca an der Hand und führte sie wieder nach nebenan in den Wintergarten, zu dem überbreiten Sofa. Der schwarze Lederstab steckte noch immer in ihrer Muschi und reizte bei jedem Schritt ihren empfindlichen G-Punkt. Sie legte sich auf den Rücken und spreizte auffordernd ihre Beine. Bianca hatte die Kamera zwar mitgenommen, aber nun beiseite gelegt. Sie kniete sich über Frau Dr. Winters Gesicht, sodass diese ihre nasse Muschi direkt über sich hatte. Mit Genuss sog Frau Dr. Winter den Duft dieser erregten Pflaume ein, während sie Biancas Lippen an ihrer eigenen Grotte spürte. Sie fühlte wie ihre Mitarbeiterin ganz geschmeidig über ihre Muschi leckte, wie sie die Schamlippen zwischen ihre Lippen nahm und wie sie an ihrem Kitzler saugte. Den ledernen Dildo bewegte sie während ihres Zungenspiels langsam hin und her. Ihre nasse Muschi wurde so genussvoll und intensiv bearbeitet, dass sie meinte fast wahnsinnig zu werden.

Und dann spürte auch Bianca etwas Ledernes an ihrer nassen Spalte und sie erinnerte sich an die Gerte, mit der sich ihre Chefin ja ganz am Anfang verwöhnte. Bianca kniete und so hatte ihre Chefin überhaupt kein Problem, den ledernen Dildo in ihre Grotte zu schieben. Ganz langsam und mit viel Gefühl verschwand er in ihrer triefenden Höhle. Mit gleichmäßigen Bewegungen bewegte Frau Dr. Winter ihn vor und zurück. Aus dem Augenwinkel konnte Bianca beobachten, wie ihre Chefin plötzlich die Kamera aufnahm und nun ihr nasses Muschi filmte. Sie positionierte die Kamera direkt vor ihrer Muschi. Das Wissen, dass ihr Muschi gerade in Nahaufnahme gefilmt wird, machte sie extrem scharf. Wild rubbelte Bianca zusätzlich ihren eigenen Kitzler und leckte gleichzeitig Frau Dr. Winters Grotte. Das Stöhnen und Keuchen von beiden Frauen wurde immer stärker und lauter und beide spürten sie, dass es ihnen gleich kommen würde. Die Dildos steckten ganz tief in den beiden Höhlen und die Kitzler standen ebenfalls bei beiden sehr weit hervor.

Sie konnten es kaum noch aushalten, stöhnten immer hemmungsloser und dann kündigte sich bei beiden, im gleichen Moment ein wahnsinnig starker Orgasmus an. Sie ließen sich völlig gehen und jeder rubbelte nun seinen eigenen Kitzler. Das brachte die Muschis zum Überlaufen. Sie konnten sich nicht mehr kontrollieren und gaben sich ihrer Lust völlig hin. Auch nach dem Orgasmus ließen beide den ledernen Dildo noch ein wenig in ihrer Muschi stecken, während sie breitbeinig und erschöpft auf dem Sofa lagen.

„Das war vielleicht eine geile Nummer", flüsterte Bianca und lächelte ihre Chefin an.

„Ja das können Sie laut sagen", erwiderte Frau Dr. Winter mit einem Schmunzeln.

Es dauerte eine ganze Weile bis die Erregung bei beiden abgeklungen war.

„Bleien Sie noch ein wenig?" fragte Frau Dr. Winter und hoffte auf eine positive Antwort ihrer Mitarbeiterin.

„Wenn Sie das wünschen, sehr gerne."

Eine halbe Stunde später saßen sie gemeinsam am Tisch. Sie waren beide wieder angezogen und sichtlich zufrieden sowie absolut befriedigt. Frau Dr. Winter hatte ein paar Häppchen zubereitet und diese ließen sie sich, zusammen mit einem Gläschen Wein schmecken.

„Bianca, wenn Sie möchten, können Sie gerne heute Nacht hierbleiben. Wir haben ein sehr gemütliches Gästezimmer und morgen, nach dem Frühstück, können Sie dann bei Helligkeit sicher nach Hause fahren."

Bianca überlegte einen Moment. Sie war sich unschlüssig, ob Sie diese Einladung annehmen sollte.

„Sie brauchen keine Angst zu haben, dass ich Sie heute Nacht sexuell überfalle", scherzte Frau Dr. Winter, die Biancas Zweifel sah.

„Steht das auf meiner Stirn geschrieben?", lachte Bianca und die Situation entspannte sich zusehends.

„Wenn Sie diese Gedanken gerade hatten, könnte ich es sogar verstehen." Frau Dr. Winter zog fragend ihre Augenbrauen nach oben.

„Na ja weniger, dass Sie mich überfallen könnten, eher, ob sich dieses Spiel wiederholen könnte."

„Ich verstehe", antwortete Frau Dr. Winter mit einem leichten Nicken. „Wissen Sie Bianca, der Sex mit einer Frau ist wirklich schon etwas außerordentliches, vor allem, wenn er so toll ist, wie ich es gerade mit Ihnen erleben durfte."

Bianca war gerührt. Das war ein Lob, was man sehr selten bekommt. „Ich darf das Kompliment aber auch gerne an Sie zurückgeben", antwortete sie mit einem lieben Lächeln.

Frau Dr. Winter schmunzelte, bevor sie weitersprach. „Dennoch, obwohl dieser Sex wirklich toll ist, bevorzuge ich doch eher, einen strammen harten Lustpfahl aus Fleisch und Blut in mir zu spüren."

Bianca nickte. Jeder sollte so lieben, wie er es mag, war ihre Einstellung. „Ihr Mann ist ein richtiger Glückpilz, so jemanden wie Sie zu haben."

„Ja, mein Mann und ich, wir lieben uns sehr. Aber richtigen Sex hatten wir schon lange keinen mehr. Mein Mann hat schon seit vielen Jahren Probleme mit dem Herzen und irgendwann war es soweit, dass sein Penis nicht mehr steif wurde. Er suchte zwar einige Ärzte auf, aber egal was er auch machte, es half nichts. Irgendwann haben wir uns dann damit abgefunden. Am Anfang haben wir auch noch viel zusammen geschmust und er massierte und verwöhnte meine Muschi dann auch sehr gerne mit seinen Fingern und seiner Zunge. Doch so nach und nach bekam er für sich selbst ein Problem mit seiner Impotenz und das Schmusen wurde immer weniger. Seit circa einem Jahr leben wir nur noch wie Bruder und Schwester zusammen und so mache ich es mir halt gelegentlich selbst. Aber ein richtiger Penis steckte bei mir da unten schon lange nicht mehr drin."

„Ohh, das tut mir leid", sagte Bianca und war irritiert über so viel Offenheit.

„Das muss Ihnen nicht Leid tun, Kleines. Das kann im Alter schon vorkommen. Ist ja auch nichts Schlimmes. Mein Mann und ich verstehen uns ansonsten ja auch wirklich wunderbar, traumhaft würde ich fast schon sagen und ich liebe meinen Mann über alles, deshalb käme Fremdgehen für mich auch nicht in Betracht. Aber meine Lustspalte möchte schon gerne, ab und zu wenigstens, etwas Hartes in sich spüren."

„Haben Sie mit ihrem Mann denn mal darüber gesprochen?"

„Ja natürlich, wir sprechen über alles sehr offen. Mein Mann weiß, dass mich das schon etwas belastet. In unserem letzten Gespräch, vor circa einer Wochen sagte er mir, dass er es nicht verkraften würde, wenn er wüsste, dass ich mit einem anderen Mann schlafen würde."

„Etwas egoistisch gedacht oder?" fragte Bianca vorsichtig, die spürte, dass dies ein ganz sensibles Thema war.

„Na ja, verstehen kann ich das schon, wobei die Betonung von ihm ja auf «Mann» lag. Mein Mann sagte mir, dass er überhaupt kein Problem damit hätte, wenn ich mich von einer Frau verwöhnen ließe."

Bianca hörte aufmerksam zu. Sie spürte, dass es für ihre Chefin gerade sehr wichtig war, auch mal mit jemand anderes über dieses Thema sprechen zu können.

„Der Gedanke daran, noch mal von einer Frau verwöhnt zu werden, erregte mich sehr. Noch zu gut hatte ich das damalige Erlebnis mit der Anwältin im Kopf und meine Erregung wuchs von Minute zu Minute mehr."

„War das auch der Auslöser für den Wunsch mit den erotischen Fotos?"

„Ja. Ich überlegte, wie und auch mit wem ich dieses Experiment wagen könnte. Es war ja schon ein Risiko. Tja und Sie waren mir schon lange vorher aufgefallen. Ich mochte Sie vom ersten Tag an seit Sie bei uns sind. Ihr ganzes Wesen, ihre liebevolle und fürsorgliche Art. Und, na ja, ich wusste, dass Sie auf Frauen stehen."

„Aber Lola steht auch auf Frauen und sie kennen sie schon viel länger als mich."

„Ja, Lola ist auch sehr diskret und loyal, aber sie ist nicht mein Typ", lächelte Frau Dr. Winter. „So entschloss ich mich, sie zu fragen, wegen dem erotischen Fotoshooting. Wenn alles gepasst hätte, würde man sich dabei dann eventuell etwas näher kommen. Das war meine Vorstellung. Und dann kam ja auch der Tag, wo ich Sie bat, erotische Fotos von mir zu machen. Allein

169

die Vorstellung daran, hatte mich in unserem Gespräch aber so geil gemacht, dass ich Sie etwas reizen wollte und Ihnen dann meine erregte Pflaume zeigte. Außerdem wollte ich wissen, wie Sie reagieren würden."

Bianca musste lachen. „Der Anblick ihrer glänzenden Muschi damals, hat mich fast um den Verstand gebracht. Wenn Sie in dem Moment ihren Rock nicht wieder runter gemacht hätten, ich weiß nicht, was ich gemacht hätte."

„Na, hätte ich das mal gewusst, dann hätte ich die Beine noch etwas mehr gespreizt." Frau Dr. Winter schmunzelte.

„Sagen Sie, Sex mit einer Frau zu haben, wäre das für Sie kein Fremdgehen?"

„Nein", kam eine sehr klare und bestimmende Antwort.

„Das heißt, Sie haben unsere Nummer vorhin ohne schlechtes Gewissen genossen?"

„Nicht nur ohne schlechtes Gewissen, sondern auch in vollen Zügen." Frau Dr. Winter zwinkerte scherzhaft und sie spürte, dass sie zu Bianca vollstes Vertrauen haben konnte.

„Ich habe es auch sehr genossen, ihre nasse Muschi zu lecken. Sie schmeckt nicht nur wunderbar, sie fühlt sich auch wundervoll weich an. Das Schärfste war allerdings, diesen schwarzen Lederstab in mir zu spüren. Dieses Material, dieses weiche Leder in der nassen Grotte zu fühlen, das war einfach unbeschreiblich geil."

Frau Dr. Winter nickte. „Ja, da muss ich Ihnen recht geben. Das war übrigens auch für mich das erste Mal, solch einen Lederstab in mir zu spüren. Ist schon lustig - da hängen diese Ledergurte bereits seit Jahren hier herum, dass ich da nicht schon viel eher auf die Idee gekommen bin."

Bianca musste lachen. „Wie heißt es so schön: Sieh, das Gute liegt so nah. Du musst das Glück nur ergreifen."

„Das können Sie glauben, dass ich ab heute viel öfter zu diesem schwarzen Glück greifen werde", ulkte Frau Dr. Winter zurück.

Noch lange saßen sie beisammen und unterhielten sich über Gott und die Welt. Sie waren sich einig, dass sie zumindest nach außen hin beim Sie bleiben werden und dass all das was zwischen ihnen war und eventuell noch sein würde ein Geheimnis bleibt. Dann erfuhr Bianca, dass ihre Chefin noch eine jüngere Halbschwester hatte, die in New York lebte und über Weihnachten und Silvester zu Besuch kommen wird.
„Sie freuen sich sehr, ihre Schwester wiederzusehen stimmt´s?"
„Oh ja, ich bin wirklich in voller Vorfreude. Wissen Sie Bianca, wir haben beide zwar die gleiche Mutter, aber nicht den gleichen Vater. Kurz nach meiner Geburt ist mein Vater bei einem Arbeitsunfall gestorben. Ein paar Jahre später lernte meinen Mutter dann einen anderen Mann kennen und lieben und sie sind bis heute sehr glücklich verheiratet. Aus dieser Ehe entstand dann meine kleine Schwester Victoria."
„Wie schön, wenn man so eine Schwester hat, ich bin leider ein Einzelkind."
„Ja so eine Schwester ist schon etwas Tolles. Wir sind immer füreinander da, haben keine Geheimnisse voreinander und wenn die Entfernung nicht so weit wäre, würden wir uns auch persönlich viel öfter sehen. Meine Schwester ist übrigens auch lesbisch."
„Och, was für ein Zufall", lachte Bianca. „Und hoffentlich genauso hübsch und sympathisch wie Sie."
„Das müssen Sie selbst beurteilen. Sie werden Victoria nächsten Samstag an unserer Weihnachtsfeier kennenlernen, danach können Sie mir ja mal sagen, wie Sie Victoria finden."
„Ich bin auf jeden Fall da", bestätigte Bianca. „Ich wurde von ihrem Mann wieder als Fotografin eingeteilt und wenn ich Zeit habe, werde ich ihre Schwester einer intensiven fraulichen Prüfung unterziehen und Ihnen dann berichten."
Beide Frauen lachten sehr herzlich und sie spürten, dass dies der Anfang einer wunderschönen Freundschaft war.

„Wissen Sie was mir gerade einfällt?", sagte Frau Dr. Winter mit rauchiger Stimme. „Vielleicht kann ich ja auch unser Sexleben, mit dem gemachten Video wieder etwas auffrischen. Was meinen Sie?"

„Klar, möglich ist alles."

„Ich würde den Film allerdings etwas bearbeiten und die Parts rausschneiden, wo Sie eindeutig zu erkennen sind. Mein Mann muss nicht wissen, wer mein nasses Muschi heute so schön geleckt hat."

Bianca grinste. „Chefin, wenn Sie noch weiter so erzählen, werde ich wieder ganz fickerisch." Bianca erregte es sehr, wenn ihre Chefin so sprach.

Frau Dr. Winter schmunzelte. Ihr machte es Spaß Bianca etwas anzuheizen.

„Ich werde ganz einfach mit meinem Mann zusammen das Video anschauen. Und dann werde ich den ledernen Lustpfahl aus der Schublade nehmen und damit, vor seinen Augen über meinen Kitzler streicheln."

Bianca stöhnte bei dieser Vorstellung leise auf. „Aber machen Sie nicht die ganze Arbeit alleine. Wenn ihre Pflaume dann so richtig schön nass ist, drücken Sie ihrem Mann den Lederstab in die Hand. Er soll den Lederknüppel in ihre Muschi schieben. Ganz langsam, hin und her und immer tiefer."

Frau Dr. Winter nickte. „Das ist ein guter Vorschlag. So werde ich es machen."

Beide spürten, dass es nun besser war, den Abend zu beenden. Kurz danach löschten Sie das Licht und begaben sich zu Bett. Gerade als Bianca die Treppe nach oben gehen wollte, hörte sie hinter sich ihren Namen. Sie dreht sich um und sah direkt in Frau Dr. Winters glänzende Augen.

„Nehmen Sie das hier mit, damit Sie nicht so alleine sind", hörte sie ihre Chefin sagen, während sie ihr den ledernen schwarzen Lustpfahl in die Hand drückte.

172

Bianca lächelte und sah, dass auch sie einen schwarzen
Lederbolzen in der Hand hielt. Kurz danach hörte man aus zwei
verschiedenen Zimmern nur noch lautes Gestöhne.
Jeder blieb in dieser Nacht in seinem Schlafgemach, aber
beide wussten, dass sie ihre Lust, wann immer sie das wollten
zusammen ausleben können. Ihnen war aber auch bewusst, dass
dieser Nachmittag ebenso ein einmaliges Erlebnis gewesen sein
konnte, was sich nicht mehr wiederholen würde.
Am nächsten Morgen frühstückten sie beide noch lange und
ausgiebig zusammen, bevor Bianca dann sehr glücklich nach
Hause fuhr.

Kapitel 9

„Wow, du siehst ja fantastisch aus", bemerkte Lola anerkennend,
als Bianca die Treppe herunterkam. „Da wird ja so manch einer
Augen machen, wenn er dich so, in diesem festlichen schwarzen
Minikleid sieht."
Bianca wäre bald über ihre Füße gestolpert, weil sie plötzlich
so heftig lachen musste. „Komm Lola, hör auf so ein Zeug zu
erzählen. Das ist das ganz normale «kleine Schwarze», nix
Besonderes."
Heute war die Weihnachtsfeier und Lola half Bianca bei
dem Transport ihrer Fotoausrüstung. Bianca hatte eine sehr
anstrengende Woche hinter sich und ihre Chefin nur einmal,
bei der regelmäßig stattfindenden Sitzung gesehen. Mehr als
ein liebevolles Lächeln konnte sie aber nicht ergattern und so
war ihr sehr schnell klar, dass sich nie eine Beziehung zwischen
ihr und Frau Dr. Winter entwickeln würde. Es war damals
ein einmaliger, aufregender und wunderschöner Nachmittag
bzw. Abend und so sollte sie diesen auch in ihrem Gedächtnis
abspeichern.
Eine Woche war es nun her, wo Frau Dr. Winter ihre Muschi
nach allen Regeln der Kunst verwöhnte und immer, wenn sie
nur daran dachte, fing es in ihrer Muschi an zu jucken. Und sie
dachte oft an dieses Erlebnis. Seit diesem Treffen wurde ihre
Pflaume nicht mehr berührt und das ließ sich ihre Muschi nicht
gefallen und zeigte das auch mit einem starken Pochen und
Ziehen.
Biancas Erregung wuchs die letzten Tage immer mehr und
eigentlich wollte sie es sich am Nachmittag noch etwas
gemütlich machen und sich ein wenig mit ihrer geilen Muschi
beschäftigen. Aber meisten kommt es ja anders als geplant und
aus der Muschi-Massage wurde nichts. So wuchs ihre Erregung
immer mehr. Bianca nahm sich vor, diese Weihnachtsfeier,

ungeachtet dessen, dass sie dort auch etwas arbeiten musste, in vollen Zügen zu genießen. Gott sei Dank waren noch mehrere Fotografen aus dem Konzern eingeteilt, sodass es für keinen der Kollegen stressig werden würde.

Danach, wenn sie wieder zuhause war, würde sie ihre Muschi aber definitiv nach allen Regeln der Kunst verwöhnen. Mit einigen Dildos in verschiedenen Größen, Kamera und noch so einigem mehr. Bei der Vorstellung daran wurde sie auch schon wieder total feucht und vor allem sehr spitz.

„Ich habe das Taxi schon gerufen, es wird gleich da sein", sagte Lola und küsste Bianca zur Begrüßung auf die Wange. Oh ja, sie war stolz auf Bianca und sie genoss ihren Anblick und ihre erotische Ausstrahlung.

„Ja, das mit dem Taxi ist eine gute Idee. Auf unserer Feier fließt sicher wieder einiges an Alkohol und den Führerschein brauchen wir beide."

Bianca ging hinüber zum Tisch um noch ihr Handy zu holen. Als sie es aufnehmen wollte, fiel es ihr aus der Hand. Sie bückte sich und streckte dabei, eher unabsichtlich, ihren prallen, wunderbar geformten Hintern Lola entgegen. Lola sah, dass Bianca, nicht wie sonst eine Strumpfhose trug, sondern halterlose schwarze Strapse, mit viel Spitze. Und da, wo sonst ein Höschen oder zumindest ein String war, kam nichts mehr, außer zwei wunderschöne pralle rosafarbene Schamlippen. Lola ließ Bianca nicht wissen, was sie da gerade hübsches fleischiges gesehen hatte.

Durch das Hupen des Taxis war Bianca abgelenkt und bemerkte so auch nicht, dass sich Lola gerade über ihren Venushügel strich, der allerdings von dem Stoff ihres Abendkleides bedeckt war. Das Kleid hatte sie selbst entworfen, mit der Besonderheit, dass der vordere Bereich einen Reißverschluss hatte. Man konnte somit das Kleid von unten her, je nach Wunsch öffnen und den Schlitz ganz individuell anpassen.

Zehn Minuten Taxifahrt lagen nun normalerweise vor ihnen, aber dichter Schneefall war dafür verantwortlich, dass der Fahrer sehr vorsichtig und langsam fahren musste und sich die Fahrtzeit so sicher verdoppeln würde.

„Komm meine Süße", forderte Lola Bianca auf, „rutsche ein bisschen zu mir, bis es etwas wärmer geworden ist in dem Taxi." Bianca kam der Aufforderung gerne nach. Sie rutschte etwas näher an Lola heran. Der Anblick von Biancas nackter Muschi unter dem Minikleid, machte Lola total verrückt. Sie öffnete von unten den Reißverschluss und kippte den Rock auseinander.

„Heiland, was ist denn das?" fragte Bianca und spielte eine verlegene Lady. Ihre Muschi machte gerade Luftsprünge und zeigte ihrer Besitzerin, dass sie nun endlich bearbeitet werden wollte.

„Nach was sieht es denn aus?"

„Na ja," antwortete Bianca, während sie eine massierende Handbewegung über Lolas Vulva machte, „es fühlt sich nach einer sehr heißen Muschi an, die gerne massiert werden würde?"

„Du lernst ja richtig schnell." Lola musste schmunzelte. Ihr gefiel dieses Spiel. Es machte sie von Sekunde zu Sekunde schärfer.

Bianca sah, wie der Taxifahrer einen Blick in den zweiten Rückspiegel riskierte und diesen dann mit seiner Hand etwas verstellte.

„Was ein Schurke", stellte Bianca fest und wusste in diesem Moment auch, für was dieser zweite Spiegel tatsächlich war. Das Wissen, was sie dem Taxifahrer jetzt bieten könnte machte sie so scharf, dass ihr gerade alles egal war. Ihre Geilheit überstieg ihren Verstand.

Sie legte ihre linke Hand auf Lolas Hügel und begann diesen zart zu massieren. Dann schob sie mit der rechten Hand ihren Rock nach oben. Sie rutschte ein wenig zur Seite bis sie im Spiegel ihre glänzende Muschi sehen konnte. Das sie kein Höschen

anhatte, machte das Spiel natürlich noch viel einfacher. Das
Taxi hielt gerade an einer roten Ampel an und der Fahrer nutzte
die Zeit, um wieder einen Blick in den Rückspiegel zu wagen.
Bianca spreizte ihre Beine so weit wie es möglich war, strich
sich mit dem Finger aufreizend über ihren geschwollenen roten
Kitzler und schaute den Taxifahrer im anderen Spiegel lächelnd
an. Er lächelte zurück, sein Atmen wurde etwas schwerer.
„Bianca, ohh bitte, nicht hier…" sagte Lola, doch Biancas
Hand war bereits in deren Slip verschwunden. Ehe sie weiter
protestieren konnte, fühlte sie zwei von Biancas Finger an ihrer
heißen Grotte. Bianca überkam gerade eine wahnsinnige Lust
und dass Lola ihre beste Freundin war, mit der sie definitiv
keinen Sex haben wollte, war ihr gerade egal. So beugte sie sich
zu Lola hinab, schob deren Slip etwas zur Seite und stülpte ihre
Lippen ganz zart über den ebenfalls schon sehr geschwollenen
Kitzler. Ihre Zunge begann sich kreisend zu bewegen, während
ihre rechte Hand weiterhin ihr eigenes Muschi massierte.
Bianca wusste, dass der Taxifahrer bei jeder Gelegenheit in den
Spiegel schauen würde und er sollte etwas zu sehen bekommen.
Gekonnte zwirbelte und zog sie an ihren Schamlippen. Erst die
eine, dann die andere. Langsam ließ sie zwei Finger in ihrer
Muschi verschwinden und bewegte sie genauso schnell hin und
her, wie sie mit der Zunge über Lolas Kitzler leckte.
„Bianca bitte hör auf..., ohh Gott nein, bitte mach weiter." Bianca
liebkoste den harten Kitzler noch ein wenig, saugte nochmals
zärtlich daran, bevor sie mit einem Lächeln wieder nach oben kam.
„Aufhören, weitermachen - ja was denn nun? Die Lehrstunde
hat doch gerade erst angefangen", erwiderte Bianca mit einem
amüsierten Lächeln.
„Du kleines verdorbenes Luder." Lola grinste. „Aber der Abend
ist ja noch nicht vorbei."
Bianca massierte noch immer ihre geile Muschi und fühlte
die triefende Nässe. Doch sie erkannte sehr schnell, dass jetzt

wirklich nicht der richtige Zeitpunkt war, um ihre Lustgrotte zum Explodieren zu bringen, obwohl ihre Muschi es wirklich mehr als verdient hätte.

Während das Taxi schon langsam vor dem Hoteleingang vorfuhr, nahm Bianca ein Papiertaschentuch aus ihrer Handtasche, tupfte sich unten herum etwas trocken, beugte sich zu dem Fahrer vor und drückte ihm das duftende Papiertaschentuch, mit einem Zwinkern in die Hand. Der Taxifahrer hatte genug Erfahrung mit diesen Situationen und lächelte nur.

„Für den Fall, dass ich Sie heute Nacht wieder abholen soll", sagte er und reichte Bianca im Gegenzug seine Visitenkarte.

Nachdem Bianca zunächst ihre Fotoausrüstung in einem Nebenraum des Hotels abgestellt hatte, betrat auch sie kurze Zeit später den weihnachtlich geschmückten, sehr gemütlichen Festsaal. Mehrere kleine und größere Tische, alle in runder Form, waren mit langen weißen Tischdecken versehen und wunderschön festlich eingedeckt. Im seitlichen Bereich befand sich eine kleine Bühne. Direkt daneben war die Tanzfläche. Drei Musiker spielten bereits eine dezente Hintergrundmusik und mehrere Kellner boten den Gästen kleine Häppchen an.

„Hallo, herzlich willkommen." Herr Dr. Winter und seine Frau kamen freudestrahlend auf Bianca und Lola zu und begrüßten sie sehr herzlich.

„Wow, liebe Bianca, dieses Kleid steht Ihnen ja ganz wunderbar!" sagte Frau Dr. Winter und zwinkerte ihr zu.

Lola musste schmunzeln, war aber auch etwas irritiert. So charmant kannte sie ihre Chefin ja gar nicht.

„Auch Sie sehen wieder zauberhaft aus Lola. Ich vermute mal, dass dieses raffinierte Kleid eine Eigenkomposition ist", bemerkte Frau Dr. Winter mit einem Lächeln, während sie Lola die Hand schüttelte. Lola bedankte sich für das Kompliment, ging dann aber direkt hinüber zu den Models, um sie ebenfalls zu begrüßen.

„Ach, einen Augenblick bitte, Bianca. Süße, würdest du bitte mal kommen", rief Frau Dr. Winter einer schwarzhaarigen Dame zu. Als sie sich umdrehte, auf die Gruppe zukam und Bianca mit einem umwerfenden liebevollen Blick anschaute, hätte sie nie gedacht, dass diese Dame Frau Dr. Winters Schwester war. Vor ihr stand gerade ein Traum von einer Frau! Sie hatte schwarze lange glatte Haare, ein schmales, fast puppenhaftes Gesicht, worin der volle rote Mund besonders gut zur Geltung kam. Sie war etwas größer wie sie selbst, schlank und im tiefen Ausschnitt wölbten sich zwei kleine wohlgeformte süße Brüste. Die erregende Sensation war jedoch, dass diese Frau, die da gerade vor ihr stand dunkelhäutig war.

„Bianca, Sie kennen meine Schwester ja noch nicht. Darf ich vorstellen, meine Schwester Victoria. Victoria, das ist Bianca, unsere beste Fotografin."

„Ohh, das freut mich sehr, Sie endlich einmal kennenlernen zu dürfen, Bianca", kam es mit einer sehr warmen angenehmen Stimme. „Meine Schwester hat mir schon so viel von Ihnen erzählt."

„Die Freude ist ganz meinerseits", stotterte Bianca verlegen und zwang sich zu einem lockeren Lächeln. „Ich hoffe, sie hat nur Positives von mir erzählt", bemerkte sie mit belegter Stimme.

„Ohh ja", lachte Victoria und ihre Augen begannen zu leuchten. Biancas Knie wurden plötzlich weich.

„Meine Schwester hat so geschwärmt von Ihnen. Jetzt, wo ich Sie sehe, kann ich das sogar verstehen", hauchte Victoria. Dabei schaute sie tief in Biancas Augen und beide traf es in diesem Moment wie ein Blitz aus einem wolkenlosen Winterhimmel. Die Anziehungskraft war so stark, dass Bianca Angst hatte, gleich den Boden unter den Füßen zu verlieren. Sie atmete einmal tief ein und aus.

„Geht es dir gut? Ist alles in Ordnung?" fragte Victoria und ging ganz automatisch zum Du über.

„Ja, ja, danke, es ist alles in Ordnung", erwiderte Bianca mit einem kleinen Lächeln. Was machte diese Frau mit ihr? Das Gefühl war so intensiv, dass die Schmetterlinge in ihrem Bauch gerade ein wahres Chaos veranstalteten und ihr Herz klopfte, als sei es ein Dampfhammer. So etwas hatte sie ja noch nie erlebt. Frau Dr. Winter verwickelte ihre Schwester ganz galant in ein Gespräch. Sie sah und spürte, was mit Bianca gerade gefühlsmäßig passierte und wollte ihr so die Möglichkeit geben, sich ein wenig zu fangen. An Victorias glänzenden Augen und dem sich schneller hebenden Brustkorb, konnte sie feststellen, dass sich dieser Gefühlstaumel aber auch bei ihrer Schwester bemerkbar machte. Die Anziehungskraft der beiden Frauen war so groß, dass sie ernsthaft überlegte, Bianca für heute Abend von ihrer Arbeit als Fotografin freizustellen.

Langsam fand Bianca wieder zu sich und sie nutzte die Möglichkeit Victoria zu begutachten. Erneut stellte sie fest, was für eine wundervolle Frau Victoria war. Sie trug, genauso wie sie, ein sehr gewagtes trägerloses Kleid, wobei der vordere Teil einen sehr kurz Rock zeigte und der hintere Teil mit einem bodenlang Rock versehen war. Das Oberteil war ein Korsett und der tiefe enge Ausschnitt ließ ihre wunderbaren Brüste voll zur Geltung kommen. Der kurze Mini-Rock, der sehr interessante Einblicke gewährte, sowie der ergänzend vorne offenstehende lange Rock, ließen viel Platz für erotische Fantasien.

Bianca konnte sich von dieser dunkelhäutige Dame gar nicht satt sehen. Als sich ihre Blicke erneut, wie zufällig trafen, schenkte Bianca ihr ein sehr liebevolles, zaghaftes Lächeln. Victoria erwiderte das Lächeln mit einem Blick der Begierde und dabei berührte sie ganz dezent ihren Arm. Plötzlich ertappte sich Bianca bei dem Wunsch, dieser Frau näher kommen zu wollen. Sie wollte sie spüren, überall. Zu gerne hätte sie aber auch einen Blick unter Victorias Minirock werfen wollen. Sie war neugierig, wie die Muschi von einer dunkelhäutigen Schönheit aussehen würde. Bei dem Gedanken daran, spürte Bianca eine aufkommende Feuchtigkeit zwischen ihren Beinen. Sie lächelte und begann dieses erregende Gefühl zu genießen.

Victoria schien Biancas Gedanken, wie eine Nachricht auf der Stirn lesen zu können. „Bianca, darf ich mal raten, was du gerade denkst", fragte sie überaus leise.

Bianca nickte verlegen, sie fühlte sich ertappt.

Victoria beugte sich etwas vor. „Du würdest jetzt wahnsinnig gerne einmal meine Muschi sehen, stimmt's?"

Bianca musste schlucken. Sie war irritiert über so viel Offenheit, was aber in der Familie Winter eine Eigenschaft zu sein schien.

Bianca schmunzelte ein wenig, bevor sie zaghaft nickte.

„Du bist mir sehr sympathisch Bianca", sagte Victoria mit einem Lächeln, das Bianca fast zum Schmelzen brachte. „Du stehst zu deinen erotischen Gedanken, das ist klasse und es gibt überhaupt keinen Grund sich dafür zu schämen."

Bianca bekam in diesem Moment, außer einem zustimmenden Nicken nichts zustande. War für eine außergewöhnliche Frau, ging es ihr nur durch den Kopf.

„Ich könnte mir vorstellen", flüsterte Victoria, „dass auch du eine wunderbare rosarote Muschi hast, die sicher gerade genauso nass ist wie meine." Victorias Augen leuchteten. Mit einem Zwinkern drehte sie sich anschließend wieder zu ihrer Schwester um und beantwortete brav, die von ihr gestellten Fragen.

Biancas Erregung wuchs, aber sie kam nicht mehr dazu, sich noch weiter mit diesem Thema zu beschäftigen, da Herr Dr. Winter sie aus ihren Gedanken riss.

„Bianca, haben Sie ihre Fotoausrüstung nicht dabei?" fragte er etwas irritiert.

„Doch, natürlich, nur keine Angst. Ich habe sie in einem Nebenraum abgestellt und werde meinen Fotoapparat auch gleich holen. Ich wollte mich nur zuerst einmal umschauen, um einen ersten Eindruck zu bekommen. Es sollen ja auch schöne Bilder werden oder?"

„Ich verlasse mich da ganz auf Sie, Bianca. Ich weiß, dass Sie wunderschöne Bilder machen werden. Aber lassen Sie uns doch zuerst einmal anstoßen", forderte er auf, als gerade ein Kellner mit gefüllten Sektgläsern vorbeiging. Die Vier ließen die Gläser klirren und Frau Dr. Winter konnte Victorias Blick beobachten, den sie Bianca beim Zuprosten zuwarf.

Dann holte Bianca ihren Fotoapparat und mischte sich unter die Gäste. Immer wieder mit einem Blick zu Victoria, die sie förmlich in ihren Bann gezogen hatte, ging sie ihrer Arbeit nach und hielt die Eindrücke fotografisch fest. Die Stimmung war gelöst, die Gäste fühlten sich wohl, was sich auch auf den Bildern zeigte. Bianca war sehr zufrieden mit den bisherigen Ergebnissen.

Die Musiker spielten nun eine etwas gemäßigte Tanzmusik und Bianca konnte Frau Dr. Winter mit ihrem Ehemann, bei einem langsamen Walzer beobachten. Ein wirklich schönes Paar, dachte Bianca so bei sich und beobachtete, wie Herr Dr. Winter immer wieder seine Hand über den Po seiner Ehefrau gleiten ließ. Dann widmete sie sich wieder ihrer Arbeit.

Als sie eine kurze schöpferische Pause einlegte und etwas abseits des ganzen Trubels stand, hörte sie plötzlich Frau Dr. Winters Stimme hinter sich. „Meinem Mann hat das einzigartige Muschi-Video übrigens sehr gutgefallen."

„Hat er ihre Muschi gleich erkannt", fragte Bianca lächelnd, ohne sich umzudrehen. So konnte sie beide beobachten, was vor ihnen passierte und dennoch unbemerkt, die pikante Erzählung genießen.

„Natürlich, hat er meine riesigen Schamlippen sofort erkannt und er wollte wissen, wer diese Aufnahmen gemacht hat. Es machte ihn total geil."

„Sie haben mich aber nicht erwähnt oder?"

„Natürlich nicht. Da ich seine Frage nur dahingehend beantwortet habe, dass es eine Frau war, hat er auch nicht weiter gefragt. Er hat mir gerne mein Geheimnis gelassen."

„Ein sehr kluger Mann", stellte Bianca schmunzelnd fest. „Hat er den Lederbolzen in ihrer nassen Grotte versenken dürfen?"

„Ohh ja und das hat er so wunderbar gemacht. Er schob das Teil immer wieder in meine dunkle Höhle und gleichzeitig leckte er meinen Kitzler. Ich hatte einen Orgasmus, das war ein absoluter Wahnsinn."

„Das freut mich sehr für Sie", sagte Bianca und meinte dies genauso ehrlich, wie sie es fühlte.

„Ich erzählte meinen Mann, dass sich die Fotografin, bei den Aufnahmen, auch so einen ledernen Luststab in ihre rosarote nasse Muschi geschoben hatte."

„Sie haben ihm was erzählt?" Bianca musste schlucken.

„Keine Angst. Ich sagte ihm, dass die Fotografin nicht aus der Gegend hier ist und das hat er mir auch geglaubt. Aber allein die Aussage und Vorstellung daran, sowie den Anblick des ledernen Dildos in meiner Muschi, machten ihn so scharf, dass er doch tatsächlich seit langem wieder einmal eine wahnsinnige Erektion bekam. Und ich durfte dieses fleischige Hammerteil dann in mir spüren. Bianca, es war einfach wunderbar."

Bianca musste lächeln und sie freute sich von Herzen für ihre Chefin.

„Vorhin habe ich ihm dort im Nebenraum einen geblasen und sein Luststab stand wie eine Eins. Gott sei Dank habe ich heute das Höschen weggelassen, so konnte er meine Muschi richtig gut ausfüllen. Wir haben jetzt beide beschlossen, unser Sexleben einfach interessanter zu machen, dann klappt das auch alles wieder."

Nun drehte sich Bianca doch um und schaute in zwei glänzende Augen. „Chefin, ich sehe es an ihren glänzenden Augen, wie gut Ihnen der Sex mit ihrem Mann getan hat. Genießen Sie es, sooft

Sie können." Bianca schmunzelte.

„Ja das werde ich tun. Aber Bianca, unsere Nummer auf dem Reitsattel werde ich trotzdem nie vergessen", sagte Frau Dr. Winter lächelnd, bevor sie sich wieder ihren Gästen widmete.

Das Gespräch eben und der Gedanke daran, wo ihre Chefin auf dem Reitsattel saß und sie die glänzend rosarote nasse Grotte mit der Kamera aufnahm, ließ Biancas Muschi fast explodieren. Sie presste ihre Beine zusammen, um das wilde Pochen etwas einzudämmen, was ihr aber nicht gelang.

Dann war die Zeit gekommen, wo Herr Dr. Winter die Gäste offiziell begrüßte und darum bat, dass alle ihre Plätze einnehmen sollten, damit man das Essen servieren könne. Lolas und Biancas Platz waren an dem Tisch von Herrn Dr. Winter und seiner Frau. Bianca war sich nicht sicher, ob die Platzzuweisung schon von vornherein so war, oder ob Frau Dr. Winter die Platzkarten austauschte. Zumindest saß links von ihr Lola und rechts von ihr Frau Dr. Winter mit ihrem Ehemann als Nachbar. Gegenüber saß Victoria, zu der Bianca nun direkten Blickkontakt hatte. Zwischen den einzelnen Gängen wurden Reden gehalten oder auch mal ein Sketch aufgeführt. So war Bianca als Fotografin mehr gefragt war, als ihr lieb war.

„Nun bleiben Sie aber hier sitzen, Bianca und genießen Sie auch mal dieses leckeres Menü", sagte Herr Dr. Winter und forderte Bianca bestimmend auf, ihren Fotoapparat zur Seite zu legen. Diese Aufforderung kam Bianca gerade recht und sie setzte sich entspannt neben Lola. Die Kellner servierten das Dessert und Bianca war begeistert von diesen hohen, besonders geformten Kelchgläsern, die mit verschiedenen Eisspezialitäten gefüllt waren. Aufgrund der Höhe der Gläser, wurden extra lange Dessertlöffel gereicht.

„Mama Mia, ist das lecker", stöhnte Bianca, verdrehte ihre Augen und leckte sich genüsslich über die Lippen. Lola, Victoria, Herr und Frau Dr. Winter mussten herzlich lachen.

„Bianca, jetzt wissen Sie, woher all meine weiblichen Schokoladenkurven kommen", kommentierte Frau Dr. Winter Biancas kulinarisches Lustgeständnis.

„Aber ich liebe deine weiblichen Kurven", kam es prompt von Herrn Dr. Winter, der seiner Frau zur Bekräftigung noch einen dicken Kuss auf die Wange gab.

Bianca musste herzlich lachen. Was ein sympathischer Mann Herr Dr. Winter doch ist. Es wurde ein wenig gefrotzelt, der eine oder andere zweideutige Witz erzählt und Anekdoten aus der Firma zum Besten gegeben. Bianca fühlte sich sehr wohl und die zwei Gläser Wein, die sie bereits getrunken hatte, machten sie so ganz langsam auch etwas ungehemmter.

Immer wieder ging ihr Blick zu Victoria und sie spürte ein tiefes Verlangen nach dieser Frau. Es war ein Gefühl was sie in dieser Intensität schon lange nicht mehr hatte. Auch Lola blieben diese intensiven Blickkontakte der beiden nicht unbemerkt und sie verspürte eine leichte Eifersucht. Sie kannte Bianca schon zu lange und wusste, was diese dunkelhäutige wunderschöne Frau gerade gefühlsmäßig in ihr auslöste. Aber auch sie empfand für Bianca mehr und wollte jetzt nicht einfach so kampflos aufgeben. Hatte Biancas kleine erotische Versuchung im Taxi gar nichts zu bedeuten? Lola musste es herausfinden.

Sie schaute Bianca von der Seite an und zwinkerte ihr mit einem liebevollen Lächeln zu. Sie bekam große Lust auf sie und wollte das kleine Spiel aus dem Taxi gerne fortsetzen. Langsam ließ sie ihre Hand unter der Tischdecke verschwinden. Ihre Finger berührten eine heiße Grotte und sie war erstaunt, wie feucht diese kleine Muschi war. Bianca zuckte bei Lolas Berührung kurz zusammen. Sie war so überrascht, dass sie im ersten Augenblick selbst nicht wusste ob sie Lolas Hand besser wegschieben oder eher genießen sollte. Sie schloss kurz die Augen und atmete einmal tief ein und aus. So bemerkte sie nicht, dass Victoria, die ahnte dass Lolas flinke Finger gerade an ihrem Döschen herumfummelten, sie mit einem Schmunzeln beobachtete und diese Vorstellung genoss. Doch bevor Bianca sich entschloss, die Hand wegzuschieben, endete dieses Spiel von selbst. Lola musste ihre Hand wieder zurückziehen, da Herr Dr. Winter aufstand, um mit allen anzustoßen.

Unerwartet wurde plötzlich das Licht gedimmt und es folgte auf der Bühne eine weitere kleine schauspielerische Einlage. Bianca ging wieder ihrer fotografischen Arbeit nach und schoss ein paar Bilder. Sie liebte ihren Job und das sah man ihr auch an. Nachdem ihr Herr Dr. Winter aber ein Zeichen gab, setzte sie sich wieder auf ihren Platz. Für heute durfte sie Schluss machen und konnte nun auch diesen Abend in vollen Zügen genießen. Lolas Platz war leer. Sie hatte sich in einen Nebenraum begeben, um mit ihren Models die kleine Modenschau vorzubereiten.

Die Stimmung war hervorragend und die kleine Theatergruppe war immer noch voll in ihrem Element. Sie führten mehrere Stücke auf, mit den Highlights, die in der Firma dieses Jahr alle so passierten. Die Gäste lachten und johlten. Auch Victoria hatte sich mit ihrem Stuhl zur Bühne umgedreht und amüsierte sich prächtig über diese Aufführung.

Plötzlich vernahm Bianca Frau Dr. Winters Stimme an ihrem Ohr. „Wissen Sie, an was ich gerade denke?"

„Nein, sagen Sie es mir!" flüsterte Bianca zurück.

„An das wahnsinnig geile Foto, mit dem Dildo in ihrer tropfenden Muschi, was wir ja leider gelöscht haben."

Bianca schmunzelte und war froh, dass das Licht immer noch so gedimmt war, dass ihr Tisch fast im Dunkeln lag. Raffiniert antwortete sie. „Wünschen Sie eine Fortsetzung, eventuell gleich hier?" Obwohl sie flüsterten, hatte Bianca Angst, dass sie jemand hören konnte. Aber alle am Tisch lauschten sehr angeregt dem kleinen Theaterstück auf der Bühne.

Jetzt musste auch Frau Dr. Winter grinsen. „Ich glaube, ich werde noch einen Augenblick von meinen Fantasien zehren müssen, aber irgendwann komme ich sicher auf ihr Angebot zurück. Obwohl..., so ein bisschen probieren..."

Frau Dr. Winter ließ ihre Hand unter dem Tischtuch verschwinden und streichelte ganz zart über Biancas Oberschenkel.

„Oh Gott! Werden Sie sich wohl benehmen", flüsterte Bianca und schaute herum, ob sie jemand beobachtete. Aber der Tisch lag so günstig, dass niemand etwas sehen konnte.

„Soll ich mich wirklich benehmen?", flüsterte Frau Dr. Winter mit einem Zwinkern und ließ ihre Hand ganz langsam unter ihren Rock wandern. „Sie fühlen sich so angenehm warm an. Wissen Sie, wozu ich jetzt Lust hätte?"

„Reden Sie bitte nicht soviel. Lassen Sie mich lieber ihre Fantasien fühlen." Bianca genoss dieses Verbotene gerade in vollen Zügen. Die Angst, dass sie jemand beobachten oder hören könnte, steigerte die Erregung ins Unermessliche.

Frau Dr. Winter schob gefühlvoll ihre Hand zwischen Biancas Schenkel. Ihre Finger wanderten ganz langsam die Innenseiten entlang, immer weiter nach oben, Stück für Stück. Aber da, wo normalerweise etwas Störendes kommt, kam nichts. Frau Dr. Winter konnte kein Höschen oder Slip fühlen. Und dann lächelte sie, als sie die blanke Muschi mit den zwei warmen fleischigen Schamlippen berührte. Bianca spreizte leicht ihre Schenkel und zwei flinke Finger begannen, die kleine Lustperle zu massieren. Die Streicheleinheiten wurden etwas schneller und auch fester. Biancas Atem wurde schneller.

Und dann ... plötzlich ... spürte Bianca etwas Eiskaltes an ihrer nassen Grotte. Sie hatte das Gefühl, als ob Frau Dr. Winter gerade mit einem Eiswürfel über ihre heiße Lustspalte rieb. Sie zuckte etwas zusammen, wollte abwehren, wollte ihre Schenkel zusammendrücken, aber dafür tat es wieder viel zu gut und so spreizte sie ihre Schenkel sogar noch etwas weiter auseinander. Was war das, was ihr Muschi im Moment fast zum Überlaufen brachte?

„Psst, genießen Sie es einfach!" hörte sie Frau Dr. Winter sagen, die das Feuerwerk unter der Tischdecke erahnte.

„Was ist das?" flüsterte Bianca.

„Es ist die Rundung von dem langen Dessertlöffel."

Bianca stöhnte leicht auf. Das hatte sie noch nie erlebt. Frau Dr. Winter massierte mit der Rundung des Löffels ihren Kitzler. Dann drehte sie den Löffel um und strich mit dem extra langen Stiel ganz zart durch ihre Spalte. Ganz langsam von oben nach unten, immer wieder die gleiche Bewegung. Biancas Atem ging immer schneller. Sie spürte wie ihre Pflaume tropfte.

„Wenn Sie jetzt nicht aufhören, Frau Dr. Winter, bekomme ich gleich hier einen lautstarken Höhepunkt, sodass wir dann sicher beide hochkantig rausfliegen werden", hauchte Bianca ihr ins Ohr und war kurz davor ihren Kitzler selbst noch zu reiben, um den Orgasmus endlich spüren zu können. Ein tosender Applaus beendete das Spiel leider noch vor dem ersehnten Höhepunkt. Frau Dr. Winter schaute bedauernd während sie ganz anständig ihre Hand wieder zum Vorschein brachte. „Irgendwann werden wir das hier noch zu Ende führen" flüsterte sie Bianca lächelnd zu.

„Ich kann es kaum abwarten", flüsterte Bianca, noch immer sehr erregt. Allein der Blick auf diesen langen Löffel, der vor ein paar Minuten noch für einen wahrhaftigen Feuerzauber an ihrer Muschi sorgte, machte sie total spitz.

„Ich mag Sie, Bianca."

„Ich Sie auch, Frau Dr. Winter. Sehr sogar."

Genau in diesem Moment wurde das Licht wieder heller und die Gäste, die teilweise sogar gestanden hatten, nahmen ihre Plätze wieder ein. Die Musikkapelle spielte einen Fox-Trott.

„Entschuldigen Sie mich bitte", sagte Bianca zu den anderen am Tisch während sie sich erhob und dann zur Damentoilette ging. Ihr Körper war total angespannt, die Erregung noch immer nicht abgeklungen. Sie musste sich Erleichterung verschaffen, das

Pochen und Ziehen in ihrer Muschi war kaum noch auszuhalten. Sie stand vor dem Waschtisch, als plötzlich die Türe aufging und Victoria hereinkam. Schnell richtete Bianca ihren Rock und tat so, als ob sie sich gerade die Hände waschen wollte.

„Das war eine schöne Vorstellung", sagte Victoria lächelnd.

„Ja. Dafür hat die Theatergruppe sicher sehr lange geübt."

„Diese Vorstellung meine ich nicht", flüsterte Victoria und stellte sich hinter Bianca. „Ich meinte die kleine Nummer da eben, an unserem Tisch. Hat deine kleine Muschi das Fingerspielchen von Lola genossen oder musste sie leider vor deinem Orgasmus wieder aufhören?"

Im ersten Augenblick war Bianca sprachlos. Aber sie war zunächst erst einmal froh, dass Victoria das Spielchen mit Lola meinte. Was man sich täuschen konnte, denn eigentlich war sie sich so sicher, dass niemand etwas mitbekommen hatte. Aber letztlich war es ja auch egal. Sie war solo und konnte sich verwöhnen lassen, egal von wem, wo, wann und wie. Alles war erlaubt. Das mit ihrer Chefin allerdings soll und wird ein Geheimnis zwischen ihnen beiden bleiben.

„Hm, dein Rock sitzt ja gar nicht richtig", hörte sie Victoria sagen, die immer noch hinter ihr stand.

Sie fühlte, wie Victoria ihren Rock etwas noch oben schob und ihr dabei mit einer Hand ganz zärtlich über die rechte Pobacke streichelte und dann von hinten ihre Muschi fast aus Versehen berührte. Biancas Muschi wusste überhaupt nicht mehr was los war und wollte nun auch endlich explodieren.

Bianca gefiel dieses Spiel und obwohl sie Victoria nicht kannte, hatte sie das Gefühl, als kennen sie sich schon ewig. Ein ungeahntes, sehr vertrautes Gefühl bestand da zwischen ihnen beiden.

„Ja, Lolas Finger haben mich wirklich total geil gemacht. Aber leider hatte die Zeit nicht gelangt und so lechzt meine kleine Muschi nach Erfüllung, wie du gerade fühlen kannst."

Zwischen Biancas Beinen kribbelte es so wild, dass sie im Moment zu allem bereit war. Sie verspürte keinerlei Hemmungen, nur noch ein starkes Verlangen und pure Lust nach dieser Frau, die immer noch hinter ihr stand.

„Komm, stell´ dein Bein bitte auf diese kleine Mauer hier unten", forderte Victoria sie auf, „und dann spreize deine hübschen Schenkel ein wenig."

Bianca schaute in den riesigen Spiegel vor sich. Sie sah sich darin, in voller Größe, und der hochgeschobene Rock gab ihr glattrasiertes Dreieck frei. Die Beleuchtung des großen Spiegels sorgte dafür, dass man alles, aber auch wirklich alles, mehr als gut erkennen konnte. Das künstliche Licht zeigte die Feuchtigkeit, die auf Biancas Lustgrotte lag.

Victoria, immer noch hinter ihr stehend, nahm mit der Fingerspitze ein Lust Tröpfchen von der tropfenden Spalte auf und verteilte es langsam auf Biancas magischem Dreieck. Genüsslich bewegte sie ihre Fingerspitze auf der kleinen festen Knospe ein paar Mal hin und her. Bianca stöhnte leise auf. Victoria wusste genau, dass sie Bianca mit exakt diesen Berührungen gleich zu einem unvergesslichen Höhepunkt bringen konnte und genau das gönnte sie ihr jetzt auch.

„Du verdrehst mir den Kopf, Bianca!", hauchte Victoria. „Deine erotische Ausstrahlung, deine Kurven und Rundungen. So eine Anziehungskraft habe ich noch nie erlebt."

Bianca schaute Victoria durch den Spiegel verführerisch an.

„Mir geht es genauso. Mich hat es getroffen wie ein Blitz, als ich dich vorhin das erste Mal sah."

Victoria küsste Bianca auf den Nacken und ließ ihre Zungenspitze langsam auf und abgleiten. „Komm dreh dich um!" forderte sie Bianca auf. „Jetzt wird deine Muschi das erleben, auf was sie schon so sehnsüchtig gewartet hat."

Bianca drehte sich langsam um und spreizte ihre Beine. Sie spürte Victorias volle warme Lippen auf den ihrigen, was ein irres Gefühl bei ihr auslöste. Ihre Zunge kreiste in ihrem Mund und der heiße Atem verstärkten die Lust nur noch. Der Gedanke daran, dass gleich jemand in die Damentoilette kommen könnte, erregte sie bis ins Extreme.

„Jetzt bekommt deine Muschi ein kleines Feuerwerk", sagte Victoria mit einem Lächeln, ging in die Knie und vergrub ihr Gesicht in Biancas Schoß. Zielsicher fand ihre Zunge den harten Kitzler, leckte die geschwollenen Schamlippen, teilte sie ganz zart und konnte so ihre Nässe schmecken.

Biancas Hände drückten Victorias Kopf fest an ihre Spalte. Sie war kurz davor ohnmächtig zu werden vor Lust. "Oh Gott Victoria, was tust du da? Steh auf! Nein, mach weiter! Es ist so herrlich deine Zunge zu spüren." Ihre Atmung wurde noch schneller und Victorias Zungenmassage noch intensiver. Die harte Zungenspitze massierte mal langsam und dann wieder schnell, aber stets gleichmäßig. „Oh jaaaa, wie herrlich", stöhnte Bianca, während eine gigantische Gefühlswelle ihr Becken durchströmte. Wie wunderbar sich das anfühlte. Bianca genoss es sehr, wie Victoria sie gerade verwöhnte, wie sie es ihr endlich besorgte.

Mit einem Lächeln erhob sich Victoria. Sie küsste Bianca zärtlich auf den Mund und strich dabei voller Zärtlichkeit über ihre Wangen. Es war ein ausdauernder, zärtlicher und sehr leidenschaftlicher Kuss.

„So meine Süße, und nun darfst du dich hinter mich stellen. Du bist doch, seit unserem Kennenlernen, auf etwas ganz Bestimmtes scharf oder?" fragte Victoria mit einem frivolen Lächeln.

Biancas Knie waren immer noch weich wie Butter. Ihre Spalte pochte noch immer, trotz des eben erlebten wahnsinnigen Höhepunktes. Ihr Herz klopfte wie verrückt. Sie wusste, was jetzt kommen würde. Jetzt bekam sie die Möglichkeit Victorias Muschi zu sehen. Wie sie wohl aussehen würde?

191

Bianca stellte sich hinter sie. Sie roch an Victorias Haaren und nahm den betörenden Duft ihres schweren lieblichen Parfüms wahr. Im Spiegel sah sie, wie Victoria ihren Mini-Rock immer weiter nach oben schob. Dann stellte sie, wie sie vorher auch, ein Bein auf die kleine Mauer und spreizte ihre Schenkel ein wenig.

Biancas Blick streifte an diesem dunkelbraunen Körper herunter und blieb an Victorias wundervollem Dreieck hängen. „Madre Mia was ist denn das?", fragte Bianca entzückt, als sie diese glänzende Spalte, in dem hell erleuchteten Spiegel sah.

„Gefällt dir das, was du da siehst?" fragte Victoria und ihr Atem wurde etwas schneller.

„Gefallen? Victoria, ... das ist atemberaubend", kommentierte Bianca diesen Anblick mit rauchiger Stimme. Was sie da sah, war überwältigend und faszinierend. Victoria trug eine seidene weiße Spitzenstrumpfhose, die im Schritt komplett offen war. Alles war bedeckt, nur die nasse Spalte war zu sehen. Ihre dunkle, fast schwarze Muschi bildete zu der dunkelbraunen Haut und der weißen Strumpfhose einen wundervollen Kontrast. Bianca war mehr als angetan und strich mit ihrem Finger ganz zart über Victorias glänzende hellrosafarbene große Knospe, die aus der dunklen Spalte sehr weit hervorlugte.

„Mit solch einer Strumpfhose, die im Schritt offen ist bekommt meine Tropfsteinhöhle immer frische Luft und kann frei atmen" flüsterte Victoria amüsiert, während sie mit den Fingern ihre dunklen wundervoll prallen Schamlippen spreizte.

Bianca genoss das sehr, was sie da in dem Spiegel sehen konnte. Ihre eigene Grotte pochte und pulsierte. Dieser Anblick von Victorias feucht glänzender dunkler Lustgrotte, machte sie fast wahnsinnig. Diese geile nasse Spalte war nicht nur dunkel, sie war fast schon schwarz, fleischig, glattrasiert und einfach nur wunderschön. Diese schwarze reife Frucht mit dem hellroten Kitzler, neben dem weißen Stoff der Strumpfhose herausblitzen zu sehen, war so was von scharf, dass sie ihren Blick gar nicht mehr abwenden konnte.

„Ohh Gott, was hätte ich jetzt Lust diese leckere Frucht zu lecken", sagte Bianca sehr leise zu sich selbst, während sie den Kitzler von Victoria zwischen zwei Fingern leicht zupfte.

Victoria hörte diese Bemerkung sehr genau und es zauberte ein Lächeln auf ihre Lippen. Sie freute sich, dass ihre Muschi bei Bianca so gut ankam und sie genoss es, wie Bianca ihren außergewöhnlich großen und prallen Kitzler gerade so hingebungsvoll zwischen ihren Fingern zwirbelte. Sie beugte sich etwas nach vorne und stützte sich auf dem Waschtisch ab, sodass Bianca ihre nasse Spalte nun von hinten verwöhnen konnte. Ihr Mund war leicht geöffnet und sie stöhnte.

Bianca verstand sofort und heizte sie nun, von hinten so richtig ein. Victoria spürte, wie Bianca nun ganz langsam zwei Finger in ihrer kleinen Lustgrotte verschwinden ließ. Millimeter für Millimeter schoben sich die Finger in ihre schlüpfrige Muschi, bis sie schließlich komplett drinnen waren. Mit ihren Scheidenmuskeln umspannte sie diese sehr fest, immer und immer wieder. Es fühlte sich an, wie ein kleiner Orgasmus. Und dann hielt es Victoria nicht mehr länger aus. Sie brauchte es jetzt, hier und gleich. Der dritte Finger, der plötzlich auch noch dazu kam, steigerte das Gefühl ins Unermessliche. Ihre Grotte fühlte sich nun richtig ausgefüllt an. Ihren mittlerweile weit hervorstehenden Kitzler massierte Victoria ganz gekonnt. Sie rubbelte und zwirbelte ihn abwechselnd, wobei sie ihr Becken ganz rhythmisch vor und zurück sowie nach oben und unten gleiten ließ. Immer wieder und immer schneller, bis ihr ganzer Unterleib bebte und sie von einem heftigen Orgasmus geschüttelt wurde. Es dauerte eine ganze Weile bis das Beben nachließ.

„Oh Gott, war das eine geile Nummer", sagte Victoria leise und erschöpft, während sie sich wieder zu Bianca umdrehte. Sie

193

nahm Biancas Gesicht in ihre zarten Hände und küsste sie erst auf die Stirn und dann ganz zärtlich auf den Mund.

Bianca war wie benommen. „Du machst mich wahnsinnig, Victoria. Ich glaube, ich könnte nie genug von dir bekommen."

„Das wäre sehr schön, wenn es sich so entwickeln würde."

Victoria lächelte und sie war gerade sehr glücklich.

„Du, entschuldige bitte die Frage, aber trägst du, ähh..., stecken da Liebeskugeln in deiner Muschi drin?" Bianca war überrascht, als sie beim Reinstecken ihrer Finger in Victorias Muschi, ein kleines Bändchen am unteren Ausgang fühlte und innen auf einen Widerstand stieß.

Victoria nickte mit einem Schmunzeln. „Ja drei japanische Geisha-Kugeln verwöhnen meine Liebeshöhle immer mal wieder. Hast du auch schon mal das Gefühl solcher Kugeln in dir gespürt?"

„Nein. Ich habe zwar schon einiges darüber gelesen, aber es noch nie ausprobiert", antwortete Bianca ehrlich. Sie kam sich gerade vor, wie eine totale Anfängerin in Bezug auf sexuelle Erfahrungen.

„Das Gefühl ist einmalig und du solltest es wirklich einmal ausprobieren."

Bianca nickte und nahm sich vor, solche Kugeln in jeden Fall einmal zu testen.

„Weißt du Bianca, sobald die Kugeln beim Tragen in Bewegung geraten, zum Beispiel beim Gehen oder auch beim Tanzen, fangen die kleinen Metallkugeln im Inneren an zu rotieren. Dadurch entstehen Vibrationen, die sich dann in meinem ganzen Unterleib ausbreiten und nicht selten erlebe ich einen Orgasmus, ohne meine Spalte überhaupt berührt zu haben."

„Das hört sich sehr aufregend an", sagte Bianca und ihre Vorfreude auf diese Liebeskugeln wuchs.

„Ja, außerdem trainiere ich damit auch meine Scheidenmuskeln sehr intensiv und das spürt man dann natürlich auch oder?"

Victoria konnte sich ein Schmunzeln nicht verkneifen.

„Ohh ja, diese Muskelkraft habe ich an meinen Fingern definitiv spüren können", schmunzelte Bianca ebenso. „Dein Partner oder Partnerin ist wirklich zu beneiden."

„Wenn ich eine Partnerin an meiner Seite hätte, Bianca, dann hätten wir das hier nicht zusammen erlebt. Treue ist für mich sehr wichtig. Da ich aber solo bin, konnte ich diese Nummer mit dir genießen, und ich habe sie genossen." Diese Antwort war kurz, sehr ehrlich und selbsterklärend.

„Dann haben wir beide etwas gemeinsam", lächelte Bianca und bemerkte, dass ihre Muschi schon wieder anfing zu kribbeln. „Auch ich bin solo und habe das eben mit dir sehr genossen, wobei ich noch nie mit einer Frau Sex hatte, die ich gerade erst zwei Stunden vorher kennengelernt habe."

„Das war für mich heute allerdings auch das allererste Mal", gestand Victoria. „Normalerweise lasse ich mir damit Zeit, viel Zeit, aber bei dir, ... ich kann dieses Verlangen ehrlich gesagt nicht erklären."

Bianca nickte, auch sie hatte keine Erklärung hierfür. „Du hast eine solch wunderbare große Muschi, Victoria. Ich kann mich nicht erinnern, dass mich der Anblick eine feuchten Spalte, schon mal so sehr erregt hat. Unglaublich, da bekommt man echt Lust auf mehr."

„Ohh, das freut mich sehr, dass Frau Fotografin Appetit auf meine Muschi bekommen hat", scherzte Victoria leise. „Vielleicht liegt es daran, das meine Grotte so dunkel ist und die Schamlippen so enorm groß sind."

„Das kann sein", stimmte Bianca zu. „Dein fast schwarzes Muschi, diese übergroßen, aber sehr prallen Schamlippen und der große rosarote Kitzler, der übrigens sehr weit heraus kommt, üben einen enormen Reiz auf mich aus." Bianca erinnerte sich an die Muschi ihrer Chefin, die ebenso große Schamlippen hatte. Aber das schien dann ja in der Familie zu liegen. Sie haben zwar unterschiedliche Väter, aber beide die gleiche Mutter.

Victoria lächelte. „Für eine Fortsetzung wäre das hier der falsche Ort, Bianca. Aber vielleicht treffen wir uns ja mal wieder, dann könnten wir uns auch näher kennenlernen und ich könnte dich außerdem in meine, ganz spezielle erotische Welt entführen."

„Hast du Interesse an einem Wiedersehen bzw. daran, mich näher kennenzulernen."

„Ja, sehr sogar", antwortet Victoria spontan und sehr ehrlich.

„Glaubst du an die Liebe auf den ersten Blick?"

„Seid heute ja."

Victoria lächelte und sie freute sich auf eine gemeinsame Zeit mit Bianca.

„Ich habe die nächsten Tage Urlaub. Wenn du magst, könnten wir morgen eine kleine Schneewanderung machen. Was meinst du?" fragte Bianca erwartungsvoll.

„Wahnsinnig gerne."

Bianca spürte intensiv, dass ihr Victorias Nähe jetzt schon mehr als angenehm war. Ihre warme Stimme, ihr Duft und diese sexuelle Anziehung, die sie so intensiv fühlte. Alles das lösten in ihr eine, in der Art noch nicht gekannte Erregung aus. Bianca bekam eine Gänsehaut.

„Frierst du?", fragt Victoria besorgt und Bianca sah ihr liebenswertes Lächeln.

„Nein, ganz im Gegenteil mir ist es gerade wahnsinnig heiß."

„Mir zwar auch, aber ich denke, wir sollten jetzt doch wieder zu unserem Tisch zurückgehen."

Nur wenige Minuten später nahmen die beiden Damen wieder ihren Platz ein.

„Du warst aber lange weg", begrüßte sie Lola wieder.

„Ja, ich weiß. Victoria hat mir ausführlich von ihrem Sportprogramm erzählt."

„Aha. Was treibt sie denn für einen Sport?"

„Hm, es ist so eine Art, nein, eher eine Kombination aus

Ausdauer- und Muskelaufbautraining." Bianca musste etwas grinsen.

„Respekt! Na ja, diese tolle Figur muss ja auch von irgendwo herkommen."

Bevor Bianca darauf noch etwas sagen konnte, kam ein Tusch von der Kapelle. Herr Dr. Winter nahm das Mikrofon und hielt eine kurze Dankesrede. Dann bat er seine Frau mit auf die Bühne.

Nun kam der Zeitpunkt, worauf einige der Mitarbeiter schon sehnlichst gewartet haben, auf die jährlichen Auszeichnungen. Nach und nach wurden Mitarbeiter prämiert und jede Ehrung wurde mit großem Applaus begleitet. Und dann war auch die letzte Auszeichnung übergeben worden.

Herr Dr. Winter bedankte sich bei allen, kündigte dann aber nochmals seine Frau an, die noch etwas mitteilen möchte.

Ein Murmeln und Raunen ging durch den Saal und man spürte, dass sich die lockere Stimmung plötzlich auflud, so wie kurz vor dem Beginn eines Gewitters. Was war es, was die Chefin des Modekonzerns noch mitteilen wollte? Die Spannung wuchs ins Unermessliche.

„Ja meine sehr verehrten Damen und Herren. Ich will Sie auch gar nicht lange auf die Folter spannen. Ein Mitarbeiter oder Mitarbeiterin hat sich die ganzen letzten Jahre sehr verdient gemacht in unserem Unternehmen und deshalb haben mein Mann und ich uns entschlossen, diesem Herrn oder dieser Dame heute die Position des Juniorpartners anzubieten."

Wieder ging ein lautes Murmeln und Raunen durch den Saal und nun spürte man so richtig, wie die Luft knisterte.

„Ja, mein Mann und ich sind sehr glücklich und freuen uns, dass wir ab dem ersten Januar, vorausgesetzt er oder sie nimmt unser Angebot an, einen Partner oder auch Partnerin an unserer Seite haben. Es ist Frau ... oder Herr ..."

Frau Dr. Winter schaute mit einem Lächeln in die Runde, wobei ihre Augen dann bei Lola hängen blieben.

„Es ist unsere langjährige Mitarbeiterin sowie Chefdesignerin, die alle nur mit dem Namen Lola kennen. Lola, kommen Sie doch bitte mal nach vorne."
Es gab von allen einen großen Applaus. Einigen sah man aber auch die Enttäuschung ins Gesicht geschrieben.
„Vielen Dank für den großen Applaus", sagte Lola zu allen Anwesenden, nachdem Herr und Frau Dr. Winter ihr gratuliert hatten. „Natürlich möchte ich mich zunächst erst einmal bei Ihnen, Herr Dr. Winter und auch bei Ihnen Frau Dr. Winter, für ihr Vertrauen bedanken und dafür, dass Sie mich als Juniorpartnerin in ihr großartiges Imperium aufnehmen möchten. Das ist für mich eine wirklich sehr große Ehre. Allerdings muss ich Ihnen etwas sagen ..."
Lola machte eine Pause und man hätte eine Stecknadel fallen hören können. Sie schaute langsam durch den Saal und dann zu Herrn und Frau Dr. Winter.
Bedrückt begann sie mit ihrem nächsten Satz: „Also, was ich Ihnen sagen möchte, liebe Frau Dr. Winter, lieber Herr Dr. Winter, ... natürlich nehme ich Ihr Angebot von ganzen Herzen an." Lola machte einen Freudenschrei und fiel Frau Dr. Winter lachend um den Hals.
Diese Worte wurden mit großer Erleichterung und einem tobenden Applaus aufgenommen. Mit einem großen Beifall begleitet, begab sich Lola wieder zu ihrem Platz. Bianca liefen vor Glück und Rührung die Tränen übers Gesicht und sie fiel Lola um den Hals, als sie wieder an ihrem Tisch ankam.
„Ohh Lola, ich bin so stolz auf dich. Herzlichen Glückwunsch."
Lola kam aber gar nicht dazu irgendetwas darauf zu antworten, da sie nun von allen Seiten belagert wurde, denn jeder wollte ihr nun gratulieren.
Die Musikkapelle begann erneut Tanzmusik zu spielen und schnell war auch die Tanzfläche wieder gefüllt. Bianca suchte Victorias Blick. Als sie sich ansahen, verstanden sich ihre Blicke

sofort und sie wussten die Wünsche zu deuten. Sie trafen sich an der Bar, die sich im hinteren Bereich des Saals befand und hatten so die Möglichkeit sich nun auch ein wenig ungestört zu unterhalten. Lola konnte die beiden beobachten und war zunächst ein wenig traurig, als sie sah, dass Bianca gerade dabei war, sich neu zu verlieben. Doch dann freute sie sich mit ihr. Die tiefe, langjährige Freundschaft zu Bianca war ihr viel zu wichtig, als das sie diese, wegen einer momentanen sexuellen Lust aufs Spiel setzen würde.

Es war schon weit nach Mitternacht, als Bianca beschloss den Heimweg anzutreten. Sie war sehr glücklich, aber auch sehr müde. Frau Dr. Winter und Victoria begleiteten sie noch bis zur Hotelhalle wo bereits der ihr bekannte Taxifahrer wartete.

Fast schon mütterlich strich Frau Dr. Winter ihrer Schwester und Bianca über die Wange. „Bianca, Victoria, ich freue mich für euch zwei, dass ihr euch so gut versteht. Macht das Beste daraus und genießt eure Zeit."

Sie reichte Bianca mit einem Lächeln die Hand und es schien fast so, als wenn zwischen ihnen nichts, aber auch rein gar nichts passiert wäre. Aber am Glanz ihrer Augen sah Bianca, dass Frau Dr. Winters reife Lustgrotte, trotz allem, irgendwann doch noch einmal, von ihrer Zunge verwöhnt werden möchte.

„Vielen Dank für alles", erwiderte Bianca.

Frau Dr. Winter nickte und lächelte. Dann drehte sie sich um und ging zurück in den Ballsaal.

„Meine Schwester und du, ihr versteht euch ja wirklich gut, oder täusche ich mich da?" fragte Victoria.

„Deine Schwester bzw. meine Chefin ist eine sehr kluge und sehr intelligente Frau. Von ihr kann man noch sehr viel lernen. So aber nun fahre ich nach Hause, damit ich dich um acht Uhr pünktlich abholen kann, okay?"

„Ich freue mich sehr drauf", sagte Victoria und küsste Bianca noch mal ganz zärtlich auf ihren Mund.

Wenig später saß Bianca im Taxi. Sie schloss ihre Augen und ließ den gesamten Abend noch mal Revue passieren. Erst die Stimme des Taxifahrers, dass sie am Ziel angekommen sind holte sie aus ihren Träumen. Sie war glücklich und sie freute sich Victoria am nächsten Tag wiederzusehen.

Kapitel 10

Pünktlich war Bianca vor der Unternehmervilla, wo Victoria
schon sehnsüchtig auf sie wartete. Die Begrüßung war herzlich
und gefühlvoll und Biancas Herz klopfte vor Glück. Sie war
froh, nun endlich mal für etwas länger ganz ungestört mit
Victoria sein zu können.
Kurze Zeit später waren sie am Ausgangspunkt ihrer geplanten
Schneewanderung angekommen. Es hatte wieder die ganze
Nacht geschneit und der frisch gefallene Schnee glitzerte wie
Diamanten in der Sonne. Seit dem Morgen strahlte die Sonne
von einem fast wolkenlosen blauen Himmel herab. Victoria
und Bianca gingen zunächst schweigend nebeneinander
her. Jeder hing ein wenig seinen eigenen Gedanken nach.
Obwohl sie kein Wort miteinander wechselten, bestand eine
sehr angenehme, vertraute Stimmung. Beide genossen sie
diese Wanderung im Schnee. Sie waren fasziniert von der
zauberhaften Winterlandschaft und erfreuten sich, an dem vor
ihnen liegenden, märchenhaften Panorama.
„Ist alles okay bei dir, Victoria?" Bianca war besorgt, weil
Victoria so außergewöhnlich still war.
„Ja, es ist alles perfekt. Es ist so wunderschön hier. Ich bin total
fasziniert."
Bianca lächelte. „Das geht jedem so, der ein wenig Sinn für
diese traumhafte Natur hat."
„Gehst du oft wandern hier?", fragte Victoria neugierig.
„Na ja, so oft leider nicht. Ich bin beruflich halt sehr eingespannt."
„Oh ja, das kann ich gut verstehen. Ich kenne die Firma ja mit
all ihren Macken."
„Wie du kennst die Firma?" Bianca war irritiert, musste aber auf
die Antwort noch ein wenig warten.
Sie waren nämlich gerade an der Clausner-Biegung angekommen
und Bianca setzte ihren Rucksack ab.

„So, jetzt ist erst einmal Zeit für einen Kaffee", sagte sie, während sie die Kaffeetassen auspackte.

„Komm lass dir helfen." Bianca lächelte Victoria liebevoll an und reichte ihr die Kaffeekanne.

„Warum kennst du die Firma?" fragte Bianca dann noch mal, während sie vorsichtig einen heißen Schluck nahm.

„Ihr habt doch eine Zweigstelle in New York stimmt´s?" Bianca nickte, verstand aber diese Frage nicht.

„Also, ich leite diese Zweigstelle. Ich bin dort die Geschäftsführerin." Victoria grinste, brach dann aber in lautes Gelächter aus, als sie Biancas total ungläubigen Blick sah.

„Du bist das?" Bianca zog ihre Augenbrauen nach oben. „Ich hab den Namen Victoria Winter noch nie gehört?"

„Das kannst du auch nicht. Ich heiße nicht Winter, sondern Milenton. Unsere Mutter hatte noch einmal geheiratet. Diana stammt aus erster Ehe und ich aus der zweiten, daher auch die unterschiedlichen Nachnamen. "

„Ach so, jetzt verstehe ich." Und dann fiel es Bianca auch wieder ein, dass ihre Chefin das ja auch erzählt hatte.

„Liebst du deinen Job in New York?" fragte Bianca neugierig, während sie die Kaffeeutensilien wieder im Rucksack verstaute.

„Ja, sehr sogar. Wir planen im nächsten Jahr ein großes, internationales Modeevent in Amerika, zusammen mit dem Mutterkonzern. Das wird gigantisch."

„Jetzt kann ich das auch alles zuordnen. Frau Dr. Winter, also deine Schwester hat für Anfang Januar eine Sondersitzung mit allen Führungskräften angesetzt. Da hatte sie schon so etwas anklingen lassen, mit großem Event, international und so."

„Ich weiß", nickte Victoria. „Bei dieser Sitzung werde ich auch dabei sein und es wird dann auch eine Live-Schaltung nach Amerika zu den dortigen Führungskräften geben. Am nächsten Tag werde ich dann, leider aber auch, schon wieder zurückfliegen."

„Lass uns weitergehen, sonst wird es zu spät", schlug Bianca
vor, die nicht an den Tag denken wollte, wo Victoria wieder die
Heimreise antreten wird.

Nach wenigen Minuten war alles wieder verstaut und sie setzten
ihre Wanderung fort. Die Sonne stand bereits am höchsten Punkt
und Bianca bemerkte, dass ihr beider Tempo nun doch schon
erheblich langsamer wurde. Bereits etwas müde kamen sie zu
einer Anhöhe, von wo aus sie einen wundervollen Blick hinunter
ins Tal hatten. Fasziniert blieben sie stehen und genossen
wortlos diesen Ausblick. Sie setzten ihren Weg fort, überquerten
noch eine hölzerne, etwas wacklige Fußgängerbrücke und sahen
dann auch schon die kleine Berghütte vor sich. Am Himmel
zogen bereits die ersten Wolken auf. Die Sonne strahlte aber,
den Wolken fast zum Trotz noch ungehindert durch. Die beiden
betraten den Gastraum der Hütte und wurden auch gleich von
dem Besitzer, dem bärtigen Alois herzlich begrüßt. Wie auf
der Braueralm üblich bekamen sie zuerst einen alkoholfreien
Melissen-Schnaps. Der Gastraum war fast leer, was für einen
Sonntag sehr ungewöhnlich war.

„Komm setzt euch da hinter auf die Eckbank. Da ist es am
gemütlichsten" schlug Alois mit einem Lächeln vor, während er
schon mal nach hinten vor ging.

Bianca setzte sich ins Eck der urigen Holzbank und schaute
zum Fenster hinaus. Sie genoss den atemberaubenden Bergblick
und vergaß in diesem Moment alles um sie herum. Sie genoss
das Hier und Jetzt. Victoria tat ihr gleich und man konnte
förmlich spüren, wie glücklich die beiden waren.

Die Freude war groß als Alois dann das Essen brachte. In guter
Stimmung ließen sich die beiden die deftige Weißwurst mit
Kartoffelsalat sowie anschließend noch einen selbstgemachten
Holunder-Saft schmecken.

„Bereust du eigentlich unser Vergnügen gestern?", fragte Victoria
und hatte etwas Angst vor der Antwort.

Bianca war hin und hergerissen. Sie wollte Victoria nicht anlügen, aber sie konnte ihr doch auch nicht sagen, wie es gerade um sie stand. „Victoria, ich hätte eine ganz große Bitte an dich!", sagte Bianca nach einer Weile.

„Was kann ich für dich tun?", fragte sie besorgt und spürte, dass Bianca etwas mit sich herum trug, was sie sehr belastet. „Weißt du, ich habe erst eine gescheiterte Beziehung hinter mir. Diese Trennung hat mir sehr wehgetan und ich möchte das nicht noch einmal erleben. Das was da gestern zwischen uns war habe ich nicht bereut, ganz im Gegenteil. Aber du fährst bald wieder nach Amerika zurück und dann? Was ist dann mit den Gefühlen? Ich denke, wir sollten es uns beiden nicht schwerer machen. Verstehst du mich?"

Bianca schaute Victoria fragend an. Konnte sie das verstehen? „Hm", murmelte Victoria nachdenklich und schob ihre Unterlippe vor. Es kehrte Stille ein. Victoria antwortete nicht darauf. Stattdessen beugte sie sich zu Bianca hinüber und küsste sie ganz sachte und sehr zärtlich auf ihre weichen Lippen. Im ersten Augenblick genoss Bianca diesen Hauch von einem Kuss sogar. Doch dann, im nächsten Augenblick zuckte sie zusammen und schnappte nach Luft.

„Du verstehst nichts!" Bianca war leicht empört. Sie zupfte vor Verlegenheit an ihrem rechten Ohrläppchen und atmete tief ein und aus. „Bianca, ich bin verrückt nach dir!", antwortete Victoria leise und umfasste dabei ganz zärtlich ihre Hände.

„Wie kannst du verrückt nach mir sein, du kennst mich doch gar nicht?" Bianca schüttelte den Kopf und verstand die Welt nicht mehr.

„Muss man einen Menschen immer erst ewig kennen, um festzustellen, dass man sich in ihn bis über beide Ohren verliebt hat?" fragte Victoria ganz leise.

„Ewig nicht, aber zwei Stunden halte ich definitiv für zu kurz", antwortete Bianca selbstbewusst.

„Wir kennen uns jetzt ja schon seit fast zwanzig Stunden und das ist doch wohl weit mehr als genug." Victoria grinste spitzbübisch und zwinkerte Bianca zu. Sie fühlte, dass Bianca für sie genauso viel empfand, im Moment aber nur Angst davor hatte, es zuzugeben.

„Ja aber ...", stammelte Bianca und spürte, wie sehr auch sie verliebt war.

„Nix, ja aber, Bianca", unterbrach Victoria sie verständnisvoll. „Manchmal schlägt der Blitz der Liebe gleich ein, manchmal erst später. Bei uns ist es halt in der ersten Sekunde passiert. Lass uns einfach die Zeit genießen und schauen, wie es weitergeht." Victoria schaute Bianca liebevoll an, wobei sie immer noch ihre Hände zärtlich streichelte. Sie bemerkte Biancas Nervosität und Verlegenheit. Auf der einen Seite amüsierte es sie ein klein wenig, auf der anderen Seite hatte sie vollstes Verständnis für ihre Ängste.

„Bianca, darf ich dir etwas sagen?" Victoria war sich selbst unsicher und schluckte zunächst. Sie selbst hatte, mit noch niemanden über das Erlebte gesprochen, auch nicht mit ihrer Schwester.

Bianca nickte zaghaft.

„Weißt du, ich kann deine Ängste wirklich verstehen. Auch ich wurde sehr verletzt und habe über ein Jahr niemanden mehr an mich herangelassen. Bis gestern, da war dann auf einmal alles anders."

Und dann erzählte Victoria ihre ganze Geschichte. Bianca standen die Tränen in den Augen. Sie spürte, wie schwer es Victoria gerade fiel, ihr das alles zu erzählen und sie fühlte dieses wahnsinnig große Vertrauen, was ihr gerade geschenkt wurde. Als Victoria fertig war mit ihrer Erzählung, schauten sie sich für einige Minuten nur wortlos in die Augen.

„Aber das alles spielt jetzt keine Rolle mehr. Jetzt haben wir uns ja gefunden", sagte Victoria mit einem verliebten Blick. „Seit dem Moment, wo ich dich das allererste Mal sah, spielt mein Herz verrückt. Ich finde dich so süß, so wundervoll und mit jeder Minute verliebe ich mich mehr in dich."

Bianca wurde es ganz heiß. Sie fühlte Victorias Hand, wie sie zärtlich über ihre Wange streichelte. Ihr Herz klopfte und ihr Puls raste, aber dieses Mal nicht vor Angst.

„Geht es dir nicht gut?", fragte Victoria besorgt.

„Oh doch", antwortete Bianca mit einem verführerischen Lächeln. „Mir ging es die letzte Zeit noch nicht einmal soooo gut, wie gerade jetzt, in diesem wunderschönen Augenblick."

Victoria lächelte. Dann nahm sie Biancas Gesicht in ihre Hände und küsste sie ganz zärtlich auf ihren Mund. Nun ließ es Bianca geschehen. Sie genoss diesen zarten Kuss, Victorias Berührungen und auch das wundervolle Schmetterlingsgefühl, was sich gerade in ihrem Bauch ausbreitete.

„Ich möchte so gerne mit dir zusammenbleiben Bianca", sagte Victoria, während sie ihr tief in die Augen blickte.

„Das möchte ich auch. Ich würde mich sehr freuen, wenn wir das irgendwie hinbekommen würden."

„Darf ich dich einladen, Silvester bei mir zu verbringen. Ich bin mit Partnerin zusammen eingeladen worden, diese Nacht auf einer Berghütte in Frankreich zu verbringen?" Bianca hoffte inständig, dass Victoria diese Einladung annehmen würde. Sie hatte Magnus Einladung vor einigen Tagen schon angenommen, allerdings noch ohne Partnerin.

Victoria schaute Bianca mit einem Lächeln an und machte dann aber zuerst so, als wenn sie gerade noch darüber nachdenken müsste.

„Ich könnte mir nichts Schöneres vorstellen, als mit dir das neue Jahr zu beginnen", antwortete Victoria nach ein paar, für Bianca unendlichen Minuten. „Ich freue mich sehr darauf", flüsterte sie ihr verführerisch ins Ohr.

Biancas Miene erhellte sich schlagartig und ihre Augen

begannen zu leuchten. Victoria lachte herzlich, gab ihr einen
sehr zärtlichen Kuss auf den Mund und kuschelte sich in ihren
Arm.

Sie waren so sehr in ihre Gespräche vertieft, dass sie nicht
merkten, wie das Wetter umgeschlagen war. Dunkle Wolken
bedeckten den noch vorher strahlend blauen Himmel und
die ersten Schneeflocken kamen herunter. Innerhalb weniger
Minuten entwickelte sich ein heftiger Schneesturm.

Alois, der die beiden die ganze Zeit beobachtet hatte und spürte,
dass er sie nicht stören sollte, kam nun ganz gemütlich auf sie
zu.

„Na ihr zwei Lieben, euch geht es gut oder?" fragte er mit einem
Lächeln hinter seinem Bart.

„Ja", kam es von beiden zeitgleich aus dem Mund. Sie mussten
Lachen über soviel Einigkeit.

„Schaut mal raus! Heute könnte ihr nicht mehr nach unten ins
Tal gehen. Das wäre viel zu gefährlich."

„Oweia, und nun?" fragte Bianca mit hochgezogenen
Augenbrauen.

„Wir haben ganz in der Nähe eine kleine Hütte, die wir an Gäste
vermieten. Diese Nacht steht sie leer, die Nächsten kommen erst
morgen an. Also wenn ihr wollt, könnt ihr dort übernachten."

„Hätten wir denn eine andere Möglichkeit?" fragte Victoria.

„Nein!" Alois Antwort war kurz und knapp. „Dann gehe ich jetzt
mal hin zur Hütte und mache dort den Kamin an, damit es etwas
warm wird in der Stube. In circa einer Stunde könnt ihr dann
auch rübergehen." Ohne eine Antwort der beiden abzuwarten,
drehte er sich um und schlürfte langsam nach draußen.

Bianca und Victoria nutzen die Zeit. Sie gönnten sich einen
Wein, bestellten sich einen großen Holzteller mit Schinken und
Wurst und erzählten. Es war schon fast neun, als Alois ihnen
den Schlüssel brachte. Das Schneetreiben hat kurzfristig etwas
nachgelassen und so packten sie ihre Sachen und begaben sich

zu der kleinen Hütte.

„Bianca warte", sagte Victoria plötzlich. Sie nahm ihre Hand, zog sie etwas zur Seite hinter eine große Tanne. Der frische Schnee fiel wie Puderzucker auf sie herab. Liebevoll schaute Victoria ihr in die Augen und streichelte über ihre Wange. „Können wir nicht einfach für immer hier bleiben? Wir kaufen einfach diese kleine Hütte hier", flüsterte sie Bianca etwas schelmisch ins Ohr.

„Also du bist wirklich unmöglich", erwiderte Bianca und tat gespielt empört. Sie fühlte sich so wohl in Victorias Nähe. „Mir geht es ja genauso wie dir. Eigentlich möchte ich dich gar nicht mehr gehen lassen", bemerkte sie und küsste Victoria auf die Nasenspitze.

„Ich freu mich sehr, auf unsere gemeinsame Nacht, da drüben in dieser romantischen Hütte", flüsterte Victoria mit strahlenden Augen. Sie fühlte sich so sehr zu Bianca hingezogen und konnte sich nicht erinnern, wann sie das letzte Mal, so viel für eine Frau empfunden hatte. Zwar kannte sie Bianca erst seit gestern, aber ihr erschien es wie eine Ewigkeit.

Auch Bianca fühlte sich sehr zu ihr hingezogen und freute sich mindestens genauso auf die bevorstehenden Stunden. Nach einem liebevollen Blick in ihre Augen und einem sehr zärtlichen intensiven langen Kuss, setzten sie ihren Weg zur nahegelegenen Hütte fort.

Der Anblick war enorm. Die Blockhütte stand da ganz einsam und in viel Schnee eingehüllt. Es war eine kleine Veranda davor mit einem stabilen Holztisch und zwei Bänken. Nebenan war ein kleiner Holzschuppen, der mit Kaminholz gefüllt war.

„Komm lass uns reingehen", bat Bianca, „So langsam brauche ich was Heißes zu trinken, mich friert es nämlich gerade total." Der Schneefall war wieder stärker geworden und Bianca hatte sich noch etwas tiefer in ihre Jacke hineingemummelt.

Die Hütte war so richtig zum Wohlfühlen eingerichtet. Auf der linken Seite befand sich eine kleine, rustikale Küchenzeile mit

einer gemauerten, offenen Kochstelle. Davor war ein runder
Esstisch mit vier Stühlen. Auf der rechten Seite war ein offener
Kamin, der schon brannte und die Hütte bereits mit einer
angenehmen Wärme versorgte. Direkt davor lag ein großes
Bärenfell und daneben stand eine gemütliche Sitzgruppe. Der
grün-rot-gemusterte Stoffbezug gab dem Raum eine angenehme,
wohnliche Atmosphäre. Daneben befanden sich ein kleines Bad
und ein weiterer kleiner Raum mit einer Schlafgelegenheit.
Nachdem sich beide aus ihren warmen Klamotten befreit
hatten, ging Victoria zur Küche rüber. Sie nahm einen Topf aus
dem Schrank, füllte ihn mit dem Glühwein, den Alois ihnen
eingepackt hatte und erwärmte diese köstliche Flüssigkeit.
Bianca schaute sich derzeit etwas um, fand in einer Schublade
ein paar Kerzen, die sie auf den Tisch stellte und anzündete.
Dann setzten sie sich gemütlich auf das kleine Sofa und genossen
den heißen Glühwein und das Knistern des Feuers.
Victoria ließ dabei ihren Blick nicht mehr von Biancas Augen.
Sie stellte ihr Glas zurück auf den Tisch, beugte sich zu ihr und
nahm sie zärtlich in den Arm. Dabei zeichnete sie mit ihrem
Zeigefinger die Konturen ihres Gesichtes nach. Es herrschte
eine erotische Spannung. Man hörte nur das brennende Holz im
Kamin knistern und draußen den Wind toben. Bianca spürte, wie
ihr Herz klopfte. Sie hatte plötzlich das starke Verlangen, dieser
Frau ganz nahe zu sein, noch näher, als sie es in diesem Moment
eh schon war. Victoria nahm ihr Gesicht in ihre Hände und küsste
ihre warmen weichen Lippen. Ganz langsam zog sie Biancas
T-Shirt aus. Während eines langen, intensiven und zärtlichen
Schmusens und Küssens fielen immer mehr Kleidungsstücke
und irgendwann lagen sie beide nackt vor dem Kamin, auf dem
weichen Bärenfell.
„Mein Gott, wie wunderschön du bist. Dein fraulicher Körper,
deine großen weichen Brüste und deine so süß duftende Grotte."
Victoria ließ ihre Zunge über Biancas Hals wandern.

Bianca lächelte und begann mit einem Verwöhnspiel, was sie eigentlich nur machte, wenn sie alleine war. Sie nahm ihre eigenen Brüste in die Hand, stöhnte leise und knetete sie genüsslich, bis ihre Brustwarzen senkrecht abstanden.

Victorias Atem wurde schneller. Sie fand es sehr erregend zuzusehen, wie Bianca sich selbst verwöhnte. Es erinnerte sie an den vorigen Abend auf der Weihnachtsfeier, wo sie Biancas heiße Muschi verwöhnen durfte.

Mit der einen Hand knetete Bianca ihre Brüste und mit der anderen streichelte sie sich über ihren Venushügel. Schon bei dieser leichten Berührung fühlte Bianca, wie ihre Schamlippen erneut ganz feucht wurden und anschwollen. Die Feuchtigkeit konnte man anhand der vielen Lusttropfen auch so richtig sehen. Sie hatte ihre Augen geschlossen und drückte mit ihrem Mittelfinger auf die kleine Lustperle. Bianca stöhnte leise auf. Sie spreizte ihre Beine noch mehr und drückte mit ihren Fingern ihre Schamlippen etwas auseinander. Ohne Scheu präsentierte sie Victoria ihre rasierte Spalte, ein Anblick, wie Victoria es liebte.

Victoria konnte aus der Nähe sehen, wie die geschwollenen Schamlippen rechts und links neben dem Kitzler rosig und fleischig aus der Muschi hervorlugten. Der rosige Bereich war dort so nass, als hätte Bianca nach dem Duschen vergessen, sich dort trocken zu rubbeln. Bianca legte ihre Hand über ihre Muschi und zog dann ganz langsam zwei Finger durch ihre Spalte nach oben, glitt über ihren Kitzler und machten diesen nass. Die rosa Blüte wurde immer größer und sie erschien, wie eine Blume, die langsam ihren Kelch öffnete.

Victoria stellte sich vor, wie ihre Finger in diese atemberaubende Öffnung eintauchten, in diese Nässe hineinglitten und die dunkle Wärme, nein, diese dunkle Hitze spürten. Biancas feucht glänzende Muschi lachte Victoria förmlich an und so konnte sie sich nicht mehr länger zurückhalten. Dieser Anblick, diese im

Schein des Kaminfeuers glänzenden Schamlippen wollte sie jetzt nicht mehr nur noch mit den Augen genießen. Schon viel zu lange hatte sie diesen Körper mit Zärtlichkeiten vernachlässigt, nun wollte sie Bianca verwöhnen, überall, alle ihre erogenen Stellen stimulieren, alle Stellen ausnahmslos. Ihre Haut, ihre Brüste, ihre Grotte, ihren Po ...

Ganz langsam ließ Victoria ihre Hand vom Knie aus zwischen Biancas Schenkeln nach oben gleiten. Sie strich mit den Fingern zart über ihre glatte Scham, bis sie die Öffnung ihrer Schamlippen ertastete. Vorsichtig schob sie einen Finger zwischen ihre feuchten Lippen hindurch, bis sie ihren nassen und äußerst geschwollenen Kitzler ertastete. Sie berührte ihn ganz zart und Bianca stöhnte bei der Berührung ihres Lustzentrums laut auf. Dann ließ sie noch einen zweiten und dritten Finger ganz langsam in ihrer Grotte kreisen, verwöhnte mit ihrer Zunge ihre Brüste und stöhnte vor Verlangen nach ihr auf.

Langsam, fast in Zeitlupe bewegte Victoria ihre Zunge an Biancas Körper entlang nach unten. Sie stülpte ihren Mund über die tropfende Spalte und begann, mit einem wilden Zungenspiel, diese kleine nasse Muschi mit voller Leidenschaft zu lecken. Bianca stöhnte laut auf, legte ihre beiden Hände auf Victorias Hinterkopf und drückte ihr Gesicht auf ihre erregte Muschi. Genüsslich schmatzte Victoria an der feuchten Grotte und saugte zwischendurch immer wieder an der kleinen Lustperle, die bereits weit aus ihrem Versteck hervorragte. Biancas Atem ging nur noch stoßweise und Victoria spürte, dass sie kurz vorm Orgasmus stand. Sie wollte das Gefühl aber etwas ausdehnen, sie wollte Biancas und auch ihre eigene Lust noch weiter steigern und deshalb unterbrach sie ihr Zungenspiel.

„Ohh, bitte nicht aufhören mein Muschi zu verwöhnen", kam es fast bettelnd von Bianca.

„Deine Lustgrotte möchte also noch weiter verwöhnt werden", kam es in einem gespielt ernsten Ton.

Bianca nickte nur und konnte es kaum noch aushalten.

„Ich glaube, ich weiß auch schon, was dir noch sehr gut tun wird", lächelte Victoria.

Bianca rekelte sich aufreizend, während sie ihre Brüste streichelte.

„Streichele dich bitte einen kleinen Moment selbst, ich bin sofort wieder da." Victoria ging zu ihrem Rucksack und kam mit einer kleinen Flasche Massageöl und einem kleinen Dildo zurück.

Bianca schmunzelte, als sie den kleinen weißen Dildo sah.

„Kleine Massage gefällig?" säuselte Victoria, „dann bitte auf den Bauch legen!"

Das ließ sich Bianca nicht zweimal sagen und legte sich, mit leicht gespreizten Beinen, ganz entspannt auf den Bauch.

Victoria kniete über ihren Oberschenkel und träufelte etwas Öl in ihre Hand. Sie begann das Öl zunächst auf Biancas Schultern und Rücken einzumassieren. Dann verteilte sie noch einmal etwas Öl auf ihrer Hand und verrieb es schließlich auch über Biancas wunderschönen, strammen Po. Victoria rutschte etwas nach unten, spreizte Biancas Beine und kniete sich dazwischen. Ihre glatt rasierte Muschi lag nun direkt vor ihr.

Sie ließ etwas Öl direkt aus der Flasche durch Biancas Pospalte laufen, was sie total erregte. Bianca war spitz bis zum Anschlag und wollte viel mehr davon spüren. Sie spreizte deshalb ihre Beine noch weiter, sodass das Öl nun ganz langsam in ihre rosarote Spalte hineinlaufen konnte. Sie hob ihr Becken weiter an, sie kniete fast und streckte Victoria so ihren knackigen Po entgegen. Victoria wusste genau, was Bianca jetzt wollte, was sie jetzt erwartete. Sie sehnte sich danach, jetzt ihre flinke Zunge zu spüren, zuerst zwischen ihren Pobacken, bis hinab zu ihren mittlerweile dunkelroten Schamlippen. Bianca lechzte danach, dass Victoria jetzt ihren Kitzler massierte, ihn zart mit ihren Fingern zwirbelte und an ihren Schamlippen saugte.

Aber genau das machte Victoria jetzt nicht. Sie griff zur Seite und nahm den kleinen weißen Dildo auf, den sie zusammen mit dem Massageöl mitgebracht hatte.

Bianca sah das Prachtstück aus dem Augenwinkel. Sie kniete nun erwartungsvoll da, mit weit gespreizten Beinen. Victoria stellte den kleinen Dildo auf die höchste Vibrationsstufe, leckte mit ihrer Zunge kurz und fest über Biancas Kitzler und ließ dann von hinten den kleinen vibrierenden Dildo ganz langsam zwischen ihren Schamlippen entlang gleiten. Immer wieder von oben nach unten und sie berührte dabei, wie zufällig ihren pochenden, angeschwollenen Kitzler. Dann schob sie das vibrierende Prachtstück ganz langsam in ihre nasse Muschi. Bianca stöhnte laut und massierte zusätzlich mit den Fingerspitzen ihrer rechten Hand ihre kleine Lustperle. Sie rubbelte hart und wild über ihren Kitzler und stöhnte ihre Lust laut hinaus. Dann drehte sich Bianca sehr aufreizend auf den Rücken.

Victoria gefiel das Spiel. Sie ließ ihre Zunge über Biancas Bauch, bis nach oben zu ihrem Hals entlang wandern. Sie sahen sich beide tief in die Augen und wussten in diesem Moment, dass sie füreinander bestimmt waren und, dass egal was kommen würde, sie eine Lösung finden würden.

Für Victoria war es wunderbar, Biancas nackten Körper zu berühren, ihre warme Haut unter ihren Händen zu fühlen, ihre großen weichen Brüste auf ihren eigenen zu spüren. Sie erregten Biancas große harten Brustwarzen, die sich sanft in ihre Haut bohrten und ihre glatte heiße Vulva, die ihre Oberschenkel berührten.

„Du bist wunderschön", hauchte sie. „Ich will dich spüren, dich fühlen." Damit küsste sie Bianca auf ihren Hals, die daraufhin ihre Hände in ihre Haare krallte, als sie ihre feuchten Lippen auf ihren spürte und ihre Zunge fordernd, aber zärtlich in ihren Mund eindrang. Victorias Hände fanden den Weg zu ihrem Po, der sich wunderbar fest anfühlte, eine Hand umgriff ihre Brüste und knetete sie. Sie waren so herrlich weich, ihre Nippel so hart. Als Bianca die flinken Finger von Victoria wieder zwischen ihren

Schamlippen fühlte, stöhnte sie laut auf. Jede Berührung ihres Muschi steigerte ihr Verlangen nach einem weiteren Orgasmus.
Sie war so nass und bekam nun wahnsinnig große Lust, auch Victoria nach allen Regeln der Kunst zu verwöhnen, ohne aber selbst darauf verzichten zu müssen.
Sie lächelte Victoria an, während sie noch der Länge nach auf dem weichen Bärenfell lag.
„Bitte dreh dich", flüsterte sie.
Victoria verstand sofort, was sie meinte und glitt nun anders herum über sie. Beide hatten nun die nasse Lustgrotte der jeweils anderen direkt vor sich.
Bianca liebte diesen göttlichen süßen Geruch, mit dem sie so intensiv Victorias totale Erregung aufnehmen konnte. Sie sah nun diese dunkle, fast schwarze, glattrasierte Muschi vor sich, die sie am Vortag schon fast verrückt machte. Dieser Anblick löste eine ungeahnte Erregung in ihr aus. Während sie mit ihrem Finger zart über Victorias nasse Spalte strich, betrachtete sie genussvoll dieses duftende Dreieck. Das Rosarot der inneren Schamlippen forderte sie förmlich heraus. Zart zupfte sie eine der inneren Schamlippen und mit der anderen Hand die äußere.
Victoria schrie leise auf und biss sich vor Lust in die Unterlippe.
„Komm mach bitte weiter", hörte Bianca Victorias heisere Stimme.
Mit sehr viel Gefühl schob Bianca die Vorhaut des großen Kitzlers soweit zurück, dass die rosafarbene nasse Perle, in dieser ansonsten dunkelbraunen Grotte leuchtete und so deutlich sichtbar wurde. Genüsslich senkte sie ihren Kopf hinab, formte ihre Lippen zu einem O und umschloss die harte, weit hervorstehende Klitoris. Zart begann sie daran zu saugen. Erst sanft, dann aber immer fester und fordernder. Victoria verlor fast den Verstand.
Mit ihren Daumen fuhr Bianca nun an den prallen Schamlippen entlang, bis zum Po und dann wieder zurück bis zur Victorias

Klit. Die vor ihr liegenden dunklen prallen Schamlippen, die eh von Natur aus schon so riesig groß waren, wurden mit jeder Berührung noch größer, noch praller und Bianca genoss jeden Millimeter dieser dunklen Schönheit.

Dann stieg sie von Victoria ab und kniete sich vor sie. Sie wollte gerne in ihre wundervollen Augen sehen, wenn sie ihre triefende Grotte weiter verwöhnte. Mit Genuss ließ sie zwei Finger in Victorias Spalte eindringen.

„Du bist so nass meine Süße, dass meine Finger ganz alleine da unten reinrutschen", lächelte Bianca genüsslich.

„Ohh ja, meine Höhle ist sehr elastisch", erwiderte Victoria leicht stöhnend „und ich glaube, da passt noch mehr hinein."

„Okay, dann schauen wir mal", antwortete Bianca und ließ nun auch noch ihre anderen drei Finger in Victorias nasser Höhle verschwinden. All ihre Finger steckten nun fordernd in der glitschigen Spalte und wurden eng umschlossen von diesen großen prallen dunklen Schamlippen. Victoria stöhnte voller Wollust und begann mit ihrem Becken zu kreisen.

„Mehr Finger habe ich leider nicht", flüsterte Bianca sehr erregt und bewegte ihre Hand sanft vor und zurück. Ihren Daumen drückte sie dabei auf Victorias geschwollene Klitoris, was bewirkte, dass das Stöhnen immer lauter und lauter wurde.

„Stopp, bitte nicht weiter machen", bat Victoria plötzlich und unerwartet. Bianca hörte sofort auf. Sie war total irritiert. Hatte sie etwas falsch gemacht? Hatte sie Victoria vielleicht sogar weg getan?

„Was ist passiert?" fragte Bianca unsicher.

„Nichts, gar nichts meine Süße", antwortete Victoria gerührt über soviel Einfühlsamkeit. „Wenn du aber so weiter gemacht hättest, wäre es mir gleich gekommen und das wollte ich noch nicht. Ich will das alles noch etwas länger genießen."

Victoria küsste sie zärtlich auf den Mund und setzte sich ihr, im Schneidersitz gegenüber. Durch diese Stellung waren ihre Beine so gespreizt, dass man wunderbare das nasse Muschi sehen konnte. Bianca törnte diese Sitzhaltung wahnsinnig an und sie machte es Victoria gleich.

Nun nahm Victoria den Dildo auf und umkreiste mit der Spitze ganz zart Biancas große dunkle Brustwarzen, die daraufhin sofort hart wurden.

„Ich liebe deine großen weichen Brüste", kommentierte Victoria und saugte an den harten Nippeln, während sie die Dildospitze dann mehrmals durch Biancas Spalte zog. Biancas Kitzler schwoll fast ums Doppelte an und ihre nasse Grotte öffnete sich wie eine Tür zu einer Schatzkammer aus der langsam die Nässe herausquoll. Victoria schob den kleinen Dildo, ganz langsam, nur wenige Millimeter in das Muschi hinein, drehte und bewegte ihn immer wieder vor und zurück, ohne diesen aber ganz hineinzustecken. Sie achtete drauf, dass die Spitze nur, die mittlerweile dicken Schamlippen und den harten Kitzler berührten.

Lustvoll stöhnte Bianca auf und ließ ihre Finger indessen über Victorias Kitzler streicheln.

„Ohh, wie herrlich ist das, deine nasse Pflaume so anzusehen", flüsterte Victoria, während sie das Rubbeln ihres sehr großen Kitzlers durch Biancas Finger, mit jede Sekunde mehr und mehr genoss.

„Du machst das ja auch wirklich fantastisch", hauchte Bianca, während der Dildo, eng umschlossen von ihren geschwollenen Schamlippen, immer tiefer in ihr Muschi glitt. Zentimeter für Zentimeter verschwand er in ihrer dunklen Grotte. Ein wahnsinnig starkes wohliges Gefühl der Geilheit überkam sie, als der Dildo fast ganz in ihr verschwunden war. Mit gleichmäßigen Bewegungen schob Victoria nun den Lustbolzen immer wieder vor und zurück, immer schneller und härter.

Und mit dem gleichen Tempo rubbelte Bianca über Victorias Kitzler. Das lustvolle Stöhnen der beiden wurde immer lauter und nur noch vom tobenden Wind draußen übertönt.

Jeder Stoß in ihre heiße Grotte ließ Bianca leise aufschreien. „Ja, komm fester, ja, ja!" schrie Bianca und spornte Victoria damit zu noch viel schnelleren Bewegungen an. Aber auch ihr Rubbeln über Victorias Lustperle wurde dadurch intensiver, härter und schneller. Beide stöhnten laut. Bianca bewegte intensiv ihr Becken und erwiderte die Stöße des kleinen Dildos, die dadurch allerdings noch viel härter und fester wurden. Die erotisch kreisenden und stoßenden Bewegungen, gingen bei beiden fast ineinander über. Ihre Körper waren nass vor Schweiß. Sie stöhnten beide laut auf, holten noch einmal tief Luft, bevor sie sich wild vor Lust, einem tief greifenden Orgasmus hingaben. Beide Muschis zuckten zeitgleich und beide verwöhnten ihre heißen Spalte noch eine ganze Weile mit einer zärtlichen, wohltuenden Handmassage.

Als die Wellen der Lust allmählich abgeklungen waren, fielen sie erschöpft auf das Fell. Sie brauchten anschließend keine Worte, sie sahen sich nur an und ihre Augen sprachen Bände. Während sie schmusten, streichelten sie sich gegenseitig am ganzen Körper und lagen noch eine ganz Zeit lang eng umschlungen da.

Victoria lächelte und zeichnete zart die Konturen von Biancas Gesicht nach.

„Kleines, soll ich dir mal was verraten?", flüsterte sie ihr Ohr.

Bianca nickte mit einem liebevollen Lächeln.

„Weißt du, du hattest mich auf der Weihnachtsfeier mit deiner nassen Pflaume bald wahnsinnig gemacht. Es hätte nicht viel gefehlt und ich wäre mit dir ins Taxi eingestiegen. Dort hätte ich direkt angefangen deine Muschi zu verwöhnen."

Bianca nahm ihr Gesicht in ihre Hände und küsste sie zart auf den Mund. „Und das sagst du erst jetzt", lachte sie. „Ich hätte es wahnsinnig genossen, meine nasse Spalte von dir im Taxi bearbeiten zu lassen."

Bei dem Gedanken daran, wie der Taxifahrer ihre nasse Muschi dann wieder durch den Rückspiegel hätte beobachten können, begann ihre Muschi erneut leicht zu pochen.

„Bianca, hättest du Lust mit mir nach New York zu kommen?" unterbrach Victoria die frivolen Gedanken.

„Nach New York? Victoria, wie soll das gehen, ich habe hier einen Job?" fragte Bianca leise.

„Das wäre kein Problem. Ich habe gestern noch mit meiner Schwester gesprochen und wenn du möchtest, könntest du, vorerst mal für ein Jahr, als Fotografin in die Zweigstelle nach New York kommen. Aber nur, wenn du möchtest."

Bianca war sprachlos und ihr Herz hüpfte vor Freude.

„Weißt du Victoria, jetzt wo ich weiß, wie geil und aufregend Sex mit einer Person sein kann, der man völlig vertraut und wo man den Wunsch hat, mit dieser Person auch für immer zusammenbleiben zu wollen, wäre ich doch blöd, dieses Angebot nicht anzunehmen, oder?"

Victoria war überaus glücklich. Sie hatte auf diese Antwort gehofft.

„Sag mal Victoria, was sind eigentlich deine Lieblingsblumen?"

„Warum interessiert dich das?" fragte Victoria überrascht.

„Ach, nur so."

„Meine Favoriten sind Lavendel und deine?"

Bianca zog die Augenbrauen nach oben und brach in lautes Gelächter aus.

„Was ist daran so lustig?" Victoria verstand Biancas Reaktion nicht und fühlte sich auf den Arm genommen.

„Das kann ich dir sagen." Bianca erzählte ausführlich von ihrem damaligen Trip nach Frankreich und der heißen Verführung im Lavendelfeld. „Und das Ende der Geschichte: Immer dann, wenn ich den Duft von Lavendel in die Nase bekomme, fängt es zwischen meinen Schenkeln an, zu kribbeln."

Nun musste auch Victoria herzlich lachen. „Na, das kann ja was werden, wenn du zu mir nach New York kommst. In meinem

Büro steht nämlich ein wunderschöner, betörend riechender Lavendelstrauß."

„Ich freue mich schon drauf, deinen Lavendel kennenzulernen", erwiderte Bianca mit einem Augenzwinkern.

Was darauf folgte, war ein langer, zärtlicher Kuss und Victoria stellte erneut fest, wie sexy ihre neue Liebe doch ist.

„Spüre ich da etwa wieder Lust aufkommen?", fragte Bianca mit einem Lächeln auf den Lippen, als sie sah, wie Victorias Finger zu ihrer eigenen Spalte wanderten und dort über die großen dunklen Schamlippen streichelten.

„Hm, ich glaube, du musst dich noch mal um meine Lustgrotte kümmern. Irgendwie zuckt und pocht es da unten rum wieder so arg. Was kann das denn sein?" Victoria zwinkerte und konnte sich ein Schmunzeln nicht verkneifen.

„Keine Ahnung. Lass mich mal schauen!"

Victoria schloss lächelnd die Augen und spreizte ihre Schenkel. Erneut genoss sie es Biancas Finger, Lippen und Zunge an ihrer nassen Muschi spüren zu dürfen.

Insgeheim wünschten sich beide, dass sie für immer zusammenbleiben und dass diese wahnsinnige Lust aufeinander nie aufhören wird. Die Voraussetzungen hierfür waren auf jeden Fall gegeben.